Sommer in Belfast

Lucy Caldwell

Sommer in Belfast

Roman

Aus dem Englischen von Christina Neuland

Parthas

1. Auflage August 2006

Parthas Verlag GmbH
Stresemannstraße 30, 10963 Berlin
E-Mail: info@parthasverlag.de
www.parthasverlag.de

Lektorat: www.editiondia.de
Gestaltung und Satz: Pina Lewandowsky
Umschlag: Pina Lewandowsky
Umschlagabbildung: Alain Le Garsmeur/corbis
Gesamtherstellung: Druckerei Theiss GmbH, A-9431 St. Stefan

ISBN (alt 3-86601-101-6) 978-3-86601-101-4

Meinen Eltern, meinen Schwestern und unserer Kindheit

In deinem Hause spuken Seelen, die es nie betreten haben,
nur weil man hier zu viel an sie gedacht.
Ob du an diese denkst, an andere oder keine,
es spukt, es spukt in deinem Haus.
Erst wenn du gehst, ist es erlöst.

Louis MacNeice, »Selva Oscura«

Teil 1
Belfast

1

In Belfast ist es heiß. Es ist nie heiß in Belfast. Aber diesen Sommer ist es heiß in Belfast. Papa sagt, es sei der heißeste Sommer seit Menschengedenken. Mama sagt, es sei eine Höllenhitze. Die Luft ist schwül und steht wie eine Wand. Man kann kaum mehr atmen, und uns, mir und Daisy, juckt der nasse Pferdeschwanz hinten am Hals. Am Ende unserer Straße marschieren jetzt wieder die Oranier und singen Lieder von Leuten, die schon lange tot sind. Bei dieser Musik würde man am liebsten aufspringen und im Rhythmus der Trommeln mitstampfen, aber Mama schließt immer alle Fenster. Wenn ich, Daisy oder Papa aus Versehen mal ein Fenster offen lassen und Mama hört die Musik, dann spuckt sie auf den Boden, einen langen, dünnen Faden aus gelbem Schleim. Und dann haut sie das Fenster so fest zu, dass die Scheiben wackeln. Mama bekommt von der Musik der Oranier so schlimm Kopfweh, dass sie an manchen Tagen gar nicht erst aufsteht. Die anderen Kinder in unserer Straße laufen zusammen mit ihren Eltern hinaus, mit Klappstühlen und Kartoffelchips und Fähnchen, und jubeln den Vorbeimarschierenden zu, aber ich und Daisy, wir bleiben meist im Haus. Und wenn wir doch mal hinausgehen, dann nur in unseren Garten. Manchmal verstecken wir uns zwischen dem größeren Tannenbaum und der Hecke und beobachten die Leute und die Polizeilastwagen auf der Straße. Die Sonne hämmert im Rhythmus der riesigen Lambeg-Trommeln auf die Marschierenden nieder, und alle sind gereizt von der Hitze. Aber unsere zwei hohen Tannenbäume, die stehen immer gerade und lassen nie ihre Zweige hängen, nicht einmal in der größten Mittagshitze. Sie schirmen unser Haus von der Straße ab. In der Zeit der Umzüge hat Papa besonders viel zu tun. Manchmal kommt er nachts gar nicht heim, manchmal muss er schon sehr früh wieder hinaus, bevor ich und Daisy überhaupt wach sind. Wenn er dann heimkommt, ist er meist so müde, dass er uns nicht einmal mehr ein Lied vorsingen kann. An solchen Tagen lässt Mama ihn, weil er den Geruch der Flöten und Pfeifen mitbringt, auf dem Sofa schlafen.

Die schwüle Luft vibriert vom Rattatata-Rattatata der Hubschrauber. Papa erklärt uns, dass die Hubschrauber Spezialkameras besitzen, mit denen die Soldaten in die Häuser hineinschauen können und sehen, was die Leute gerade treiben. Zwei Hubschrauber hängen schon den ganzen Nachmittag über unserer Straße, und ich und Daisy haben aus dem Garten zu ihnen hinaufgewinkt. Aber man konnte nicht erkennen, ob jemand zurückwinkt. Also schwingen wir auf dem Gartentor hin und her und winken den großen grauen Jeeps zu, die mit ihrem Stahlmaul voller scharfer Zähne knurrend über den Asphalt schleichen. Leichenwagen, nennen Baps und Wee Man sie; die beiden wohnen weiter unten in der Straße. Früher hatte Daisy immer Angst vor diesen Leichen-Jeeps, und ich auch ein kleines bisschen, obwohl ich Daisy belog und behauptete, ich nicht. Papa meint, die seien da, um uns zu beschützen, aber Mama kann sie nicht leiden. Mama hat unser Winken gesehen. Sie kommt herausgerannt und knallt uns beiden eine, obwohl Daisy heute Geburtstag hat.

»Könnt ihr mir verraten, was ihr zwei da macht?«

»Tut uns leid, Mama.«

»Ich habe euch etwas gefragt! Was macht ihr da?«

»Es tut uns leid, Mama.«

»Kommt mir nicht mit ›Tut uns leid, Mama‹! Wie oft habe ich euch schon gesagt, ihr sollt den britischen Armee-Jeeps nicht so nett zuwinken!«

Die anderen Kinder aus unserer Straße winken den Jeeps auch zu.

Aber ich sage lieber nichts.

»Vielleicht ist es Papa?«, verteidigt sich Daisy.

Manchmal fährt Papa mit einem großen grauen Jeep, aber man sieht nicht, wer darin sitzt, also winken wir vorsichtshalber allen zu.

»Das ist mir egal. Ich bin eure Mutter, und in meinem Haus tut ihr, was ich sage, und ich will nicht, dass ihr den britischen Soldaten zuwinkt. Die brauchen sich in dieser Straße wirklich nicht breitzumachen, und ich verbiete euch, ihnen zuzuwinken.«

Mama holt uns ins Haus und steckt uns in die Wanne. Sie bürstet unsere Haare, ohne sie vorher zu entwirren. Daisy heult die ganze Zeit. Dann fängt Mama an zu weinen. Sie umarmt uns und hört gar nicht mehr auf, sich zu entschuldigen.

Wir halten am Fenster Ausschau nach Papa. Daisy fragt pausenlos, wann er endlich heimkommt, und dann fängt sie an zu plärren »Ich hab Hungär! Ich hab so Hu-hungär!«, bis Mama die Geduld verliert und uns anschreit, schon zum zweiten Mal an diesem Tag, an Daisys Geburtstag. Papa hat versprochen, dass er uns zur Feier des Tages zu J.J. Bleekers einlädt. Das letzte Mal waren wir Weihnachten bei J.J. Bleekers, und wir durften Coke Float bestellen, und es gab dazu einen rosa Flamingo-Löffel und ein Papierschirmchen. Zum Nachtisch hatten wir Mississippi Mud Pie mit Softeis *und* mit Schokoladeneis, und man musste sich nicht eines von beiden aussuchen, und Marshmallows gab es obendrauf. Daisy jammert immer noch, dass sie Hunger hat. Aber als Mama eine Packung Fischstäbchen aus dem Gefrierfach holt und eine Dose Bohnen in Tomatensauce aufmacht, jammert sie noch lauter.

»Beschwert euch bei eurem Vater«, schimpft Mama, während sie die Bohnen mit dem Löffel aus dem Topf schöpft und die Teller auf den Tisch stellt.

Mama denkt nicht einen Moment daran, dass wir noch unsere Sonntagskleider anhaben. Meines ist ein weißer Rüschenrock mit rotem Saum und roten Kirschen. Daisys ist rosa mit gelben Punkten und einem orangen Fleck da, wo sie vor lauter Heulen mit Tomatensauce gekleckert hat. Mama hat mir die Haare, passend zum Kleid, mit einem roten Band an der Seite zusammengebunden, damit ich es auch sehe, und Daisy hat eine Palmenfrisur bekommen. Dann hat Mama ein Foto geschossen von uns beiden, wie wir in unseren Sonntagskleidern Hand in Hand an der Tür stehen.

»Lacht mal, Kinder! Ihr seht richtig hübsch aus.«

Auch Mama sieht hübsch aus, aber jetzt schaut sie finster. Sie hat immer noch ihre blitzblanken, spitzen schwarzen Pumps an und das grüne Kleid, von dem Papa meint, es passe so gut zu ihren Augen. Sie sitzt mit uns am Küchentisch und löffelt die restlichen Bohnen aus dem Topf. Daisy heult noch immer.

»Ist ja gut! Ich kann ja auch nichts machen!«, stößt Mama ärgerlich hervor. »Beschwert euch bei eurem Vater«, wiederholt sie. Dann fährt sie fort: »Beschwert euch bei diesem verdammten Land!«

Wir sagen gar nichts.

Mama flucht sonst nie.

Mama macht uns gerade heiße Schokolade, als Papa endlich heimkommt. Sie ist sauer; nicht mehr auf uns, aber wir merken genau, dass sie sauer ist, weil sie die Tassen so hinknallt, dass die Milch herausschwappt. Sie schüttet Kakaopulver aus der Dose hinein und staubt dabei alles voll. Papa bleibt an die Hintertür gelehnt stehen, seine gepolsterte Uniformjacke über dem Arm. Sein Gesicht ist grau und schlaff.

»Zieh deine Stiefel aus«, murrt Mama, ohne sich umzudrehen. »Ich habe gerade den Boden gewischt.« Sie rührt noch einmal wütend in den beiden Tassen herum und bringt sie zum Tisch herüber.

»Hier, Kinder. Vorsicht, heiß!«

Sie dreht das Wasser an der Spüle auf und lässt es über den Löffel laufen, nimmt ein Geschirrtuch und trocknet ihn ab. Dann fängt sie an, die Teller neben dem Becken abzutrocknen. Papa sieht ihr dabei zu. Sie schaut ihn immer noch nicht an. Er tritt zu ihr und legt ihr die Arme um die Taille.

»Lass mich in Ruhe«, faucht sie.

»Tut mir leid, Schatz«, sagt er.

»Was tut dir leid?« Sie wirbelt herum und stemmt die Hände in die Hüften. »Was bitte tut dir leid? Dass du Daisys Geburtstag verpasst hast? Dass du dein Versprechen nicht gehalten hast? Oder dass wir in diesem gottverlassenen Loch leben?«

»Reg dich doch nicht so auf, Schatz! Es gab Ärger drüben im Short Strand.«

»Ich soll mich nicht so aufregen? Ich soll mich nicht *aufregen*? Sag mir bitte nicht, dass ich mich nicht aufregen soll!«

»Schatz, ich bin völlig erledigt, und …«

Aber Mama unterbricht ihn: »Habe ich dir nicht gerade gesagt, du sollst diese klobigen, verdreckten Stiefel ausziehen?«

Papa zieht seine Stiefel aus.

»Habt ihr schon gegessen?«, fragt er.

»Ja, was glaubst denn du?«, entgegnet Mama. »Was glaubst du denn? Die Kinder waren schon halb verhungert.«

Papa wendet sich an uns.

»Entschuldige, Daisy. Tut mir leid, Sonnenschein. Es hat Krawall gegeben, wisst ihr, und Papa konnte nicht weg. Wenn ich irgendwie gekonnt hätte, wäre ich gekommen, glaubt mir.«

Wir sagen nichts.

»Was meint ihr, kann ich meine Mädchen vielleicht morgen Abend zu J.J. Bleekers einladen?«

Wir nicken. Mama lacht, aber es ist kein freundliches Lachen.

»Willst du ihnen wieder etwas versprechen, was du dann sowieso nicht hältst?«

Papa hört gar nicht hin.

»Soll ich euch noch ein Lied vorsingen?«

»Oh ja«, antwortet Daisy.

Mama mischt sich ein: »Es ist schon spät, und außerdem sind sie fix und fertig. Trinkt eure Schokolade aus, und dann ab nach oben! Ich komme in einer Minute zum Zähneputzen.«

Daisy tapst schon hinauf, aber ich bleibe auf der Treppe stehen und spähe durch das Geländer.

»Es tut mir wirklich leid«, wiederholt Papa. »Ich habe die ganze Zeit an die Mädchen gedacht und ihre traurigen Gesichter vor mir gesehen, aber dann war auf einmal die Hölle los …«

»Ich will es nicht wissen.«

»Schatz …«

»Ich sagte, ich will es nicht wissen.«

Sie stehen sich für einen Moment gegenüber, dann wendet Mama sich ab und fängt an zu weinen. Ihre Schultern und ihr Rücken zucken. Papa streicht ihr übers Haar, und dann schließt er sie fest in die Arme, und diesmal weist sie ihn nicht zurück.

»So kann es einfach nicht weitergehen«, stößt Mama hervor.

Dann fügt sie hinzu: »Ich kann nicht mehr.«

»Ich weiß«, antwortet Papa.

Als Mama zum Zähneputzen und Gutenachtsagen heraufkommt, hängen wieder die Hubschrauber über uns – es klingt, als befänden sie sich genau über unserem Haus. Ihr Rattatata-Rattatata zerhackt die Nacht, und durch das dumpfe Dröhnen hindurch heulen die Sirenen. Mama starrt für einen Augenblick aus dem Fenster.

»Achtet einfach nicht darauf«, meint sie und zieht mit einem Ruck die Vorhänge zu. »Tut so, als ob ihr es nicht hört.«

»Ich kann aber nicht so tun, Mama.«

»Aber sicher kannst du das! Stellt euch einfach fest vor, dass ihr es nicht hört, und schon schlaft ihr ein.«

»Erzählst du uns noch eine Geschichte?«

»Ja bitte, eine Geschichte!«

»Nein, Kinder, heute keine Geschichte.«

»Bitte!«

»Bitte!«

»Bitte, bitte, bitte!«

»Ich habe Nein gesagt! Heute ist es schon zu spät. Jetzt wird geschlafen.«

Mama verschwindet wieder nach unten. Sie hat uns nicht richtig zugedeckt. Also übernehme ich das. Daisy liegt eine Zeit lang ruhig da und kuschelt mit Emily und nuckelt an deren gelbem Wollzopf. Dann fängt sie an: »Sha-sha?« So nennt sie mich immer, Sha-sha, weil sie zu klein ist, um meinen Namen richtig auszusprechen: *Sir-sche*, das schreibt man S-A-O-I-R-S-E. Irische Wörter gehen anders als englische. Saoirse.

»Sha-sha? Ich kann nicht schlafen. Sing mir was vor!«

Ich singe ihr das Lied vor, das Papa mir immer vorgesungen hat, als ich noch viel kleiner war als Daisy. Beim »trallala« singt sie auch mit:

»Herr Frosch, der ging auf Freiersfüßen,
trallala,
Herr Frosch, der ging auf Freiersfüßen,
trallala …«

»Was sind eigentlich Freiersfüße?«, fragt Daisy.

»Das ist so etwas Ähnliches wie beim Schwimmen«, erkläre ich, »wie beim Hundepaddeln.«

Mama bringt mir gerade bei, wie man ohne Schwimmflügel schwimmt. Wenn ich mich am Rand des Beckens festhalte und doll strample, dann kann ich schon fast loslassen. Mama sagt, bald dürfe ich alleine in das tiefe Becken schwimmen gehen; vielleicht am Ende des Sommers. Daisy braucht immer noch orange Schwimmflügel und ihren geliebten Schwimmreif mit Enten und Gänseblümchen darauf. Ich brauche keine Schwimmflügel mehr.

Dann will Daisy auch noch das Lied hören, in dem sie vorkommt. Ich weiß den Text nicht mehr genau, also singe ich nur »Daisy, ach Daisy, sag doch endlich Ja«, und sie klatscht in die Hände und lacht. Ich muss sie mit einem »Pssst!« beruhigen, weil wir ja eigentlich schlafen sollen. Aber Daisy will nicht schlafen. Also verspreche ich, dass ich ihr noch eine besondere Geburtstagsgeschichte erzähle.

»Es ist eine Geschichte von einer Prinzessin«, fange ich an.

»Wie heißt sie? Vielleicht Daisy?«

»Ja. Prinzessin Daisy.«

»Ist sie hübsch?«

»Oh ja, sie ist eine richtige Sexy-Hexi, die Prinzessin Daisy.«

Daisy kichert. Sexy-Hexi, so nennt Papa Mama, wenn er besonders gut gelaunt ist.

»Und ihre Puppe heißt Emily.«

»Siehst du, Emily!« Daisy schüttelt ihre Emily. »Du musst zuhören! Die Prinzessin hat auch eine Puppe, die Emily heißt!«

»Pssst! Du musst die Augen zumachen und gut aufpassen.«

Daisy kneift ihre Augen zu und nickt. Ich erzähle drauflos: »Es war einmal eine wuuunderschöne Prinzessin, die wohnte gaaanz allein in einem groooßen, roten Schloss und hatte niemanden, nuuur ihre Puppe …« Daisy seufzt und drückt Emily fest an sich. Und bevor meine Geschichte richtig angefangen hat, schläft sie schon tief und fest.

Aber jetzt bin ich überhaupt nicht mehr müde. Ich betrachte meine Spieldose mit der Ballerina neben mir auf dem Kissen.

Die Spieldose mag ich von all meinen Sachen am liebsten; ich nehme sie überallhin mit. Sie ist mit weichem, cremefarbenem Leder überzogen und hat ein goldenes Schloss mit einem klitzekleinen Schlüsselchen. Innen ist sie mit rotem Samt ausgekleidet, und wenn man den Deckel öffnet, springt eine kleine, weiß-goldene Ballerina mit einem winzigen Tutu aus Tüll heraus und dreht Pirouetten vor einem Spiegel mit goldenem Rahmen. Auf der Rückseite der Dose befindet sich ein goldener Knopf. Mama hat mir gezeigt, wie man ihn bis zum Anschlag drehen muss, und dann kommt Elfenmusik heraus. Daisy will die Ballerina jedes Mal anfassen, aber ich erlaube es ihr nicht, weil sie noch zu klein ist. Ich ziehe die Spieldose auf und sehe der Ballerina zu, wie sie sich mit erhobenen Armen auf einem Bein vor dem Spiegel im Kreis dreht. Als die Musik langsamer wird, hält sie für kurze Zeit inne. Dann tröpfeln noch ein paar Töne heraus, und die Ballerina setzt ruckelnd zu einer letzten Drehung an, bevor sie ganz stehen bleibt.

Manchmal klingt ihre Musik traurig, so wie heute Nacht. Ich schließe den Deckel, ganz behutsam.

2 *Die Schattenkönige der Anderen Welt dürsten wieder nach der Kraft Sterblicher. Auf ihrer Versammlung im Monat Samuin beraten sie mit dumpfem Murmeln über dieses immer stärker werdende Bedürfnis …*

Wie kalten Nebel spüre ich die Schattenkönige über den Rasen kriechen. Mit langen schwarzen Fingern tasten sie sich durch die Luft heran und greifen nach meinen Knöcheln. Ich sehe sie schon fast aus dem Augenwinkel. Aber nur fast. Wenn ich mich plötzlich umdrehe und sie erwischen will, sind sie immer schon verschwunden.

So schnell ich nur kann, wirble ich im Kreis herum, um die Schatten hinter mir zu verwirren. Ich wirble so schnell, dass der Garten sich auf den Kopf stellt und ich ins Gras plumpse.

Mama lacht. Sie liegt auf der gemusterten Wolldecke im Garten hinter dem Haus und versucht, etwas Farbe zu bekommen. Sie hat blasse Haut und möchte gerne braun werden. Aber wenn sie sich sonnt, bekommt sie immer nur Sommersprossen auf der Nase und den Schultern. Manchmal, wenn Mama gute Laune hat, darf Daisy so tun, als würde sie die Sommersprossen mit einem Stift verbinden wie Zahlen in einem Malbuch. Ich und Daisy haben auch Sommersprossen, weil wir so viel draußen spielen. Mama sagt, Sommersprossen bekommt man da, wo man von der Sonne geküsst wurde.

»Als ich so alt war wie du, Saoirse, wollte ich unbedingt Ballerina werden«, sagt Mama auf einmal.

»Oh, ich möchte auch Ballerina werden«, antworte ich, und die Schatten lösen sich auf. Mama lacht und wirft mir eine Kusshand zu.

»In deinem Alter war ich genau wie du.«

»Heißt das, wenn ich groß bin, sehe ich aus wie du?«, frage ich. Meine Mama ist die schönste Frau von ganz Belfast. Wahrscheinlich sogar von der ganzen Welt oder vom ganzen Weltall. Manchmal tanzt Papa mit Mama mitten im Wohnzimmer und singt das Lied, von dem er sagt, es wurde für sie geschrieben: *Sie hat etwas, was keine hat, von ihr träumt unsre ganze Stadt!*

Mama lächelt wieder.

»Ich bin doch die glücklichste Mama auf der ganzen Welt, weil ich zwei so hübsche kleine Töchter habe wie euch!«

Ich drehe noch eine Pirouette und mache einen Knicks. Mama lacht und klatscht in die Hände.

»Ich auch!«, kreischt Daisy, hüpft zu mir herüber und versucht einen Knicks zu machen. »Ich auch! Ich will auch Ballerina werden!«

»Du kannst nicht Ballerina werden«, erkläre ich, als Mama nicht mehr hersieht.

»Warum nicht?«

»Weil ich es zuerst gesagt habe.«

»Also gut, dann werde ich eben Elfenkönigin.«

»Du kannst keine Elfe sein. Du bist nur ein kleines Mädchen. Und vor mir kannst du sowieso nicht Königin werden.«

»Kann ich schon! Jede Nacht sind ich und Emily im Elfenschloss von Tir-nan-Og. Wir fliegen sogar hin!«

Ich erkläre Daisy, dass man nicht nach Tir-nan-Og fliegen kann. Um dorthin zu kommen, muss man schon mehr als nur fliegen können. Zaubern muss man können, um nach Tir-nan-Og zu gelangen. Und selbst wenn man hinkommt, kann man nie wieder zurück, denn wenn man zurückkommt, sind schon Hunderte von Jahren vergangen.

Ich vergewissere mich noch einmal, dass Mama nicht zuhört.

»Wenn ihr wirklich nach Tir-nan-Og geflogen wärt«, flüstere ich, »dann wärt ihr sofort zu Staub zerfallen, als ihr mit dem Fuß wieder die Erde berührt habt, und Mama hätte euch schon längst mit dem Staubsauger eingesaugt.«

»Mama!«, schreit Daisy.

Mama dreht sich um und sieht blinzelnd zu uns herüber.

»Ihr spielt doch schön, Kinder?«

»Ich will auch Ballerina werden, Mama!«, ruft Daisy.

»Tatsächlich?«

»Wie Sha-sha. Ich will nicht Staub werden!«

»Staub?«

»Hat Sha-sha gesagt. Wie in Tir-nan-Og.«

»Das hat sie bestimmt nicht so gemeint«, beruhigt Mama sie. Dann fragt sie: »Wollt ihr zwei eine Geschichte hören?«

»Ja, bitte, Mama!« Ich springe neben sie auf die Decke.

»Ja, bitte!« Daisy kommt mit einer Handvoll Gänseblümchen herübergerannt, damit Mama ihr daraus eine Kette macht.

Den ganzen Sommer schon erzählt uns Mama als Gutenachtgeschichte die Sage von Cúchulainn. Ein paar Straßen weiter, auf dem Weg zum Sportzentrum, ist auf einer Mauer ein Bild von Cúchulainn und ein Schild mit der Aufschrift zu sehen: »Immer ein Streiter für Ulster gegen die Iren«. Der große Bruder von Wee Man hat auch mitgemalt an dem Bild. Wir haben Mama gefragt, was das bedeutet. Sie antwortete, das sei Unsinn, weil Cúchulainn ja selber Ire war, denn Ulster war damals ein Teil von Irland, bevor es abgetrennt wurde. Mama weiß alles über Cúchulainn. Die Geschichten hat sie als kleines Mädchen gehört. Sie meint, es sei wichtig, dass man die Geschichten weitererzählt. Zurzeit sind wir bei Cúchulainns Siechtum und der Eifersucht zwischen Fand und Emer mit den blonden Haaren. Emer ist nämlich Cúchulainns Liebste, aber dann erwählt sich Fand aus dem Elfenreich Cúchulainn zum Geliebten, und gegen sie kommt die arme Emer nicht an. Mama erzählt uns die Geschichte in kleinen Portionen vor dem Schlafen. Es ist eine sehr traurige Geschichte.

Ich und Daisy können das Ende kaum erwarten, wenn alles wieder gut wird.

»Also, wo war ich stehen geblieben?«, fragt uns Mama.

»Cúchulainn war in einen tiefen Schlaf gefallen, und als sie ihn fanden und schüttelten, da stöhnte er nur, und aus seinen Augen blitzte wildes Verlangen.«

»Du hast gut aufgepasst!« Mama strahlt mich an. »Also, das Volk von Ulaid war verzweifelt, denn nicht einmal die mächtigsten Druiden konnten sagen, was Cúchulainn von seinem Siechtum heilen würde. Die Elfen von Síde hatten ihn ja verzaubert. Denn die Kunde von Cúchulainns Kraft, Jugend und Tapferkeit war zu den Bewohnern des magischen Schlosses im Elfenreich gelangt. Und Lady Fand, die Tochter des Aed Abrat und Ehefrau des Manandán, liebte ihren Gemahl nicht mehr und hatte beschlossen, ihre Liebe stattdessen Cúchulainn zu schenken.«

»Geschenke der Síde sind gefährlich, nicht wahr, Mama?«, frage ich.

»Ja, mein Schatz, sie sind eine zweischneidige Sache. Man muss sehr vorsichtig sein, wenn man bekommt, was man will, denn manchmal nimmt es ein schlimmes Ende damit. Und das gefährlichste Geschenk von allen ist das Geschenk der Liebe.«

Mama spricht nicht weiter; das Lächeln ist aus ihrem Gesicht verschwunden.

»Mama?«, flüstere ich.

»Was ist? Wo war ich?«, fragt sie. »Ach ja, Lady Fand hatte sich Cúchulainn zum Geliebten erwählt, den stärksten Mann, der je gelebt hat, und den tapfersten …«

»Aber nicht so tapfer wie Papa!«, wirft Daisy ein. »Mit meinem Papa könnte es nicht einmal Cúchulainn aufnehmen, oder, Mama? Oder, Mama?«

»Pssst, Daisy!«, mahne ich. »Du sollst nicht einfach dazwischenreden! Das macht man nicht.«

Mama sieht Daisy seltsam an.

»Als ich euren Papa zum ersten Mal sah, Daisy, mein Schatz, da dachte ich, er sei der stärkste und tapferste Mann.«

Daisy kann vor lauter Freude kaum still sitzen.

»Erzähl weiter, Mama«, sage ich. »Wir wollen unbedingt wissen, was als Nächstes passiert!«

»Cúchulainn sank auf die Knie, schwach und schwindlig aus Liebe zu Fand – ihr Name bedeutet *Träne, die das Auge benetzt.* Er konnte keinen Schritt mehr gehen. Also sandte er Lóeg, seinen treuen Wagenlenker, auf die weite Reise nach Tir-nan-Og, mit der Nachricht, dass Cúchulainns Leben in Fands Händen liege. Und als Lóeg aus Tir-nan-Og zurückkehrte, da …«

Daisy schreit plötzlich auf und hält sich die Ohren zu.

»Was ist denn, Schatz?«, fragt Mama. »Was ist los?«

Der Staub! Daisy will nicht hören, wie Lóeg langsam austrocknet, bis nur noch Staub von ihm übrig ist.

Ich erkläre Mama, warum Daisy Angst hat. Sie denkt eine Minute lang nach, dann meint sie: »Es ist alles in Ordnung, Schatz, denn Lóeg steht unter dem Schutz von Síde. Er wird nicht zu Staub.«

»Versprochen?«

Mama nickt. Daisy sieht erst mich an, dann wieder Mama.

»Ganz echt?«

»Ja, ganz echt.«

Mama erzählt weiter.

»Hierauf sandte Cúchulainn Lóeg auf der Stelle zu Emer, um ihr eine Botschaft zu überbringen. Er ließ ihr ausrichten, dass seine Liebe zu Emer so kalt und tot sei wie ein Stein. Als Lóeg zurückkehrte, packte ihn Cúchulainn, schüttelte ihn mit seinem letzten bisschen Kraft und flehte ihn an, ihm von Lady Fand und Tir-nan-Og zu berichten. Er war überhaupt nicht mehr er selbst.« Mama macht eine Pause. »Cúchulainn weiß nicht, dass er unter einem Zauber steht«, erklärt Mama, »dem Zauber der Anderen Welt und dem Zauber seiner Liebe zu Fand. Er wird Emer verraten und alles wegwerfen, was er hat, um einer Liebe willen, die gar keine ist, um einer Liebe willen, die wie eine Krankheit ist, wie ein Nebel, der herabsinkt und den Verstand betäubt. Und dennoch«, fährt Mama mit weicher Stimme fort, wie aus der Ferne, »und dennoch sagen manche, dass die von Síde niemanden zu etwas *zwingen* können. Sie können ihn nur noch verlocken zu tun, was er schon in sich trägt. Sie vermögen das Pflänzchen nur zu nähren, nicht aber, es zu säen.«

Mir ist kalt, trotz der heißen Sonne. Ich sehe die Schattenkönige nach Cúchulainn greifen, voller Gier auf die Kraft eines Sterblichen, und ich sehe, wie Cúchulainn immer schwächer und schwächer wird, weil sein eigener Fieberwahn ihn zugrunde richtet.

»Cúchulainn hing an Lóegs Lippen«, erzählt Mama weiter. »Völlige Stille herrschte an seinem Hof. Die Versammlung der Leute von Ulaid stand wie versteinert, und das einzige Geräusch kam vom Licht, das durch das hohe Fenster drang und auf das polierte Büffelhorn prallte, das Cúchulainn an seiner Seite trug. Da zerschlug Cúchulainn sein Horn, um Lóegs Worten noch besser lauschen zu können. ›Im Land Síde‹, erzählte Lóeg, ›steht ein Fass voller Met, aus Kleehonig und mit Tautropfen gekühlt, die nie ein Sonnenstrahl berührt. Man kann einen Becher hineintauchen und ihn hundert-, zweihundert-, tausendmal füllen, und das Fass bleibt immer randvoll. Dort existieren Bäume, die im Schein der untergehenden Sonne zu Gold und Silber werden, und Tag für Tag trägt jeder dieser Bäume Früchte genug für hundert Männer. Wenn ich die Wahl hätte‹, fuhr Lóeg an seinen Herrn gewandt fort, ›so gäbe ich diese Provinz, ja, diese ganze Insel, um auch nur einen Tag und eine Nacht im Land Síde wohnen zu dürfen!‹«

Fest und klar klingt Mamas Stimme in der schwülen Luft des Nachmittags, während sie die Geschichte fortspinnt.

»›Ach, einen Schluck aus einem Becher Met von diesem Land‹, stöhnte Cúchulainn. Er krümmte sich auf dem Boden wie ein Wahnsinniger. ›O Lóeg, ein einziger Schluck von diesem Met, und mein Herz würde gesunden, und die alte Kraft würde von Neuem durch meine Adern fließen! Ach, nur einen Becher Met aus dem Land Síde …‹«

»Einen Becher Met? Den könnte ich jetzt auch gebrauchen!«, fällt Papa ein, der ums Haus herum zu uns in den Garten getreten war. Seine schweren schwarzen Stiefel machen ein dumpfes Geräusch.

»Papa!«, jauchzt Daisy, springt auf und hüpft ihm in die Arme, um sich von seinen Bartstoppeln kitzeln zu lassen. Aber Papa zuckt zusammen und stellt Daisy wieder auf den Boden, ohne sie durch die Luft zu wirbeln, wie er es sonst immer tut. Erst jetzt entdecken wir die Schwellung auf der einen Seite von Papas Gesicht.

»Um Himmels willen!«, ruft Mama. »Geht es dir gut? Was ist passiert?« Sie springt auf und lässt die Kette aus Gänseblümchen fallen.

»Alles in Ordnung, Schatz«, entgegnet Papa und hebt kurz die Augenbrauen. »Nur ein Kinnhaken, nichts weiter. Sie haben mich schon untersucht. Es ist alles in bester Ordnung. Aber zur Sicherheit haben sie mich nach Hause geschickt.«

»Saoirse, lauf hinein und hol irgendetwas Kaltes aus dem Gefrierfach«, befiehlt Mama. »Und bring ein Geschirrtuch mit. Los, worauf wartest du noch?«

Ich laufe und hole eine große Packung Mais. Die Kälte brennt an den Fingern, sogar wenn ich das Geschirrtuch darüberlege. Mama streicht mit den Fingerspitzen über Papas Gesicht.

»Es schwillt weiter an«, stellt sie fest. Sie nimmt mir den Mais ab, wickelt das Tuch darum und drückt es an Papas Wange.

»Alles bestens«, meint Papa wieder. »Mir geht es blendend. Es ist alles in Ordnung.«

Er nimmt Mamas freie Hand und küsst sie auf die Innenfläche. Mama holt tief und zittrig Luft.

»Jetzt bringen wir dich lieber mal hinein«, flüstert Mama sanft und redet mit Papa wie mit mir oder Daisy, wenn wir schlecht geträumt haben. »Du hast mir vielleicht einen Schrecken eingejagt!«

»Was ist denn passiert, Papa?«, fragt Daisy.

»Lasst euren Vater jetzt mal kurz in Ruhe«, unterbricht Mama schnell.

»Es war nur ein klitzekleiner Unfall. Alles bestens. Seht ihr?« Papa zieht eine Grimasse für mich und Daisy. Daisy kichert. »Au!«, stöhnt Papa. Daisy kichert noch mehr. Aber das war gar kein Scherz.

Mama verschwindet mit Papa im Haus. Ich versuche, die Gänseblümchenkette für Daisy fertig zu machen, aber meine Finger sind zu ungeschickt, und ich reiße ständig die dünnen Stängel ab.

Papa legt sich ein bisschen hin. Ich und Daisy spielen leise auf der Treppe vor dem Schlafzimmer und warten darauf, dass es ihm wieder besser geht. Abwechselnd schauen wir durchs Schlüsselloch, um zu sehen, ob er noch schläft. Zum Abendessen wacht er rechtzeitig auf, aber sein Gesicht ist ganz lila geworden, und er kann nur noch auf einer Seite lächeln. Daisy fängt an zu weinen, als sie Papas dickes, lilafarbenes Gesicht mit dem halben Lächeln sieht. Aber er hebt sie hoch und kitzelt sie, damit sie wieder lacht. Es gibt Pizza. Mama fragt ihn, ob er etwas Hühnerbrühe möchte, vielleicht mit einer gekochten Kartoffel darin. Papa meint, er sei doch kein Invalide. Also isst auch er die Pizza. Aber weil er den Mund nicht richtig aufmachen kann, kaut er nur vorsichtig auf kleinen, matschigen Bissen herum. Daisy und ich trinken Limonade. Papa schüttet ein wenig Bier in seine und Mamas Limonade. Wir stoßen alle miteinander an.

»Das bringt Glück«, erklärt Mama uns. »*Slainte!*«

»Prost, ihr lieben Sorgen, ihr könnt mich alle mal, bis morgen!«, sagt Papa, und Daisy muss laut lachen.

Als Mama uns zu Bett bringt, bitte ich sie, die Geschichte von Cúchulainns Siechtum zu Ende zu erzählen, aber sie entgegnet, das sei eine Geschichte für ein andermal.

»Bitte!«, bettle ich aus Angst um Cúchulainn, der krank ist und unter dem Zauber von Síde steht. »Bitte, bitte, bitte!«

»Morgen«, antwortet Mama, aber sie singt uns noch ein Lied vor. Das Lied, das Emer mit den blonden Haaren für Cúchulainn singt, den sie liebt und dessen Herz, wie sie weiß, nicht mehr ihr gehört. Mama singt es ganz sanft, wie ein Wiegenlied, und ihre grünen Augen sind groß und glänzen dunkel.

»Wehe! Bluten macht mein Herz
die Sehnsucht nach dem Reitersmann.
Aus Emuin kehrt er nimmermehr zurück –
ein Geist hält uns getrennt.«

»Geh noch nicht, Mama«, flüstere ich, und sie singt weiter.

»Sieh nur, der Winter naht mit Pracht,
erkennst du seine Wunder all?
So sieh auch, wem du dienst: dem Frost,
der Finsternis, der Ferne.«

»Bekommt Emer Cúchulainn am Ende wieder?«, rufe ich. Jetzt mache ich die Geschichte kaputt, aber das ist mir egal.

Mama dreht sich in der Tür um.

»Ja, ganz am Ende. Und jetzt schlaf schön.«

Sie wirft mir eine Kusshand zu. Dann schließt sie sachte die Zimmertür.

3

Vier Häuser weiter unten in unserer Straße rühren Baps und Wee Man Matsch an, bis er aussieht wie Hundekacke, und dann klatschen sie ihn auf unsere Einfahrt, direkt hinter dem Tor. Sie waren auf der Suche nach Zaun- oder Holzresten für die Feuer am elften Juli bei uns vorbeigekommen, und Mama hat ihnen die Tür vor der Nase zugeknallt. Das zahlen sie uns jetzt heim. Baps hat einen weichen Schlabberbauch, der sein weites Hemd ausbeult. Wee Man hat schräg stehende fahlgelbe Augen; sein Kinn ist spitz und schmal. Daisy und ich liegen in unserem Versteck zwischen dem größten Tannenbaum und der Hecke und warten, bis sie wieder verschwunden sind.

Sie schlagen das Gartentor hinter sich zu, klatschen sich ab und schreien: »Give me five! Super!« Dann lungern sie noch ein bisschen auf dem Gehsteig vor unserem Haus herum und warten, ob etwas passiert. Aber wir kauern hinter der Hecke und tun keinen Mucks. Mama ist irgendwo im Haus.

»Hal-lo-ho, Kleine!«, ruft Baps einem Mädchen zu, das nicht weit entfernt von den beiden seilspringt. Sie beachtet ihn nicht und fängt an, mit überkreuzten Armen zu springen. Ich kann das nicht, mit überkreuzten Armen hüpfen. Wir sehen zu, wie sie zuerst ihre Arme ganz weit öffnet, um das Seil schwingen zu lassen, sie dann übereinanderschlägt und ihre Schultern einzieht, während das Seil über ihren Kopf hinwegzischt.

»Wie wär's mit uns zweien?« Baps bleibt hartnäckig. »Na, wie wär's?« Er lacht. Ein anzügliches, kehliges Lachen.

»Du kannst mich mal!«, schreit das Mädchen plötzlich zurück, läuft weg und schleift das Seil hinter sich her.

Baps und Wee Man brüllen vor Lachen.

»Cooler Spruch!«, sagt Wee Man. »Cooler Spruch!«

Später waren wir Ziel einer Mutprobe von Baps, Wee Man, dem Mädchen mit dem Springseil und noch einem anderen Mädchen, das nur ein wenig älter ist als ich: Wer traut sich, die

Matsch-Kacke direkt vor unsere Haustür zu klatschen? Ich und Daisy haben hinten im Garten geschaukelt. Daisy hört das Tor quietschen und glaubt, Papa käme heim. Sie läuft um das Haus herum und sieht, wie Wee Man sich vor der Haustür bückt und Baps und die zwei Mädchen lachend auf dem Gartentor hin- und herschwingen. Früher war Mama mit der Mutter des Mädchens, das ein wenig älter ist als ich, lose befreundet. Aber wenn das Mädchen zu uns kam oder wir zu ihr gingen, dann wollte sie immer Geheimbund mit mir spielen und sagte, Daisy sei zu klein, um mitzumachen. Und irgendwann hat Mama gemeint, sie will sowieso nicht, dass wir mit den Kindern aus der Straße spielen. Daisy brüllt: »Sha-sha! *Sha-sha!*« Ich renne hin: Gerade rast Wee Man zum Tor hinaus, und dann rennen alle vier die Straße hinunter und johlen: »Katholikenschweine! Schmutzige, stinkende Katholikenschweine!«

Mama kratzt den Matsch vor der Tür zusammen und fordert uns auf, das Gartentor geschlossen zu halten und hinten im Garten zu spielen. Ihr Gesicht ist rot, und ihre Augen glänzen. Sie fragt nicht mal, ob wir wüssten, wer das mit der Matsch-Kacke war oder warum. Der Garten hinten ist viel zu klein zum Spielen. Es gibt nur eine Schaukel. Nach einer Weile wird es mir zu langweilig, Daisy immer anzuschubsen, nur weil sie zu klein ist, um alleine zu schaukeln. Kaum dass ich mal schaukle, schreit sie gleich, dass wieder sie dran sei. »Pustekuchen!«, entgegne ich. Sie war schon dran! Ich bleibe einfach sitzen und drehe mich, bis das Seil verknotet ist. Dann stoße ich mich mit den Zehen vom Boden ab. Die Schaukel macht einen Ruck und wirbelt mich schneller und schneller im Kreis herum. Daisy schreit noch immer, dass sie jetzt dran sei, obwohl sie viel länger geschaukelt hat als ich. Schließlich brüllt Mama aus dem Fenster herunter, ich solle damit aufhören, weil sonst die Stricke ausfransten und rissen, und ob ich nicht, in Gottes Namen, meine kleine Schwester endlich auch mal auf die Schaukel lassen könne. »Das ist gemein!«, rufe ich. Aber Mama ist schon wieder vom Fenster verschwunden, und ich möchte nicht, dass sie böse wird, also rutsche ich von der Schaukel und schubse Daisy wieder an, bis es Zeit fürs Abendessen ist.

Papa verbietet mir, von jetzt an »bis auf Weiteres« auf der Straße Fahrrad zu fahren. Eigentlich darf ich, seit ich ohne Stützen fahre, von unserem Gartentor bis zur zweiten Straßenlaterne radeln, aber jetzt, bestimmt Papa, muss ich in unserem Garten bleiben. Daisy fährt auf ihrem Dreirad um das klitzekleine Rasenstück herum. Aber ich habe schon ein Fahrrad für Große, ohne Stützen, und in dem kleinen Garten kann ich überhaupt nicht richtig fahren. Mama hat Papa von den Jungen und Mädchen aus der Straße, dem Matsch vor unserer Haustür und den Schimpfwörtern erzählt. Papa will mit deren Eltern reden. In der Zwischenzeit sollen Daisy und ich hinten im Garten bleiben und sie gar nicht beachten, auch wenn sie uns etwas zurufen. Als Papa einmal nachmittags Zeit hat, nimmt er uns mit nach Stormont, damit wir mit unseren Fahrrädern den Hügel hinabfahren können. Ich flitze Papa und Daisy voraus den Hügel hoch. Papa ermahnt mich, beim Bergabfahren beide Hände an den Bremsen zu lassen, weil der Hügel ganz schön steil sei. Das erste Mal ruckle und zuckle ich noch vorsichtig hinunter, aber beim zweiten Mal traue ich mich schon, viel schneller zu fahren, und beim dritten Mal tue ich so, als ob mein Rad ein Pony wäre, auf dem ich reite. Der Fahrtwind wirft mir den Kopf nach hinten, und meine Stirn ist ganz schwitzig unter dem rosa »Mein-kleines-Pony«-Fahrradhelm. Ich streichle den Lenker und sage: »Hü, Sternschnuppe!« Wenn ich mal ein Pony haben werde, dann wird es Sternschnuppe heißen. Das von Daisy heißt Wirbelwind. Ich muss absteigen und das Fahrrad wieder den Hügel hinaufschieben, und das dauert! Papa und Daisy spielen oben im Gras, und Papa erzählt uns von der

Familie, die früher einmal in Stormont gewohnt hat, bevor es zum Parlamentsgebäude wurde. Es hieß damals, als man den Namen noch nicht zusammenzog, Storm Mount. Das klingt wie in einer richtigen Geschichte! Daisy und ich zählen die Fenster: Wir kommen bis siebenundzwanzig, dann bringen wir alles durcheinander. So ein riesiges Haus für eine einzige Familie! Wir versuchen es noch einmal, aber diesmal kommen wir schon bei zweiundzwanzig durcheinander.

Es ist spät geworden. Mama fragt sich bestimmt schon, wo wir so lange bleiben. Papa erhebt sich aus dem Gras, streckt sich und hebt Daisy auf seine Schultern. Von dem Hügel aus kann man ganz Belfast überblicken. Papa zeigt uns, wo unser Haus liegt. Man sieht es nicht richtig, aber Samson und Goliath, die zwei großen gelben Kräne der Schiffswerft. Also kann man sich ungefähr vorstellen, wo unsere Straße sein muss. Daisy winkt hinüber.

Auf dem Nachhauseweg bleiben wir an einem Zeitungskiosk stehen und bekommen ein Eis am Stiel. Papa kauft auch den *Belfast Telegraph*, aber er liest ihn nicht; er wirft nur einen Blick auf die Titelseite, schüttelt den Kopf und faltet die Zeitung zusammen, sodass man die Fotos vorne nicht erkennen kann. Ich aber habe sie trotzdem gesehen. Die Bilder zeigten schwarz gekleidete Männer mit großen schwarzen Masken über ihren Gesichtern und kleinen Schlitzen für die Augen. Manche von ihnen standen, andere knieten, aber alle hielten Gewehre in die Luft. Mama will den *Belfast Telegraph* nicht im Haus haben, weil da nie etwas Neues drinstünde, behauptet sie. Aber ich glaube, sie hat vielleicht auch ein bisschen Angst vor den Bildern.

Wir sitzen auf einer Mauer in der Sonne und schlecken unser Eis. Papa wischt uns den Mund mit seinem Taschentuch ab und bittet uns, Mama nichts davon zu erzählen, weil sie immer meint, wir hätten dann keinen Hunger mehr auf das Abendessen. Wir sollen unser Abendbrot bis zum letzten Bissen aufessen und dürfen bloß nicht sagen, dass wir keinen Hunger hätten, sonst zöge Mama ihm das Fell über die Ohren.

»Auch wenn es Fischpastete gibt?«, frage ich. Ich und Daisy mögen überhaupt keine Fischpastete. Nicht einmal mit Ketchup.

»Dann erst recht! Abgemacht, Sonnenschein? Hast du gehört, Daisy? Ihr müsst eure Portionen Fischpastete ganz aufessen, wenn es wirklich Fischpastete zum Abendessen gibt. Wenn Mama sich schon die Mühe macht, für euch ein Abendessen zu kochen, dann müsst ihr es ganz aufessen, bis zum letzten Bissen. Haben wir uns verstanden, ihr zwei?«

Fischpastete schmeckt so scheußlich! Papa guckt ganz streng.

»Ja, Papa«, sage ich, ohne Daisy anzuschauen.

»Ja, Papa«, sagt Daisy.

»So ist's brav!«

Dann trägt Papa Daisy den ganzen Rückweg huckepack; ihr Dreirad nimmt er unter den Arm. Er verspricht, wenn das Wetter so bliebe, würden wir noch mal nach Stormont radeln und bekämen nachher wieder ein Eis. Aber er ist oft weg. Meine arme Sternschnuppe muss den restlichen Sommer über in der Garage stehen, weil Papa dabei bleibt, dass ich nicht auf die Straße darf. »Tut mir leid, Sonnenschein«, wiederholt er und stupst meine Nasenspitze an. »Tut mir wirklich leid, Sonnenschein, aber es ist besser, du fährst nur im Garten. Ich möchte nicht, dass ihr Ärger bekommt.«

Er will uns ein größeres Schaukelgerüst für den Garten kaufen, eines mit zwei Schaukeln und dazu noch einer Wippe, sodass wir beide gleichzeitig schaukeln können. Aber er kommt nicht einmal dazu, das Gemüsebeet umzugraben, um überhaupt Platz dafür zu schaffen.

Jetzt, da wir nicht mehr auf der Straße spielen dürfen, wissen wir gar nicht, wo wir noch richtig spielen sollen. Der Garten ist viel zu klein zum Herumrennen. Papas ehemaliges Gemüsebeet nimmt den meisten Platz in Anspruch. Letztes Frühjahr riss er aus der verwilderten Ecke neben dem Öltank alle Büsche heraus und beschloss, ein Gemüsebeet wäre doch ein nettes Projekt für Mama, damit sie auch mal an die frische Luft käme. Er schleppte säckeweise spezielle Erde heim, vermischte sie mit einer stinkenden, grünbraunen Flüssigkeit und harkte sie dann in den Boden. Ich half ihm dabei, entlang der Mauer Salat, Karotten, Kartoffeln und Rhabarber zu säen. Wir taten so, als wäre uns Daisy eine Hilfe, obwohl sie noch viel zu klein war, nur herumwackelte und mit beiden Händen Dreck aufklaubte. Dann liefen wir tagelang jeden Morgen hinaus, um nachzusehen, ob schon etwas gewachsen war. Papa sagte, Pflanzen hätten es gern, wenn man mit ihnen spräche, also setzten wir uns hin und erzählten dem Erdboden Geschichten, bis er sich mit zartem Grün überzog und überall kleine Triebe hervorsprossen. Morgens und abends gaben wir ihnen Wasser: Wir füllten die rostige Gießkanne an dem Hahn neben der Garage, schleppten sie dann zu zweit hinüber zum Gemüsebeet und ließen das Wasser dort auf die Erde klatschen. Als die Pflänzchen größer wurden, meinte Papa, jetzt wird es ernst. Wir mussten anfangen, Unkraut zu jäten, weil es sonst überhandnehmen und das arme kleine Babygemüse unter sich ersticken würde. Ein paar Wochen lang half Mama uns beim Jäten und zeigte uns, was Unkraut ist und was nicht, aber dann hatte sie keine Lust mehr, weil sie dabei schwitzte und schmutzig wurde und ihr der Rücken weh tat. Sie meinte, sie hätte nicht ihr ganzes Leben lang davon geträumt, endlich rauszukommen, nur um dann im Garten Gemüse anzupflanzen. Papa könne sich leicht solche albernen Sachen ausdenken: Er wäre ja die meiste Zeit nicht da und überließe die Drecksarbeit anderen Leuten. Mama fragte ständig, was wir denn am Ende mit dem ganzen Haufen matschigen, alten Salat und sechs Reihen Karotten anfangen wollten. Daisy und ich hofften, sie würde uns ein Kaninchen kaufen. Aber nach kurzer Zeit hatten wir das Gemüsebeet alle wieder vergessen. Eine Weile versuchten Daisy und ich noch, Unkraut zu jäten. Aber wir wussten nicht mehr, was eigentlich das Babygemüse war und was nicht. Zuletzt wuchsen dort Hundeblumen, die zu dicken Pusteblumen wurden, die uns die Uhrzeit verrieten, je nachdem, wie oft wir daran blasen mussten, und andere hübsche, weiße Blumen mit dünnem Stiel.

Im Frühling verbrachten wir zwei Wochen damit, Raupen aus dem Gemüsebeet zu sammeln. Mama drückte Löcher in den Deckel eines Marmeladenglases. Dahinein legten wir kleine Kieselsteine, Gras und Zweige, setzten die Raupen darauf und warteten, dass sie sich in Schmetterlinge verwandelten. Daisy war schuld, dass ich die allerschönste Raupe verlor, die ich je besaß. Sie war dick und braun, hatte Fühler und den ganzen Rücken voller stacheliger Härchen. Sie war ganz schön schnell und machte beim Kriechen immer einen Buckel. Manchmal stellte sie sich auf das Hinterteil, wackelte mit dem Kopf in der Luft und streckte uns ihre Fühler entgegen. Wir schauten zu, wie sie an den Wänden des Marmeladenglases entlangkroch. Dann fand Daisy eine andere Raupe, eine klitzekleine, dünne, hellgrüne. Die wollte sie aber nicht in das Marmeladenglas setzen, weil sie noch so klein war, und die andere doch so groß, schnell und böse. Mama suchte ihr eine leere Streichholzschachtel heraus. Daisy behauptete, die Schachtel sei nicht groß genug, aber Mama sagte, mein Gott, das sei doch nur eine kleine Raupe. Ich legte ein Blatt und etwas Gras in die Schachtel, damit sie sich darin wohl fühlt, aber Daisy behauptete, ihre arme kleine Raupe fürchte sich im Dunkeln. Nach dem Abendessen wollte Daisy nicht herauskommen und mit mir spielen. Aber erst als wir schlafen gingen, bemerkte ich, dass meine Ballerinaspieldose weg war. Ohne die konnte ich nicht schlafen, und ich weinte und weinte, bis Mama sie schließlich unter Daisys Bett entdeckte. Daisy hatte darin einen Minigarten angelegt und sie mit Erde, Zweigen und Blättern gefüllt. Der rote Samt war überall mit Dreck verschmiert. Mama versohlte ihr den Hintern und schimpfte, sie könne von Glück reden, dass Papa nicht zu Hause sei, sonst würde er ihr eine Tracht Prügel verabreichen, die sie ihr Lebtag nicht vergessen würde. Mama warf die Raupe, die ganze Erde und die Blätter aus dem Fenster. Ich musste meine Raupe mit den Fühlern auch freilassen und dann das Marmeladenglas Mama zeigen, damit sie sah, dass es wirklich leer war.

Sie sagte, sie habe jetzt genug, und wir dürften keine Raupen mehr sammeln.

»Aber wir wollen doch sehen, wie sie sich verzaubern!«

»Das hat gar nichts mit Zauberei zu tun, das ist einfach Natur. Jetzt ab ins Bett mit euch, und wehe, wenn ich noch einen Mucks höre!«

Ich lag wach in meinem Bett und musste an die arme kleine Raupe denken, die mitten auf dem Kies gelandet war. Nicht einmal Büsche standen in der Nähe. Ich musste auch an die arme kleine Ballerina denken, die in der dreckigen Dose eingesperrt gewesen war, als die Raupe auf sie zugekrochen gekommen war: Obwohl die Raupe ja eigentlich nur ganz klein gewesen war, war sie ihr bestimmt wie eine riesige Schlange vorgekommen.

Auch Daisy schlief noch nicht. Nach einer Weile flüsterte sie, ob sie zu mir ins Bett dürfe, weil sie die Dunkelheit nicht leiden könne. Aber ich tat so, als würde ich schon schlafen. Dann fragte sie noch einmal. Als sie keine Antwort bekam, tapste sie herüber und zwängte sich zu mir. Ich wälzte mich im Bett herum, um sie an den Rand zu drängen, aber sie jammerte nicht, sondern lag nur da und lutschte an ihrem Daumen, bis ich ihr auch ein bisschen Decke ließ und wir beide einschliefen.

Mama hat sich schon hingelegt, als wir von unserer Fahrradtour zurückkommen. Wir müssen also gar keine Fischpastete zu Abend essen. Papa verquirlt in einer Tasse Eier, macht uns Rührei und röstet dazu Toastbrot in der Pfanne. Wir dürfen so viel Ketchup haben, wie wir wollen, nicht bloß einen Spritzer am Tellerrand wie sonst immer. Als wir schließlich mit dem Abendessen fertig sind, sagt er, nach so einer langen Radtour sei es am besten, wir gingen gleich hinauf ins Bett. Draußen scheint aber noch die Sonne, und wir sind gar nicht müde, also halten wir am Fenster Wache, falls Baps, Wee Man und die anderen versuchen, noch mehr Matsch-Kacke vor unsere Tür zu schmeißen. Wir schauen hinaus, bis die Straßenlaternen angehen. Daisy zeigt auf die kleinen roten Lichter am Himmel und behauptet, die kämen vom Zauberschloss im Elfenreich.

»Stimmt gar nicht«, widerspreche ich. »Das sind die Lichter von Hubschraubern und so.«

»Nei-hein!«

»Do-hoch! Ich bin größer als du, ich weiß das.«

Aber Daisy bleibt dabei, dass die Lichter aus dem Elfenreich kommen. Sie erklärt, sie kenne den Weg dorthin, aber das sei ein Geheimnis und sie dürfe es nicht verraten. Dann hören wir, dass Papa heraufkommt, und huschen ins Bett.

4 Daisys Mittelohr ist wieder da. Wenn man mit ihr spricht, dann hört sie manchmal nicht, was man sagt, und wenn Mama mit einer Taschenlampe hineinleuchtet, dann erkennt man, dass ihr Ohr verklebt ist. Daisy hatte schon am Anfang des Sommers ein Mittelohr. Wir mussten zur Schwester ins Krankenhaus und spezielle Tropfen besorgen. Von außen sehen Daisys Ohren normal aus. Aber die Schwester in der Klinik meinte damals, sie habe ein Mittelohr. Es sind noch ein paar Tropfen übrig. Daisy muss sich auf das Sofa legen, und Mama träufelt die Medizin in ihr normales Ohr. Ich zähle mit, wie viel Tropfen sie schon hineingetan hat. Daisy zappelt und weint. Sie sagt, es fühle sich kalt an.

»Halt still!«, befiehlt Mama. Aber Daisys gesundes Ohr ist gegen das Sofa gedrückt; wahrscheinlich hört sie Mama gar nicht, denn sie zappelt noch mehr. Ich finde das lustig, dass man ein zusätzliches Ohr haben kann und trotzdem nichts hört. Ich bohre mit den Fingern so tief in meinen Ohren, wie es geht, um mich zu vergewissern, dass da drinnen nicht noch eines wächst. Mama sieht mich, lacht und sagt, ich solle nicht albern sein. Aber Sorgen mache ich mir trotzdem.

Einmal schüttet Mama morgens Orangensaft über unsere Cornflakes. »Sie haben uns keine Milch geliefert«, erklärt sie. »Sie haben uns keine Milch geliefert, weil es keine Milchflaschen mehr gibt, in die man sie füllen kann«, erkläre ich Daisy. Auf BBC haben wir nach dem Kinderprogramm in den Nachrichten gesehen, wie kleine Jungs Milchflaschen und Ziegelsteine auf eine Kolonne von Militärjeeps werfen. Im Hintergrund lagen brennende Autos und große Haufen aus Holzkisten, Zaunlatten und Stacheldraht. Als Mama hereinkam, schaltete sie den Fernseher ab. »Genug ferngesehen für heute«, meinte sie. Aber wir beschwerten uns nicht, weil sie dann ein Puzzle mit uns spielte, ein richtiges Erwachsenen-Puzzle. Sie verstreute die Teile überall auf dem Wohnzimmerboden und zeigte uns, dass man mit dem Himmel und der Erde anfangen muss und zuerst die Teile für den Rand nimmt. Daisy musste alle Teile mit blauem Himmel suchen. Mama und ich bauten sie dann zusammen. Das Puzzle war ein Bild von einem Dschungel mit Tigern, Affen und Papageien. Wir durften es auf dem Boden liegen lassen, damit Papa es sehen könnte, wenn er heimkäme.

Ich und Daisy haben nichts dagegen, dass es keine Milch gibt. Cornflakes mit Orangensaft sind viel lustiger. Aber Mama findet es nicht so witzig, weil man Orangensaft nicht in den Kaffee schütten kann. »Ist es denn zu viel verlangt«, jammert sie, »wenn man ein kleines bisschen Milch für seinen Kaffee möchte? Ist das wirklich zu viel verlangt?«

Beim Milcheinkaufen kommen wir am Ende unserer Straße an einem Auto vorbei, das sie vor ein paar Tagen angezündet haben. Von dem Auto ist nur noch ein verbogenes schwarzes Gerippe übrig. Der Boden ist glatt und glänzend, wo der Asphalt durch die Hitze der Flammen geschmolzen ist.

Papa sagt, bis auf Weiteres, solange Autos in Brand gesteckt und Milchflaschen in der Gegend herumgeworfen werden, solle Mama mit uns nicht durch die Stadt zu den Antonionionis und ihrer Eisdiele fahren. Wenn Mama ihre Freunde sehen wolle, dann sollten die doch zu uns kommen. Er meint das nicht böse.

Er sagt: in Anbetracht der Umstände. Ich und Daisy wissen nicht genau, was Umstände eigentlich sind. Ich glaube, er meint uns zwei damit. Mama wird sauer. Außerdem mag sie es nicht, wenn Papa Antonionionis zu ihnen sagt.

»Das ist nicht lustig! Es ist nichts anderes als Diskriminierung! Du bist einfach ein bornierter Katholikenfresser!«

»Um Himmels willen, Frau! Krieg dich wieder ein! Das ist doch nur ein kleiner Scherz.«

»So, ein kleiner Scherz? Ich lach mich tot!«, fährt Mama ihn an. »Ich finde das überhaupt nicht witzig! Ich finde es einfach nur verdammt unfair!«

Papa hat es nicht gern, wenn man ihn »verdammt unfair« nennt.

»Aha, wo wir gerade von fair und unfair sprechen: Wenn du mich fragst, dann sind eher deine sogenannten Freunde verdammt unfair! Erklär mir doch mal, warum immer du die Mädchen dorthin schleppen musst? Was sind denn das für Freunde, die nie zu uns kommen wollen, hm?«

»Du weißt selber ganz genau, warum sie nicht in diesen Teil der Stadt kommen wollen.«

»Siehst du, dann verstehst du sicher selber ganz genau, warum ich nicht möchte, dass du mit den Mädchen in ihren Teil der Stadt fährst. Zumindest nicht, bis sich die Lage wieder beruhigt hat.«

Mama verdreht die Augen, antwortet aber nichts, als ob das letzte Wort gesprochen wäre. Doch sie besucht mit uns die Antonionionis trotzdem – ich darf sie natürlich nicht so nennen, sonst bekomme ich was auf den Hintern –, aber das ist ein Geheimnis; wir dürfen Papa nichts verraten. Ich bin froh, dass wir noch zur Eisdiele fahren. Wir müssen dafür zwei verschiedene Busse nehmen: Den ersten in die Stadt bis zum Rathaus; dann müssen wir hinten um Leisureworld herumgehen und einen anderen Bus hinauf zu den Falls nehmen. Der zweite Bus hat Metallgitter vor den Fenstern. Falls jemand einen Stein werfen sollte, erklärt Mama. Daisy und ich drücken die Nasen fest gegen die Scheibe, um zu sehen, ob wir durch die Gitter etwas sehen können. Manchmal sieht man nur das Gitter, und wenn man mit den Augen ein kleines Stückchen höher geht, dann sieht man hinaus, und wenn man wieder ein Stückchen höher geht, dann sieht man wieder nichts mehr. Auf der Eisdiele steht »Antoninis Eiscafé«. So heißen sie nämlich wirklich:

Anto-ni-ni. Mr Antonini – wir dürfen Opa Tony zu ihm sagen – macht für mich ein besonderes Eis in einem hohen Glas: Vanilleeis *und* Erdbeereis mit Schokoladensauce *und* Marshmallows und Schlagsahne. Er vergisst auch nie, eine rote, glänzende Kirsche darauf zu tun, die ich mir immer bis zum Schluss aufhebe. Manchmal steckt er noch ein Papierschirmchen in die Sahne, dann schlecke ich den Stiel ab, spanne das Schirmchen zu und lege es vorsichtig in die Tasche meines Kleids. Die Papierschirmchen bewahre ich zusammen mit meinen anderen Schätzen in der Ballerinaspieldose auf. Als Opa Tony den Eisbecher vor mich auf die Theke stellt, macht Mama große Augen und staunt: »Allmächtiger! Dir geht es heute aber gut! Hast du Danke gesagt zu Mr Antonini?«

»Zu Opa Tony«, korrigiert er, macht eine kleine Verbeugung und reicht mir einen langen Silberlöffel. »Ta-taah! Lass dir's schmecken, *principessa*.«

Er dreht sich zu Mama, schüttelt den Kopf und tut ganz streng.

»Und deine Mama, die müssen wir mal ein bisschen aufpäppeln! Viel zu mager, hörst du? Viel zu mager bist du!«, sagt er zu ihr.

Mama lächelt ihn mit zusammengepressten Lippen an und wendet sich ab.

»Ich bin nur ein klein wenig müde zurzeit.«

Mama trinkt Kaffee mit Isabella, ihrer besten Freundin, aus kleinen Tassen, die aussehen wie Puppengeschirr. Ich und Daisy sitzen auf Hockern an der blank polierten Theke und essen unser Eis mit Löffeln, die ganz lange Stiele haben. Damit kommt man bis auf den Boden des Glases. Isabellas Baby, Andrea, sitzt neben uns, in einem Hochstuhl festgeschnallt. Andrea ist ein Junge! In meine Klasse gehen zwei Mädchen, die auch Andrea heißen. Mama erklärt, in Italien ist Andrea ein

Jungenname. Der kleine Andrea ist dick und pausbäckig und hat ganz viele schwarze Locken. Manchmal, wenn wir statt in der Eisdiele Isabella zu Hause besuchen, müssen ich und Daisy mit dem kleinen Andrea spielen. Isabella gibt uns Wachsmalkreiden und ein Malbuch. Wenn Andrea auf unsere Bilder kritzelt oder eine Wachsmalkreide zerbricht, dürfen wir uns nicht beschweren, weil er nicht unser Bruder ist und wir bei Isabella zu Besuch sind. Mama bittet mich, ein liebes Mädchen zu sein und mit Andrea zu spielen, und Isabella erklärt Andrea, dass wir seine irischen Schwestern seien. Da kann ich schlecht sagen, dass ich und Daisy gar nicht mit dem Baby spielen wollen. Aber am allerschlimmsten ist, dass Isabellas Haus keinen Garten zum Spielen hat. Die Haustür geht direkt auf den Gehsteig, und wir dürfen nicht wie die anderen Kinder auf der Straße spielen.

Ich habe Mama gefragt, warum Isabella und Andrea nicht zu uns kommen. Wir haben wenigstens einen Garten. Aber Mama meint, Isabella habe Angst davor, in unser Stadtviertel zu kommen, weil sie einer ausländischen Familie entstamme und manche Leute in gewissen Ecken von Belfast Leute aus anderen Ländern nicht mögen. Da muss ich daran denken, dass Baps und Wee Man und manchmal auch die Mädchen in unserer Straße schreien: »Geh doch heim in dein eigenes Land, du Katholik!« Oder: »Sag deiner Mutter, wir wollen sie hier nicht haben!« Aber das sage ich Mama nicht.

Die Antoninis kommen aus einem kleinen Dorf in den Bergen, das Kassilaatiko heißt.

»Kassilaatiko!«, betont Opa Tony.

»Kassi-LAA-tiko!«, wiederhole ich, und er lacht und macht sein fröhliches Clownsgesicht.

Bei Opa Tony in der Eisdiele hängen Bilder von Kassilaatiko an den Wänden, und manchmal zeigt er uns sein Haus. Es ist klein und weiß, das Dach mit Ziegeln gedeckt, und vor der Tür sitzen ein Schwein und ein Huhn. Kassilaatiko ist in Italien. Mama hat mir Italien auf der Weltkarte in unserem Lexikon gezeigt, aber Kassilaatiko haben wir nicht gefunden. Das habe ich Opa Tony erzählt. Da wurde sein Gesicht traurig.

»Alle gehen weg«, stieß er hervor. »Alle wollen leben besser.«

»Warum seid ihr dann nach Irland gekommen?«, fragte ich. Opa Tony erzählt immer nur, wie schön es in Italien ist und wie viel Sonne es dort gibt. Es muss viel schöner sein in Italien. In Irland regnet es die ganze Zeit, und wenn es mal heiß ist, dann drehen die Leute gleich durch.

»Wenn du bist erwachsen, *principessa*, du verlässt dieses Land und wohnst bei meiner Familie, *capisci*? Du heiratest einen netten italienischen Mann, ja? Du wirst eine große Herzensbrecherin sein, *bellissima*, genau wie deine Mama, und ich sage dir, die italienischen Jungs liegen dir alle zu Füßen!«

Opa Tony hat angefangen, mir einige italienische Wörter beizubringen, für später, wenn ich nach Italien fahre und einen italienischen Mann heirate. Aber ich bin mir noch gar nicht sicher, ob ich nach Italien möchte, weil, auch wenn Italien schöner ist als Irland und auch wenn ich jeden Tag ein richtig großes italienisches Eis haben kann, wie er sagt, dann würde ich Mama, Papa und Daisy trotzdem vermissen. Das flüstere ich Mama ins Ohr; sie küsst mich und sagt, ich solle keine Angst haben: Opa Tony habe nur Heimweh, und es gehe ihm besser, wenn er von Italien spräche.

Heimweh sei eine ganz besondere Krankheit, die man bekomme, wenn man weit weg von zu Hause sei. Es sei nicht so wie Bauchweh. Man bekomme es schon, wenn man einfach nur an Leute oder Orte denke, und dagegen hülfe nur, wieder heimzufahren.

»Warum geht er dann nicht zurück nach Hause?«

Mama seufzt.

Vielleicht würde er sich zu Staub verwandeln, sobald er mit den Füßen den Boden dort berührt!

»Vor langer Zeit, da warst du noch gar nicht auf der Welt, *céadsearc*, gab es einen Krieg. Damals verließen viele Leute Italien und kamen nach Irland. Opa Tony war einer von ihnen, und jetzt ist sein Zuhause eben hier.«

»Aber warum bekommt er dann Heimweh?«, unterbreche ich sie.

»Ach, Sha. Isabella, Opa Tonys Tochter, wurde hier geboren, sie ist hier aufgewachsen und hat einen Mann von hier geheiratet. Der kleine Andrea wird auch hier aufwachsen, und sie sind Opa Tonys Familie. Aber manchmal wird Opa Tony traurig wegen dem, was er zurückgelassen hat.«

Ich verstehe immer noch nicht, warum er nicht nach Hause fahren kann, nur für kurze Zeit, nur bis das Heimweh nachlässt, aber Mama sagt, selbst wenn er zurückginge, wäre nichts mehr so, wie er es in Erinnerung hat. Und vielleicht würde es das Zuhause, das er vor all den Jahren verlassen habe, gar nicht mehr geben.

Mama schweigt. Ihre Augen fangen an zu glänzen.

»Mama, warum weinst du denn?«, flüstere ich.

»Ich weine gar nicht«, sagt sie und dreht sich weg. Aber ich habe genau gesehen, dass ihr eine Träne die Backe heruntergelaufen und von der Spitze ihres Kinns heruntergetropft ist. Sie hat sie nicht einmal weggewischt.

Die Luft ist schwül und riecht nach Schweiß. Mir und Daisy wird es langsam langweilig, hinten im Garten. Die feuchten Haare kleben mir an der Stirn, und auf meiner Haut juckt und kratzt es überall. Das Mädchen von gegenüber hat ein Planschbecken im Vorgarten. Ein paar andere Mädchen aus unserer Straße planschen darin, aber Mama hat gesagt, wir sollen uns nach dieser Sache mit der Matsch-Kacke von ihnen fernhalten. Ich will sowieso nicht mit ihnen spielen. »Ihr habt den bösen

Blick!«, schreien sie jetzt seit Neuestem, wenn sie mich und Daisy sehen. Ich finde nicht, dass ich einen bösen Blick habe. Aber es ist nicht so leicht, das festzustellen. Ich schaue mir Daisys Augen genau an: Die sind auch ganz normal. Aber ich weiß auch nicht, wie böse man eigentlich gucken darf.

Daisy und ich wollen ein Eis. Wir fragen Papa, ob wir zu dem Geschäft am Ende der Straße laufen dürfen. Papa hat gestern die ganze Nacht lang gearbeitet, also sitzt er jetzt in einem Stuhl im Garten und schnarcht mit dem *Belfast Newsletter* über dem Gesicht. Wir stupsen ihn abwechselnd an, bis er mit einem Ruck aufwacht. Er verbietet es uns. »Bitte, Papa!«, quengeln wir, aber er bleibt bei Nein. »Dann komm doch bitte mit«, versuchen wir es weiter, aber er sagt, er sei total erledigt und ob wir ihm nicht einmal ein bisschen Ruhe gönnen wollen. Schließlich holt er jedem von uns einen Eispop aus dem Gefrierfach. Aber es sind nur noch blaue da, und die mögen wir nicht. Die schmecken komisch. Ich mag die roten und die grünen, Daisy die gelben und die orangen; die rosaroten schmecken uns beiden, aber die blauen, die mag keiner von uns. Daisy schmeißt ihren blauen Eispop auf den Küchenboden, und Papa schreit: »Daisy, heb das sofort wieder auf!«

»Nein! Ich will ein richtiges Eis! So eins wie von Opa Tony! Ich will wieder zu Opa Tony!«

Eigentlich hätten wir kein Sterbenswörtchen davon verraten dürfen, dass wir zu Opa Tony gehen. Das fällt Daisy auch sofort ein, nachdem sie es ausgesprochen hat. Sie verstummt und schaut mich mit großen Augen an.

»War eure Mutter mit euch in dieser Eisdiele?«

Daisy schaut mich an, ich schaue Daisy an, dann schaue ich auf meine Sandalen und fahre mit den Füßen die Risse in den Küchenfliesen nach. Daisys blauer Eispop schmilzt inzwischen auf dem Boden. Meiner fängt auch an zu schmelzen, das Eis läuft mir an der Hand hinunter. Dort, wo ich das Eis halte, fühlt sie sich ganz kalt an. Mir ist aber auch noch woanders kalt, in meinem Bauch nämlich.

»Sonnenschein? Ich will eine Antwort.«

Ich antworte noch immer nichts. Die Kälte in meinem Bauch wird schlimmer.

»Sonnenschein! Sieh mich an, wenn ich mit dir spreche!«

Papa brüllt jetzt. Ein bisschen Spucke landet auf meiner Backe. Ich wische sie mit meiner klebrigen, blauen Hand ab und hinterlasse dort einen pappigen, kalten Fleck.

»Sonnenschein!«, donnert er. »Ich bin dein Vater! Wenn ich dich etwas frage, dann will ich auch eine Antwort!«

»Ja, Papa«, flüstere ich.

»Was soll das heißen: ›Ja, Papa‹? Wart ihr mit eurer Mutter in dieser Eisdiele?«

»Ja, Papa«, wiederhole ich.

Mama liegt schon wieder mit Kopfweh im Bett. Trotzdem stürmt Papa die Treppe hoch und schreit aus Leibeskräften.

»Papa ist wütend«, flüstere ich Daisy zu. »Und du bist schuld.«

»Nein«, wispert sie ängstlich.

»Doch.«

Wir besuchen die Eisdiele nie mehr. Eines Tages legt Mama den Telefonhörer auf und ist weiß wie die Wand. Als ich sie umarmen möchte, schubst sie mich weg und sagt, dass Isabella, der kleine Andrea und Opa Tony nach Italien zurückgingen, für immer. Wir müssen mit zwei verschiedenen Taxis zu Isabella zu den Falls fahren, erst mit einem ganz normalen und dann mit einem großen schwarzen. Nur die großen schwarzen Taxis fahren bis zu den Falls. Isabellas klitzekleines Haus ist voll von Leuten, und wenn die einen gehen, kommen die nächsten. Sie bringen große Töpfe mit Essen, kochen Tee, rauchen, weinen und flüstern wütend durcheinander. Ich sehe durch die Jalousien einen Kamerawagen, auf dem »BBC« steht, das Haus und die Straße filmen, bis eine Frau mit einem dicken rosa Mantel und Lockenwicklern im Haar die Jalousien herunterlässt, mich vom Fenster wegzieht und sagt: »Es ist eine Schande! Es ist wirklich eine Schande! Die kommen und glotzen uns hier an wie Tiere im Zoo! Anstand haben die überhaupt keinen!«

Im Schneidersitz setze ich mich in eine Ecke und schweige. Und wenn Daisy beim Spielen zu laut wird, bitte ich sie, leise zu sein. Mama fängt zu weinen an. Sie nimmt Isabella in den Arm. Dann hebt sie den kleinen Andrea auf ihren Schoß, küsst ihn immer wieder und sagt: »Du armer kleiner Bub! Du armer, armer kleiner Bub!« So lange, bis auch Andrea heult.

Später am Abend kauere ich mich auf den kleinen Absatz auf halber Höhe der Treppe und drücke mein Gesicht durch eine Lücke zwischen zwei Pfosten des Geländers. So kann ich einen kleinen Teil des Wohnzimmers sehen und hören, wie Mama und Papa über das reden, was mit Frankie passiert ist, Isabellas Mann.

»Er sitzt an der Bar«, fängt Mama an. »Er sitzt einfach da und trinkt ein Bier nach der Arbeit. Er sitzt da, ganz allein, und trinkt friedlich sein Bier.«

»Ich weiß«, sagt Papa. »Es ist furchtbar bedauerlich.«

»*Bedauerlich?* Ist das alles, was dir dazu einfällt? Bedauerlich, Herrgott!«

»Hör mal zu, Schatz«, wirft Papa ein, »das hilft doch jetzt alles nichts«, aber Mama lässt sich nicht unterbrechen.

»Da stürzen plötzlich diese zwei Protestanten mit Strumpfmasken und Maschinenpistolen aus den Toiletten und ballern wild um sich …«

»Beruhige dich, Schatz …«

»Und das nennst du bedauerlich?«

»Schatz … Das ist doch jetzt völlig unnütz! Du machst dich damit nur verrückt. Da kann man nun mal nichts machen.«

Mama hört gar nicht auf ihn und redet laut weiter: »Frankie sitzt mit dem Rücken zu ihnen. Und weißt du, was dann?«

Papa lässt seine Schultern sinken und setzt sich hin.

»Weißt du, was dann?«

Mamas Stimme klingt schrill, und ihr Gesicht ist verzerrt. Sie sieht gar nicht mehr aus wie meine Mama. Ich will wieder ins Bett. Ich will wieder nach oben und zu Daisy ins Bett schlüpfen. Aber ich kann mich nicht losreißen.

»Was dann, Schatz?«

»Die haben gesagt, sein Kopf war fast völlig vom Körper getrennt. Er hing kaum noch am Körper. Isabella musste … sie musste ihn identifizieren, und sein Kopf hing kaum noch am … Und Isabella musste sich alle Einzelheiten wieder und wieder anhören, bei der Polizei und im Fernsehen und im Radio und … In was für einem Land leben wir eigentlich, kannst du mir das sagen? Verdammt noch mal, was für ein Leben soll das sein? Warum bin ich jemals in den Norden gekommen? Was um Himmels willen ist da nur in mich gefahren?«

Papa ist aufgestanden, er packt sie an den Handgelenken, sie kreischt. Ich halte mir die Ohren zu. Aber ich kann einfach nicht weg von der Treppe. Als ich die Hände wieder von den Ohren nehme, höre ich, wie Papa sagt, dass der Bruder von einem der Täter Soldat war. Dass dieser Bruder zusammen mit seiner Frau gestorben sei, als unter ihrem Auto eine Bombe explodierte. Und zwar vor den Augen ihrer sechsjährigen Tochter und der Babysitterin, die ihnen vom Fenster aus nachwinkten.

»In Sonnenscheins Alter! Das kleine Mädchen war genauso alt wie unser Sonnenschein.«

»Willst du … willst du diese Männer vielleicht rechtfertigen?«

»Ich rechtfertige gar niemanden. Ich habe es einfach nur erzählt.«

»Ich glaube, ich höre nicht recht! Nein, fass mich nicht an! Ich kann nicht glauben, dass du diese Männer auch noch rechtfertigst! Stell dir doch nur das arme kleine Baby ohne Vater vor. Stell dir ...«

Jetzt überbrüllt Papa sie: »Ich stelle mir Folgendes vor: Ich stelle mir das kleine Mädchen vor, das gesehen hat, wie seine Mama und sein Papa vor seinen Augen in die Luft gejagt werden! Und dass das kleine Mädchen genauso alt ist wie mein Sonnenschein!«

»Du bist wirklich widerlich! Jetzt ziehst du auch noch meine Kinder da mit rein!«

»Das tue ich nicht. Ich sage nur, dass ...«

»Was? Was sagst du?«

»Ich sage nur, dass ...«

»Dass es völlig in Ordnung ist, wenn Männer in einen Pub gehen und unschuldige Leute wie Frankie umbringen? Dass Rache in Ordnung ist, solange man sich damit für etwas rächt, was schlimm genug ist?«

»Himmel, das habe ich nicht gesagt! Ich sage nur, dass ... dass da immer viel mehr dahintersteckt. Das will ich sagen! ›Katholik in Pub von protestantischen Attentätern erschossen‹ ist nur die Schlagzeile. Aber die Geschichte dahinter ...«

Mama ist ganz ruhig geworden und starrt vor sich hin.

»Ich erkenne dich nicht wieder.«

»Komm schon, Schatz. Ich will doch nur sagen, dass ich eine Scheißangst habe vor dem, was gerade los ist!« Er streckt die Hand aus, um ihr Haar zu berühren.

»Geh weg! Fass mich ja nicht an!« Mama weint, schreit und zittert. »Was ist bloß aus uns geworden?«, wiederholt sie immer wieder. »Was ist bloß aus uns geworden? Was haben wir getan?«

Ich schleiche mich nach oben und schlüpfe zu Daisy ins Bett. Daisy ist warm und riecht nach Schlaf, aber ich zittere und habe den Kopf noch voller Wörter wie Bomben, Maschinengewehre, Strumpfmasken. Und immer wenn ich meine Augen zumache, sehe ich vor mir das Gesicht des kleinen Mädchens, das so alt ist wie ich. Sie winkt aus dem Fenster.

Als Daisy und ich am nächsten Morgen nach unten kommen, schläft Papa auf dem Sofa.

»Sha-sha, warum schläft Papa so gern auf dem Sofa?«, fragt Daisy.

Ich sage: »Pst!« Aber Papa wacht auf.

»Was macht ihr denn schon so früh auf den Beinen, Kinder?«

»Es ist gar nicht früh, Papa, es ist Zeit fürs Frühstück«, antwortet Daisy.

»Was, schon Zeit fürs Frühstück?«, sagt Papa und tut so, als wäre er erstaunt. »Es kann doch noch gar nicht so lang her sein, dass ich mich hingelegt habe. Es ist unmöglich schon Zeit fürs Frühstück!«

Unter Papas Augen sind dunkelblaue Ränder, wie wenn Daisy oder ich sie mit Buntstiften angemalt hätten. Und seine Augen sind klein, rosa und verschwollen, wie die Augen unseres Schulhasen, als er krank war. Papa guckt mich ganz komisch an. Dann gähnt er, streckt sich und gibt seine Gorillanummer zum Besten. Daisy kichert.

»Na kommt schon her, Kinder!«, brummt er, und Daisy hüpft auf seinen Schoß. Ich rutsche neben ihm aufs Sofa, und er legt seinen Arm um mich. »Hört mir mal gut zu«, fährt er fort. »Ich weiß nicht, was ihr in den letzten Tagen von den Leuten so alles gehört habt, aber ihr braucht keine Angst zu haben, und ihr dürft nie vergessen, dass euer Vater euch immer beschützen wird, habt ihr verstanden? Hm?«

Er hält meinen Arm fest gepackt und sieht richtig wild aus. Ich nicke. Daisy nickt auch und macht große Augen.

»Denkt daran, dass es Papas Job ist, Leute zu beschützen, die bösen Leute zu fangen und dafür zu sorgen, dass sie ins Gefängnis kommen. Verstanden? Solange ich hier bin, kann euch nichts passieren. Ja? Versteht ihr das? Euch kann nichts passieren. Vergesst das nie, Kinder.«

»In Ordnung, Papa«, flüstere ich.

»Gebt mir einen Kuss. Und jetzt stehen wir auf, ziehen uns an und sehen zu, dass ihr was in den Magen bekommt.«

5 Mir ist so kalt, als hätte ich einen Eisklumpen im Bauch. Jedes Mal, wenn ich am Einschlafen bin, sehe ich einen Mann von hinten. Er dreht sich um – ganz, ganz langsam, und ich weiß genau, was als Nächstes passiert: Sobald er mich anschaut, kippt ihm der Kopf vom Hals, weil er nur noch an einem einzigen Hautfetzen hängt. Mama hat heute Nacht das Licht auf dem Flur nicht angelassen; das einzige Licht kommt vom milchigen Orange der Straßenlaterne. Es fällt durch den Spalt, da, wo die Gardinen nicht mehr richtig schließen. Daisy schläft mit offenem Mund; sie quetscht Emily gegen ihr Kopfkissen und sabbert auf einen von Emilys Zöpfen.

»Daisy«, flüstere ich. »Wach auf!«

Aber Daisy schläft tief. An den Wänden hängen zackige Schatten. Sie sehen aus wie die gekrümmten Krallen von Hexen. Ihre spindeldürren Finger kratzen über das Poster, für das wir extra Coupons von den Cornflakes gesammelt haben. Mama hat sie dann eingeschickt. Ich schlüpfe aus dem Bett und husche über den Flur zu Mamas und Papas Schlafzimmer. Das Licht ist an, und die Tür steht einen Spaltbreit offen.

»Mama?«

»Wer ist da?«

»Ich bin's, Mama.«

Sie sitzt auf dem Bett, hat die Arme um ihre Knie geschlungen und die Decke über den Schultern.

»Mama?«

Sie blinzelt und dreht sich langsam um.

»Es ist spät, Schatz. Habe ich euch nicht schon ins Bett gebracht?«

»Schon, Mama.«

»Also geh wieder in dein Zimmer.«

»Mama, erzählst du mir bitte eine Geschichte?«

Sie seufzt.

»Kannst du auch nicht schlafen? Na gut. Komm her, Schatz.«

Ich klettere in Mamas Bett und schmiege mich an sie. Sie nimmt mich fest in die Arme und drückt meinen Kopf an ihre Schulter, sodass ich den Mund voller Haare habe.

»Wo ist denn Papa? Hat er heute Nachtdienst?«

Sie drückt mich noch fester, so als ob sie mich in sich hineindrücken wollte.

»Ach, *céadsearc*, mein armer kleiner Liebling! Mein hübsches kleines Mädchen!«

Dann lässt sie mich plötzlich los, zieht mein altes, rosarotes Schlafanzugoberteil gerade und zupft ein paar Fusseln ab.

»Du brauchst einen neuen Schlafanzug, Schatz.«

»Ich weiß, Mama.«

»Der hier ist dir ja schon viel zu klein. Du bist diesen Sommer richtig in die Höhe geschossen. Ja, du brauchst dringend einen neuen. Wir müssen zu C & A gehen.«

»Tut mir leid, Mama.«

»Was? Sei doch nicht albern, Schatz«, murmelt sie abwesend. Dann fragt sie: »Also, willst du jetzt eine Geschichte hören?«

»Ja bitte, Mama.«

»Welche willst du denn?«

»Erzählst du mir die von ›Deirdre voller Kummer‹?«, frage ich. (*Obgleich du Ruhm und Schönheit erlangen wirst, Deirdre, so wirst du doch alles, was dir lieb ist, und alle, die dich lieben, vernichten* … Diese Geschichte kann ich gar nicht oft genug hören.)

»Ach nein, Liebling, nicht die. Nicht heute. Such dir eine andere aus.« Am liebsten würde ich Táin Bó Cúailnge hören, die Geschichte von Cúchulainn und dem Rinderraub. Oder die Geschichte vom Werben um Étaín. Mama erklärt uns immer, wie man die irischen Namen richtig ausspricht, damit wir mitkommen.

»Wie wäre es mit Dornröschen?«, fragt Mama, bevor ich mich für eine Geschichte entschieden habe. »Dornröschen ist eine wunderbare Gutenachtgeschichte«, fügt sie noch hinzu.

Ich will aber eine Geschichte von Cúchulainn! Trotzdem nicke ich.

»Vor langer, langer Zeit, als die Barden am Hof des Hochkönigs in Emain Macha noch nicht die Hälfte der Geschichten kannten, die sie später einmal singen sollten, da lebte eine wunderschöne Prinzessin.«

»Wie sah sie aus, Mama?«

»Ihre Haut war wie von Elfenbein, und ihre Augen funkelten wie Smaragde. Man sagte, sie glänzten wie die Grüne Insel selbst.«

»Und ihre Haare? Waren sie schwarz wie meine?«

»Oh ja, sie waren schwarz wie meine und deine, Schatz, wie tiefschwarze Seide waren die Haare dieser Prinzessin; sie flossen ihr über die Schultern und den Rücken hinab wie ein Wasserfall. Die Männer nahmen weite Reisen auf sich, um einen Blick auf die Prinzessin zu erhaschen. Und jeden Abend gab es ein Festmahl mit Tanz. Harfner schlugen in die Saiten, und Barden sangen Lieder, die den Zuhörern die Tränen in die Augen trieben, Weisen, die selbst die Herzen der Berge von Mourne zum Schmelzen gebracht hätten.«

Mamas Stimme ist weich, tief und honigsüß. Ich kuschle mich noch fester an sie. »Beschreib mir das Festmahl, Mama!«

Jedes Mal, wenn sie die Geschichte erzählt, erfindet Mama neue Speisen für das Festmahl. Papa sagt, egal wie viel er zum Abendessen gegessen hat, er bekommt immer wieder Hunger, wenn er Mamas Beschreibung der Speisen des Märchenfestmahls lauscht.

»Nun, mein Schatz, die Speisen für das Festmahl waren auf weißen, nach Lavendel duftenden Tischdecken angerichtet: Auf silbernen Tellern häuften sich kandierte Birnen, Pflaumen aus Damaskus, in Rosenhonig eingelegt, und fremde Köstlichkeiten wie Sternfrüchte und Jujuben, gereift unter der Sonne ferner Länder …«

»Und was noch, Mama?«

»Gelee von Schnecken, die mit Milch genährt wurden, mit Ysop und Dill bestreut … kleine mit Zimt bestäubte Törtchen, gebacken aus dem Blut von einen Tag alten Schwanenküken … geräucherte Keulen Tausender in Gänsefett angebratener Ferkel, ganz frisch aus der Pfanne … Grasmücken, die man mit Trüffelöl gemästet und dann in Rotweinfässern ertränkt hat – hast du es vor Augen? Junge Turteltäubchen, in Bitterschokolade geschmort, bis sich das Fleisch bei der kleinsten Berührung der Zunge vom Knochen löste …«

Die Speisen, die Mama sich diesmal ausdenkt, kommen mir nicht sehr appetitlich vor. Aber bevor ich etwas sagen kann, redet sie hastig weiter: »Doch hinter all der Festfreude verbarg sich eine tiefe, unaussprechliche Traurigkeit. Sie hockte lauernd in den Ecken und floss wie Nebel im Rücken der Gäste zusammen. Und das, obwohl der König und die Königin sich bemühten, sie aus dem Saal zu drängen oder wenigstens mit Farben und Klängen, mit Lachen und Licht zu übertönen. Denn die Geburt ihrer Tochter hatte unter bedrohlichen Vorzeichen stattgefunden. Einigen Ferkeln, die an diesem Tag auf die Welt kamen, wuchsen Schwänze und Klauen aus dem Maul, sodass sie nicht gesäugt werden konnten. Kühe trampelten ihre kreischenden Kälber zu Tode. Jagdhündinnen von reinstem Blut, die schon viele Male geworfen hatten, knurrten und heulten und zerrissen mit Schaum vor dem Maul ihre Welpen … ihre quiekenden, blinden, tapsigen Welpen …«

»Nein, Mama!«, flüstere ich, und meine Kehle ist so trocken, dass es sich wie Krächzen anhört. »Hör lieber auf!«

Aber sie hört mich gar nicht. Und ich glaube, sie könnte nicht einmal aufhören, wenn sie wollte.

Die Geschichte reißt sie mit sich fort. Ihre Stimme klingt tief und heiser.

»Eines Tages, viele Jahre später, geschah ein Unglück. Die Prinzessin ging alleine durch den Palast und stach sich in den Finger – vielleicht an einem Holzsplitter, vielleicht auch an einer Glasscherbe – und sank ohnmächtig zu Boden. Da lag sie nun und schlief auf dem kalten Steinboden eines Saales hoch oben im nördlichen Flügel des Palastes. Als sie wieder erwachte, waren der Palast und all seine Pracht und ihre Kindheit nur noch ein verschwommener Traum, eine unwirkliche Geschichte, die sie sich später mit einer Mischung aus Staunen und Unbehagen immer wieder selbst erzählen sollte.«

Lange Zeit ist es still.

Draußen wird es schon hell. Ich höre das erste Zwitschern der Vögel. Mama hat ihre Augen geschlossen und den Kopf auf die gepolsterte Rückwand gelehnt, als ob sie eingeschlafen wäre.

Aber dann reibt sie sich mit den Händen das Gesicht, öffnet die Augen und sieht mich an – so entsetzt, wie ich es noch nie bei jemandem gesehen habe – und flüstert: »O mein Gott! Heilige Maria, Mutter Gottes, steh mir bei!« Sie streckt die Hand aus, um mir die Haare aus der Stirn zu streichen. Ich versuche ihr auszuweichen, aber ihre Finger streifen mich. Sie zittern und sind feucht und kalt.

Wenn Mama krank war, hat Papa ihr immer einen steifen Grog mit Zucker und Nelken gemacht. Aber Papa ist nicht mehr da – er sei für eine Weile weggegangen, sagt Mama, und wir sollen sie endlich in Ruhe lassen und aufhören, ihr auf die Nerven zu fallen mit der Frage, wann Papa wiederkäme, weil sie es auch nicht wisse. Sie liegt nur reglos im Bett und starrt an die Decke. Sie gibt uns auch keine Antwort, wenn wir fragen, was los ist. Daisy und ich leeren die Spielzeugkiste; ich drehe sie um und steige darauf, um an das oberste Fach des Küchenschranks zu kommen. Dort finde ich die Whiskeyflasche und schenke ein Glas voll. Ich schütte ganz vorsichtig, aber ein bisschen spritzt doch daneben. Daisy sagt, es riecht scheußlich.

»Ist ja auch Medizin.«

»Ich mag lieber die rosa Medizin. Warum will Mama keine rosa Medizin?«

Wenn ich oder Daisy nicht schlafen können oder Husten haben, dann gibt uns Mama einen Löffel Tixylix. Tixylix schmeckt nach Erdbeerbonbons, und wenn man ausatmet, hat man das Gefühl, man könne Feuer spucken wie ein Drache. Aber Erwachsene brauchen andere Medizin als kleine Mädchen.

»Kriege ich einen Löffel von der rosa Medizin?«, fragt Daisy.

»Nein, du bist ja nicht krank.«

Vorsichtig stelle ich die Flasche zurück, mache die Schranktür zu, rutsche von der Arbeitsplatte herunter und wische mir die Hände am T-Shirt ab.

»Ich glaube, ich habe Bauchweh«, sagt Daisy.

»Du hast kein Bauchweh. Wir müssen Mama einen steifen Grog machen.«

Daisy holt den Zucker und ich die Plastikdose mit den Nelken. An Weihnachten zeigte uns Mama, wie man so viele Nelken in eine Orange steckt, bis man von der Orange gar nichts mehr sieht. Dann banden wir ein lila Band um die Nelkenorange und legten sie in den Trockenschrank am Ende des Flurs, bis sie getrocknet war. Die Waschlappen und Badetücher von mir und Daisy rochen davon ganz würzig. Die Orange schenkten wir Opa Tony zu Weihnachten als Dankeschön für das viele tolle Eis, das er extra für uns gemacht hatte. Daisy will jetzt wieder eine Nelkenorange machen, aber es sind keine Orangen mehr da. Sie schlägt vor: »Wir können ja einen Apfel nehmen!« Aber ich mache ihr klar, dass die Nelken für Mamas

Grog sind. Die Dose ist schon fast leer, und wir müssen auch noch welche übrig lassen. Ein Grog muss heiß sein, aber den Herd dürfen wir nicht anfassen. Ich glaube, ich habe mal gesehen, wie Papa kochendes Wasser hineinschüttete, aber den Wasserkocher dürfen wir auch nicht anfassen. Also verrühre ich den Whiskey, Zucker und die Nelken einfach mit dem Löffel und lasse Daisy auch einmal umrühren. Dann trage ich es nach oben zu Mama, vorsichtig, mit beiden Händen, weil das Glas randvoll ist. Ich verschütte keinen einzigen Tropfen. Mama liegt immer noch einfach so im Bett und schweigt, sogar als ich erkläre, dass ich einen Grog für sie gemacht habe. Ich tätschle ihr die Wange und versuche, ihr beim Trinken zu helfen. Aber ihr Gesicht ist schlaff, und ihr Mund steht offen. Der Grog rinnt wieder heraus und läuft ihr in die Haare, und dann dreht sie das Gesicht zur Wand. Ich stelle ihr das Glas auf das Nachttischchen, für später, wenn es ihr besser geht, und steige auf Zehenspitzen wieder nach unten.

Später kracht es plötzlich. Ich bitte Daisy, auf dem Treppenabsatz zurückzubleiben, während ich nachschaue, ob es Mama gut geht. Die Tür steht ein bisschen offen, und ich kann einen hellbraunen Grog-Fleck an der Tapete erkennen, und Glasscherben und Kotze auf dem Teppich. Mama sitzt auf dem orangen Läufer vor dem Fußende des Bettes; sie hat ihren Kopf zwischen die Knie geklemmt und schaukelt immer ein kleines Stück vor und zurück. Dabei macht sie Geräusche, die sich wie Weinen anhören. Ich habe keine Schuhe und auch keine Socken an und möchte nicht auf Glassplitter treten.

Mama hat mich nicht gesehen.

Ich renne schnell die Treppe wieder hinunter und schlage Daisy vor: »Komm, wir spielen hinten im Garten!«

6 Mamas Augen sind lila und geschwollen, weil sie so viel geweint hat. Ich und Daisy streifen durchs Haus und klauben das feuchte, zusammengeknüllte Klopapier auf, das überall herumliegt. Wenn wir zum Einkaufen gehen, trägt Mama eine Sonnenbrille, und auch im Laden nimmt sie die nicht ab. Wenn sie weint, hört man es gar nicht. Die Tränen laufen ihr einfach nur die Wangen hinunter und fallen an ihrer Nasenspitze und am Kinn hinab, bis sie daran denkt, sie wegzuwischen. Sie sieht sich mit uns das Kinderprogramm auf BBC an; manchmal sitzt sie auch neben uns auf dem Boden und sieht uns beim Schnippschnapp-Spielen zu. Aber immer weint sie.

»Tut mir leid, Kinder«, entschuldigt sie sich und weint noch mehr. Eines Abends backen wir Törtchen, und ihre Tränen tropfen in den Teig. Dann fängt sie so sehr an zu weinen, dass sie sich aufs Sofa legen muss und vergisst, die Törtchen in den Ofen zu schieben. Mir und Daisy macht das nichts aus. Wir essen sie zum Abendessen, so wie sie sind. Wir löffeln sie einfach mit den Fingern aus den Papierförmchen und schlecken uns dann die Finger ab. Der rohe Teig schmeckt sowieso besser. Am nächsten Morgen ist noch genug übrig für das Frühstück. Mama kommt herunter und sieht uns am Tisch sitzen und an den Papierförmchen herumlutschen. Sie ist angezogen, hat sich die Haare hinten zusammengebunden und trägt etwas Lippenstift. Ihr Gesicht ist noch verschwollen, aber sie weint nicht mehr. Vielleicht geht es ihr jetzt besser. Daisy und ich hören zu essen auf und sehen sie an.

»Mama?«, fragt Daisy.

»Du lieber Himmel! Kinder!«, ruft sie. »Was macht ihr denn da?«

»Du hast vergessen, sie zu backen, Mama«, antwortet Daisy.

Ich stoße Daisy mit dem Ellbogen an. Aber Mama hat anscheinend gar nicht zugehört. Sie macht an der Spüle ein

Geschirrtuch nass, wischt den Tisch ab und räumt die klebrigen Papierförmchen weg.

»Sind denn keine Cornflakes mehr da?«, fragt sie und macht den Küchenschrank auf.

Cornflakes gibt es schon ganz lange nicht mehr, auch keine Milch. Wir waren seit Tagen nicht einkaufen. Aber ich erwidere nichts. Es war schon in Ordnung; wir konnten ja Honigbrote machen, und die schmecken sogar noch besser als Cornflakes mit Zucker, was wir nur ausnahmsweise mal kriegen.

Dann sagt Mama: »Also gut, jetzt ab nach oben mit euch, damit wir euch sauber bekommen und ihr euch wieder sehen lassen könnt!«

Mama flicht uns Zöpfe und knöpft unsere Samtkleider hinten zu. Es ist viel zu heiß für Samtkleider. Außerdem ist mir meines zu klein.

»Wie du gewachsen bist, Saoirse!«, stellt Mama ärgerlich fest. »Ich habe jetzt keine Zeit, den Saum herauszulassen. Halt die Luft an! Ich möchte, dass ihr ordentlich ausseht.«

Es fühlt sich so an, als würden die Knöpfe hinten an meinem Kleid jeden Moment aufspringen. Daisy fummelt an dem Spitzenkragen ihres Kleids herum.

»Mama, der kratzt so!«, beschwert sie sich, aber Mama achtet nicht darauf. »Wo gehen wir denn hin?«, fragt Daisy dann.

»Wir gehen in die Kirche«, antwortet Mama und zupft noch ein letztes Mal an meinem Kleid. In die Kirche? Ich schaue Daisy an, und Daisy schaut mich an. Wir gehen nie in die Kirche, nicht einmal an Weihnachten, wenn alle anderen gehen. Papa hält Kirche für Hokuspokus, und Mama hat uns eingebläut, wenn uns mal jemand nach unserer Religion fragt, sollen wir antworten: Wir gehen nicht in die Kirche.

Wir nehmen denselben Bus wie zu Isabella oder zur Eisdiele, bloß dass Isabella jetzt in Italien ist und die Eisdiele zugemacht hat. Daisy hat das schon wieder vergessen.

»Kriegen wir nachher ein Eis?«, fragt sie.

»Nein«, sage ich zu ihr, aber sie fragt trotzdem noch Mama.

»Mal sehen«, antwortet Mama, aber in einem Tonfall, der bedeutet, dass sie gar nicht richtig zuhört.

»Mir ist so ha-heiß!«, meckert Daisy.

Mir auch. Da, wo das Kleid aufhört, kleben meine Füße am Sitz fest. Aber Daisy erzähle ich, dass ihr gar nicht heiß sei und dass sie den Mund halten solle.

Die Kirche ist groß, grau und viereckig, und die Fenster sind geschützt durch schwarze Eisenstangen, wie bei einem Gefängnis. Ich und Daisy halten einander an der Hand, während wir die Stufen hochsteigen. Mama geht voraus, ihre hohen Absätze klappern auf dem Stein. Die Leute singen gerade, als wir durch die schweren Türen hineinschlüpfen und auf Zehenspitzen zu einer Bank ganz hinten schleichen.

Dann erschien ein großes Zeichen am Himmel: eine Frau, mit der Sonne bekleidet; der Mond war unter ihren Füßen und ein Kranz von zwölf Sternen auf ihrem Haupt.

»Oh! Ist das Étaín?«, flüstert Daisy mir ins Ohr. Étaín ist mit dem Gold der Sonne und dem Silber des Mondes bekleidet.

»Ist sie das, Sha-sha? Ist sie das?«

»Pssst!« Mama hat uns ermahnt, nicht zu reden.

Mama schließt ihre Augen und murmelt: »Amen.«

Daisy tastet nach meiner Hand. Ihre ist feucht und klebrig. Mama sieht auf ihre Schuhe hinunter. Trotzdem weiß sie jedes Mal, wann die anderen Leute wieder anfangen zu sprechen, und spricht genau zur richtigen Zeit mit.

»Herr, erbarme dich!«, sagt der Priester.

»Herr, erbarme dich!«, fällt Mama leise mit den anderen Leuten ein.

»Christus, erbarme dich!«

»Christus, erbarme dich!«

»Herr, erbarme dich!«

»Herr, erbarme dich!«

Zuletzt bringt Mama die Worte nur noch mit Mühe heraus.

Ich und Daisy haben viel zu viel Angst, als dass uns langweilig werden könnte. Wir zappeln überhaupt nicht herum.

»Fangt ja nicht an zu zappeln!«, hat Mama uns zugezischt, als wir uns setzten.

Die Bänke sind glatt, unsere Füße reichen nicht auf den Boden hinunter, und wir können nicht über die Köpfe der Leute vor uns schauen, trotzdem rutschen wir nicht hin und her und sprechen kein Wort.

Aber Mama bemerkt nicht einmal, wie brav wir die ganze Zeit sind. Am Ende bleiben wir sitzen, obwohl alle anderen die Kirche verlassen. Mama hält sich kerzengerade und starrt nach vorne, die Hände im Schoß gefaltet. Schließlich, als die Kirche leer ist, steht sie auf, um mit dem Priester zu sprechen. Sie reden ziemlich lange. Einmal zeigt Mama mit dem Finger auf mich und Daisy. Der Priester sieht uns an, und ich fühle mein Gesicht heiß werden. Ich habe einen Krampf im Bein, aber ich sitze da, so ruhig ich kann, und halte Daisys Hand. Als sie sich abwenden, rutschen ich und Daisy von der Bank herab, laufen leise zur Seite und schauen uns die Bilder, Statuen und Kerzen an. Nachdem der Priester das Gespräch mit Mama beendet hat, kommt er herüber, kniet neben uns nieder und sieht auf zu dem großen, traurigen Bild der Jesusmama mit dem Kind im Arm.

»Seht mal, das Kind«, fragt er nach einer Weile. »Wisst ihr, wer das ist?«

»Das Jesuskind«, flüstere ich.

»Braves Mädchen«, lobt er. »Das Jesuskind. Das ist später groß geworden und hat die Welt erlöst.«

»Warum ist seine Mama dann so traurig?«, fragt Daisy und starrt in das glatte, ausdruckslose Gesicht der Jesusmama.

»Vielleicht«, meint der Priester langsam, »sind alle Mütter traurig, weil ihre Babys groß werden und sie sie nicht immer vor allem Bösen beschützen können, das ihnen zustößt.«

»Oh!«, sagt Daisy.

Dann fragt der Priester wieder: »Du bist jetzt sechs Jahre alt, nicht wahr, Saoirse?«

»Sechsdreiviertel, bald werde ich sieben.«

»So, du wirst bald sieben? Na, da bist du ja schon richtig groß!«

»Ich bin vier«, unterbricht Daisy.

»Tatsächlich?«, sagt er. Und dann: »Betet ihr zwei auch immer schön?«

Daisy schüttelt plötzlich ganz schüchtern den Kopf.

»MüdebinichgehzurRuhschließemeineÄugleinzu,VaterlassdieAugendeinübermeinemBettesein«, leiere ich herunter. Das haben wir in der Schule gelernt.

Er lächelt.

»Wenn das so ist, dann habe ich was für euch.«

Er gibt jedem von uns ein Stück Pappe mit schnörkeliger, goldener Schrift und einem Bild von einem Kind mit Locken und einem Schaf. »Mit Kindern zu Abend beten« steht oben darüber.

»Das soll eure Mutti euch vorlesen«, sagt er.

Der Priester hält Mamas Hände lange in den seinen.

»Sie haben das Richtige getan«, bestätigt er.

»Danke, Vater.«

»Sha-sha?« Daisy zupft an meinem Ärmel. »Das ist doch gar nicht der Papa von Mama!«

»Pssst!«, zische ich.

»Die Kirche ist immer für ihre Kinder da«, sagt er.

Ich stoße Daisy an. Ich glaube, er meint uns. Daisy glotzt die Goldverzierungen an, die von der Decke herabhängen. Ich gebe mir Mühe, anständig und vorzeigbar auszusehen in meinem Samtkleid, in dem es mir viel zu eng und heiß ist.

»Denken Sie an das Memorare«, ermutigt sie der Priester.

»Gedenke, o gütigste Jungfrau Maria, es ist noch nie gehört worden, dass jemand, der zu dir seine Zuflucht nahm, deinen Beistand anrief und um deine Fürbitte flehte, von dir verlassen worden ist«, leiert Mama herunter, ohne einmal Luft zu holen. Es klingt, wie wenn Daisy das Alphabet aufsagt.

»Ja«, sagt er, »es wird Ihnen Trost spenden.«

Mama schweigt. Ihr Gesicht sieht bleich aus im Halbdunkel. Sie starrt noch lange zu ihm hoch, bevor sie sich abwendet. Dann: »Kommt, Kinder.«

Sie dreht sich um und verlässt schnell die Kirche. Ihre Schuhe hinterlassen auf dem stillen Steinboden ein lautes Geräusch. Ich und Daisy trippeln hinter ihr her und halten einander wieder an den Händen.

7 Mama hat alle Sachen von Papa, seine Kleider, Schuhe und Kassetten, in Kisten gepackt und in den Flur gestellt. Ich musste neben ihr sitzen und das andere Ende des Klebebands festhalten, mit dem sie die Kisten zuklebte. Wenn wir nach oben wollen, müssen wir uns an ihnen vorbeizwängen.

»Was ist eigentlich los?«, fragt Daisy mich wieder und wieder. Aber ich weiß es auch nicht, und Mama will ich nicht fragen.

Ich und Daisy schaukeln gerade, als wir von der Einfahrt einen Motor hören. Er klingt wie der von Papas Astra. Wir schauen uns an. Ich lasse das Seil der Schaukel los, auf der ich Daisy angeschubst habe, und laufe ums Haus.

»Warte auf mich!«, schreit Daisy. »Warte auf mich!«

Papa umarmt uns beide sehr lange. Er riecht wie immer und kitzelt mich mit seinen Bartstoppeln am Kinn, wie er es jedes Mal macht.

»Mama, Mama!«, kreischt Daisy und tanzt ins Haus. »Papa ist wieder da!«

Mama sitzt gerade am Küchentisch und liest einen Brief. Sie faltet ihn zusammen und steckt ihn in ihre Hosentasche. Als Papa hereinkommt, sieht sie ihn an, sagt aber kein Wort. Papa räuspert sich.

»Sollen wir Papas Sachen wieder auspacken?«, fragt Daisy.

Papa macht ein komisches Geräusch. Es hört sich nicht an wie Worte. Er ist mit uns durch die Hintertür hineingekommen und hat die Kisten im Flur noch nicht gesehen.

Mama sieht Papa an. Sie räuspert sich. Dann schaut sie weg.

»Warum geht ihr nicht wieder nach draußen und spielt noch ein bisschen, Kinder?«, fragt Papa leise. Wir rühren uns nicht.

»Bitte, Kinder«, sagt Papa, immer noch sehr leise.

Mama und Papa bleiben lange drinnen. Ich und Daisy haben Hunger. Aber ins Haus wollen wir auch nicht noch einmal laufen. Ich schlage Daisy vor, ans Küchenfenster zu schleichen, vielleicht kann sie ja etwas hören. Aber sie will nicht, und ich auch nicht.

Papa kommt an die Hintertür.

»Auf geht's, Sonnenschein! Daisy!«, ruft er. »Wir besuchen den Zoo!«

»Den Zoo?«, frage ich.

»Ja! Toll, oder?«, entgegnet Papa.

Wir essen im Auto Kekse, Chips und Äpfel: ich, Daisy und Papa. Mama kommt nicht mit.

»Gibt es da auch Elefanten?«, fragt Daisy.

»Das will ich meinen«, antwortet Papa. »Und Schlangen. Und Pinguine und … lasst mich mal überlegen … und – Tiger!«

»Tiger!«

Papa brüllt wie ein Tiger, und Daisy kreischt und hält sich die Hände vors Gesicht.

»Ich glaube, Emily hat Angst vor den Tigern«, stellt Daisy nach einer Weile fest.

Sie drückt Emily an sich.

»Daisy«, antwortet Papa, »du kannst Emily beruhigen, solange ich da bin, wird ihr kein böser, oller Tiger etwas tun. Sag ihr das ruhig!«

»Es ist schon gut, Emily«, reagiert Daisy und streicht Emilys Zöpfe glatt. »Sei kein Angsthase. Es ist alles gut, hörst du?«

Vor dem Zoo steht schon eine lange Schlange. Als wir vorne ankommen, gibt die Frau hinter dem Schalter uns den Tipp, schnell zu laufen, dann kämen wir noch rechtzeitig zur Fütterung im Pinguingehege.

»Fütterung im Pinguingehege?«, begeistert sich Papa. »Fabelhaft! Oder was meint ihr, Kinder?«

Die Frau reicht uns eine Karte. Papa sieht sie sich kurz an, dann nimmt er Daisy an der Hand – »Ab die Post!« –, und wir laufen los. Wir rennen an den vielen Käfigen mit anderen Tieren vorbei. Aber als wir endlich zum Pinguingehege kommen, sind die Wärter mit ihren dunkelblauen Overalls und den großen, stinkenden Eimern gerade am Gehen. Papa spricht einen von ihnen an.

»Könnten Sie den Pinguinen nicht vielleicht noch einen klitzekleinen Fisch zuwerfen? Ich bin extra mit meinen beiden Mädchen hergekommen, um die Fütterung zu sehen.«

»Tut mir leid«, sagt der Wärter. »Die Fütterung ist schon vorbei.«

»Ich verstehe, aber vielleicht noch einen einzigen kleinen Fisch?«

»Es tut mir leid, aber die Fütterung ist, wie gesagt, schon vorbei.«

»So ein Starrkopf!«, schimpft Papa, als der Wärter verschwindet. »Einen kleinen Fisch hätte er ja wohl noch aufgabeln können, der Arsch!«

»Papa!«, mahnt ihn Daisy.

»Was? Oh, entschuldige, Schatz! Ist mir so rausgerutscht.«

Wir schauen den Pinguinen und Robben noch ein bisschen zu. Papa hebt Daisy auf seine Schultern, sodass sie über die Betonabsperrung sehen kann. Daisy hält Emily ganz fest, damit sie nicht hineinfällt. Das Pinguingehege ist hellblau mit Felsen, künstlichen Eisbergen und kleinen Wasserfällen. Die Pinguine stehen einfach nur auf den Felsen herum und tun nicht gerade viel. Ziemlich in unserer Nähe hält sich ein Robbenbaby auf, das uns mit großen, glänzenden Augen anschaut.

»Oh, Papa, kann ich eine Robbe haben?«, ruft Daisy, als sie die Robbe sieht. »Bitte! So ein süßes Robbenbaby?«

»Und wo willst du das unterbringen?«, fragt Papa.

Daisy denkt nach.

»Im Bad! Es könnte doch ins Bad, och bitte, Papa!«

»Damit es deine Fischpastete für dich aufisst, was?«, fragt Papa ernst.

»Genau!«, schreit Daisy. »Bitte, Papa!«

»Ach, komm schon, Daisy!«, sagt Papa. »Du kannst doch keine Robbe als Haustier haben. Was meint ihr, schauen wir uns noch ein paar andere Tiere an?«

Wir besuchen die Affen im Affenhaus. Wir entdecken auch ein Kamel und ein kleines Zebrababy, das sich hinter seiner Zebramama versteckt. Aber Daisy will noch immer eine Robbe haben. Schließlich hat Papa die Nase voll. Wir laufen den ganzen Weg zum Laden am Eingang zurück, um für Daisy eine Spielzeugrobbe zu kaufen. Mir kauft Papa ein Buch mit Tiergeschichten.

»Und was bringen wir Mama mit?«, fragt Daisy.

»Ich glaube nicht, dass Mama etwas haben will«, meint Papa.

»Doch, bestimmt!«, sagt Daisy. »Ein T-Shirt! Oder einen Bleistift und einen Radiergummi!«

»Ich glaube nicht, Schatz.«

Aber zuletzt nimmt er an der Kasse eine große Schachtel Pralinen in die Hand.

»Die schenken wir Mama, einverstanden?«

Eine Durchsage kündigt an, dass der Zoo in einer halben Stunde geschlossen wird. »Wir haben die Tiger und die Elefanten noch nicht gesehen«, fällt Papa ein. Er wirft einen Blick auf die Karte. Die Tiger und die Elefanten sind am anderen Ende des Zoos. »Für beide haben wir keine Zeit mehr«, stellt er fest.

»Ich will die Tiger!«, ruft Daisy.

Papa sieht mich an.

»Lass Sonnenschein entscheiden«, sagt er.

Ich zucke mit den Schultern. Papa schaut traurig.

»Dann also die Tiger«, entscheide ich. Und noch einmal: »Ich möchte die Tiger sehen.«

Es sind zwei Tiger. Sie haben ein großes Gehege, durch das ein kleiner Bach fließt. An Seilen hängen Autoreifen, und es gibt künstliche Höhlen.

»Das ist ja toll«, sagt Papa und drückt mich an den Schultern. »Da haben sie richtig viel Platz zum Herumlaufen, hm?«

Aber beide Tiger liegen in einer der Höhlen aus Beton, und man sieht nicht viel von ihnen.

»Tut mir leid, Kinder. Tut mir wirklich leid.«

»Macht nichts, Papa«, meine ich.

Vom Parkplatz aus sieht man, wo der schlafende Riese liegt, der unter dem Cave Hill begraben ist. Man erkennt seine Gestalt: den Kopf, die Schultern und den wuchtigen, plumpen Körper. Sogar an richtig sonnigen Tagen ist Cave Hill dunkel und düster.

»Was passiert, wenn der Riese aufwacht?«, frage ich.

Aber Papa weiß es auch nicht.

»Vielleicht wacht er ja nie wieder auf«, meint Papa nach einer Weile. Dann sagt er noch: »Der Riese schläft schon seit vielen Hundert Jahren und hat sich nie gerührt. Vielleicht schlummert er einfach zufrieden weiter.«

Als Daisy und ich ins Auto steigen wollen, meint Papa, er müsse mit uns reden. Wir setzen uns an einen Picknicktisch aus Holz mit Krümeln und klebrigen Flecken. Der Mülleimer daneben quillt schon über. Auf dem Boden direkt unter uns liegt eine umgefallene Coladose, um die Wespen herumkrabbeln. Sie fliegen hinein und wieder hinaus. Ich schaue ihnen zu, wie sie mit ihren kleinen, schmalen Körpern durch die Luft tänzeln.

»Sonnenschein, sieh mich an«, bittet Papa. »Papa und Mama hatten in letzter Zeit ein bisschen Probleme.«

Dann macht er eine Pause und sieht weg. Ich schaue wieder zu den Wespen hinunter.

»Weint Mama deshalb dauernd?«, fragt Daisy.

Mama weint zurzeit ständig. Selbst wenn man sie umarmen will oder ihr ein Bild malt, damit sie sich freut, weint sie.

»Ja, deshalb«, sagt Papa langsam. Er räuspert sich erst einmal und dann noch einmal. »Eure Mama und ich waren noch jung, als wir uns kennenlernten. Eure Mama war sogar noch sehr jung. Wir dachten, wir würden zusammen glücklich sein. Aber manchmal ... ihr werdet das verstehen, wenn ihr einmal älter seid ... manchmal gibt es Dinge, die man nicht ändern kann, oder Dinge, die für eine Person zu viel sind, oder sogar für zwei ... Versteht ihr mich? Kinder? Versteht ihr, was ich meine?«

Ich und Daisy sind ganz durcheinander.

»Papa hat euch lieb, das wisst ihr doch? Das weißt du doch, Sonnenschein? Und du, Daisy?«

»Ich hab dich auch lieb, Papa«, stammle ich.

»Euer Papa und eure Mama können nicht mehr zusammenleben«, sagt Papa. »Deshalb zieht Papa aus. Ich werde euch besuchen kommen, sooft ich kann, und das heißt nicht, dass ich euch nicht mehr lieb habe oder dass ich euch weniger lieb habe, versteht ihr?«

»Aber wo wohnst du denn dann, Papa?«, piepst Daisy.

Papa antwortet nicht.

»Hast du dann auch eine neue Familie, Papa?«, flüstert Daisy kaum hörbar.

Papa dreht sich weg. Seine Schultern zucken.

»Eure Mama und ich, wir haben es ja versucht! Weiß Gott, wir haben es wirklich versucht! Aber es hat alles nichts geholfen.«

»Papa, jetzt hast du Emily zum Weinen gebracht«, sagt Daisy.

»Das tut mir leid, mein kleiner Liebling«, entschuldigt sich Papa, beugt sich hinunter und gibt Daisy einen Kuss auf die Stirn.

»Ich will jetzt nach Hause«, sage ich.

»Ich auch«, stimmt Daisy zu.

Daisy ist schon am Einschlafen, als wir heimkommen. Papa bringt uns ins Bett, dann setzt er sich zu mir auf den Bettrand und streicht mir über die Haare. Er sagt, eventuell schickt man ihn zum Arbeiten woandershin, vielleicht sogar für längere Zeit. Ich muss lachen. Ich kriege einen richtigen Lachanfall bei der Vorstellung, wie man Papa in Papier einwickelt, mit Klebeband darüber und Briefmarken auf der Stirn, in einen Briefkasten stopft, und ihn »woandershin schickt«. Vor lauter Lachen kriege ich kaum noch Luft, aber ich kann einfach nicht mehr aufhören. Papa zieht mich an sich und drückt mich an seine Brust. Plötzlich komme ich mir ganz schlaff vor, wie eine Stoffpuppe.

»Pass für mich auf deine Mama und deine Schwester auf, ja?«, bittet er.

Bitte geh nicht, Papa!, möchte ich rufen, aber meine Kehle ist wie zugeschnürt, und ich bekomme kein Wort heraus.

Am nächsten Tag sind Papas Kisten aus dem Flur verschwunden.

8 Daisy nervt Mama mit ihren ständigen Fragen. Sie löchert sie, warum Papa wieder weggegangen ist und wann er zurückkommt, bis Mama anfängt zu schluchzen. Dann sperrt sie sich im Schlafzimmer ein. Wir hören, wie eine Flasche zersplittert. Daisy bekommt Angst, also rennen wir nach draußen und spielen im Garten Tiger und Dompteur. Seitdem wir im Zoo waren, ist das unser neues Lieblingsspiel. Einer ist der wilde Tiger und der andere der Dompteur, der den wilden Tiger fangen muss. Ich erkläre Daisy, dass ich der Dompteur bin und sie den wilden Tiger spielen darf. Dabei ist sie kein besonders guter wilder Tiger, weil sie sich immer viel zu leicht fangen und zähmen lässt. Nachdem wir ein bisschen gespielt haben, fängt es plötzlich an zu donnern und zu regnen. Der Himmel ist schwarz geworden, und Blitze und Donner zucken darüber hinweg. Bevor wir ins Haus kommen, gießt es schon in Strömen, und wir werden nass bis auf die Haut.

Drinnen können wir nichts weiter unternehmen. Daisy schnieft die ganze Zeit und jammert, dass ihr kalt sei und ihr wehes Ohr so schmerze. Ich schleiche nach oben, ziehe die Decke von meinem Bett und schleife sie hinter mir die Treppe hinunter. Im Wohnzimmer baue ich daraus ein Nest für uns, und da sitzen wir dann eine Weile. Mir fällt eines von meinen Peter-und-Jane-Büchern in die Hände, mit denen ich während der Ferien lesen übe. Ich habe versucht, es Daisy beizubringen, aber sie findet Lesen langweilig. In meinen Schulbüchern kommen ja auch nur total langweilige Sachen vor: Peter-und-Jane spielen mit ihrem Hund im Garten, oder Peter-und-Jane gehen mit ihrer Mutter zum Einkaufen. Daisy mag es viel lieber, wenn wir uns eigene Geschichten ausdenken, zum Beispiel Peter-und-Jane kämpfen mit den Drachen, oder Peter-und-Jane reisen zum Zauberschloss ins Elfenreich. Aber ich habe jetzt genug von Peter-und-Jane. Für das Kinderprogramm auf BBC ist es noch zu früh.

»Ich habe Hunger!«, sagt Daisy. »Ich will ein Honigbrot.«

Aber es ist kein Brot mehr da. Wir verkriechen uns wieder in unserem Nest im Wohnzimmer.

Auf dem Couchtisch liegt die Pralinenschachtel aus dem Zoo, die Papa für Mama gekauft hat. Sie ist aus goldglitzerndem Karton, mit durchscheinendem Krepppapier umwickelt, und außen herum sind rot-goldene Schleifen. Ich schlage Daisy vor, eine der Schleifen aufzuziehen. Sie reißt aus Versehen das Papier ein und sieht mich erschrocken an. Ich bekomme auch einen Schreck und versuche, die Schleife wieder zuzubinden, aber das Papier reißt noch weiter auf, die Schleifen gehen ab, und die Schachtel ist offen.

»Komm, iss doch eine!«, fordere ich Daisy auf.

»Nein.«

»Feigling!«

»Du zuerst!«

Also esse ich eine Praline, und auch Daisy muss eine essen. Dann esse ich noch eine, und Daisy auch. Dann esse ich gleich zwei auf einmal und stopfe Daisy noch mehr in den Mund, obwohl sie noch gar nicht hinuntergeschluckt hat. Bald sind unsere Finger und Münder klebrig von der Schokolade, dem Karamell und der Erdbeerfüllung. Wir essen die ganze Schachtel leer.

»Mir ist schlecht!«, jammert Daisy.

Mir ist auch schlecht. Daisy muss sich übergeben. Sie versaut die gesamte Decke und den Teppich mit stinkender, schokoladenfarbiger Kotze mit Erdnussbröckchen.

Daisy kreischt wie am Spieß, und Mama kommt die Treppe heruntergestolpert. Angesichts des Chaos, der Schokolade an unserem Kinn und des Haufens von zerknülltem Papier und Karton auf dem Boden bekommt sie einen richtigen Wutanfall. Sie packt Daisy am Arm, zerrt sie in die Küche und wischt mit dem Geschirrtuch an ihrem Mund herum. Dann gibt sie mir eine Ohrfeige und brüllt, dass wir beide im Bett verschwinden sollen, und zwar auf der Stelle.

Später schleiche ich auf Zehenspitzen die Treppe hinunter, um Mama um Entschuldigung zu bitten, aber sie hat sich auf dem Sofa im Wohnzimmer zusammengerollt und weint. Man hört gar nichts, aber sie weint so arg, dass sie am ganzen Körper zittert und ihr Gesicht verzerrt ist. Ich kuschle mich neben sie aufs Sofa und sage, es täte uns leid, dass wir ihre Pralinen gegessen hätten, aber sie antwortet nicht. Sie nimmt mich nur fest in den Arm und bebt vor lauter Weinen.

Daisy ist mir nach unten nachgelaufen, aber sie hatte Angst, dass Mama sieht, dass sie nicht im Bett ist. Deshalb hat sie sich erst mal auf die unterste Treppenstufe gesetzt. Dann ist ihr anscheinend langweilig geworden: Ich höre die Haustür quietschen; sie hat es also geschafft, alleine aufzusperren, und ist hinausgelaufen. Der Regen hat aufgehört, aber der Garten hinten ist nass und matschig. Also spielt Daisy in der Einfahrt vor dem Haus. Ich sehe sie durch das Wohnzimmerfenster. Sie winkt mir zu und springt herum wie ein wilder Tiger. Tiger und Dompteur kann man nur zu zweit richtig spielen. Mama zittert nicht mehr; sie hat ihre Augen geschlossen, als ob sie schlafen würde, und hält mich immer noch fest. Ich möchte sie jetzt nicht allein lassen, also bleibe ich bei ihr auf dem Sofa sitzen. Daisy schaukelt eine Weile auf dem Gartentor herum, aber sie ist zu klein, um es richtig hin- und herschwingen zu lassen. Also nimmt sie unseren kleinen, gelben Ball, den, der so gut springt, und versucht, ihn auf der Nase zu balancieren wie die Robbe in meinem Tierbuch aus dem Zoo. Aber der Ball fällt ihr immer wieder runter und springt weg. Dann hüpft er durchs Tor hinaus auf die Straße. Daisy rennt hinterher, und ich sehe sie nicht mehr.

Plötzlich hupt ein Auto. Es hupt und hupt, immer schriller. Über das Hupen hinweg Gekreisch. Ein dumpfer Schlag. Dann Stille.

Seitdem die Soldaten die Hauptstraße gesperrt haben, benutzen die Autofahrer unsere Straße als Abkürzung. »Es ist eine Schande!«, meint Mama, und dass man etwas unternehmen müsse, weil die alle viel zu schnell fahren. Sie rasen, um an der großen Kreuzung noch bei Grün durchzukommen. Erst vor ein paar Tagen wäre ein kleiner Junge, der weiter oben in der Straße wohnt, um ein Haar von so einem Raser über den Haufen gefahren worden.

Ich winde mich aus Mamas Armen heraus und laufe zur Haustür.

»Daisy!«, rufe ich.

Keine Antwort. Ich rufe noch einmal, so laut ich kann. Dann fällt mir ein, dass Daisy mich vielleicht wegen ihres klebrigen Ohrs einfach nur nicht hört.

Mama ist aufgewacht.

»Was war das?«, ruft sie mit belegter Stimme. »Das hörte sich an, als wäre es direkt vor unserem Haus gewesen!«

Ich renne los, die Einfahrt hinab. Ich habe keine Schuhe an, nicht einmal Socken. Der Kies piekst unter den Füßen. Hinter mir höre ich auch Mama rennen.

»Um Himmels willen, Saoirse, wo ist deine Schwester?«, ruft sie.

Das Wetter ist »umgeschlagen«, wie die Erwachsenen sagen. Blitze zerreißen den tiefblauen Himmel, und durch die Risse fließt der Regen in Strömen. Es schüttet und schüttet, als wollte es nie wieder aufhören.

Ich nehme mir vor, mir dieses Jahr zum Geburtstag zu wünschen, dass es Daisy wieder besser gehen soll. Aber an dem Tag, an dem ich sieben werde, denkt keiner an meinen Geburtstag. Ich bekomme keine Karten, keine Geschenke, gar nichts. Auch keinen Kuchen und keine Kerzen, die man alle auf einmal ausblasen muss, damit man sich etwas wünschen darf.

9 Papa ist wieder da. Er hat auf dem Wohnzimmersofa geschlafen. Er und Mama besuchen Daisy abwechselnd im Krankenhaus, damit immer jemand bei ihr ist.

»Darf ich auch mit?«, frage ich jeden Tag. »Warum darf ich Daisy nie besuchen?«

Aber Papa erklärt, dass Kinder nicht mit ins Krankenhaus dürfen. Einmal müssen Mama und Papa beide ins Krankenhaus, und ich muss zu dem Mädchen von gegenüber. Ich kann das Mädchen von gegenüber nicht leiden. Sie heißt Jennifer. Sie war eine von denen, die damals die Matsch-Kacke vor unsere Tür geschmissen haben. Jennifer ist ein Jahr älter als ich. Sie ist groß und dick und hat kleine Schweinsäuglein. Sie trägt immer einen Pferdeschwanz mit drei Haargummis.

Wir sitzen in ihrem Zimmer, weil ihre Mama gesagt hat, sie soll mit mir nach oben gehen und mir ihr Zimmer zeigen. Sie hat Poster vom FC Glentoran an der Wand.

»Wetten, du warst noch nie bei einem Spiel der Glens«, sagt sie.

Ich sage nichts darauf.

»Wetten, du warst noch nie bei einem.«

Ich schaue aus dem Fenster zu unserem Haus hinüber. Es regnet. Die zwei Tannenbäume, die unser Haus beschützen, lassen traurig die Zweige hängen. Jennifer tritt hinter mich. Sie hat eine Dose Deospray in der Hand und sprüht mich damit an.

»Du stinkst nämlich!«, sagt sie.

»Was-man-sagt-das-ist-man-selbst«, trällere ich ihr ins Gesicht.

»Du bist ein stinkendes Katholikenschwein«, sagt sie. »Deine Mama ist ein Katholikenschwein.«

Dann zwickt sie mich in den Arm. Ich haue zurück, mitten in ihr fettes, kleines Schweinsgesicht, so fest ich kann. Sie fängt an zu brüllen und rennt zu ihrer Mama, um mich zu verpetzen. Ihre Mama kommt die Treppe heraufgestampft, nimmt mich am Arm und zieht mich mit sich nach unten. Ich muss mit verschränkten Armen am Küchentisch sitzen. Dann höre ich, wie Jennifers Mama im Flur zu Jennifer sagt: »Und du solltest lieber Mitleid mit ihr haben, statt dich mit ihr zu prügeln, hast du mich verstanden?«

Papa holt mich erst spät am Abend ab. Trotzdem esse ich keinen Bissen von dem Hamburger und den Pommes, die die Frau mir zum Abendessen hinstellt.

»Ich gehe nie wieder zu Jennifer. Nie wieder!«

»Sonnenschein«, stöhnt er.

»Du kannst mich nicht dazu zwingen«, rufe ich. »Sonst laufe ich weg!«

»Bitte, Schatz.« Papa ist grau im Gesicht, und seine Augen sind gelb.

»Ich bin groß genug, um selber auf mich aufzupassen«, erkläre ich. »Ich kann wirklich auch mal allein zu Hause bleiben.«

»Jetzt halt endlich den Mund!«, schreit Papa mir plötzlich ins Gesicht. »Verdammt noch mal!«

Ich ziehe meine Hand aus seiner.

»Ich hasse dich!«

Zu Hause sagt Papa: »Mach, dass du ins Bett kommst.«

»Ich habe Hunger«, maule ich.

»Mach, dass du ins Bett kommst, habe ich gesagt!«

»Ich habe aber Hunger!«

Nicht einmal einen klitzekleinen Bissen habe ich von dem Hamburger und den Pommes von Jennifers Mama gegessen. Jetzt ist die Zeit fürs Abendessen schon lange vorbei, und mir knurrt der Magen.

»Ich gehe noch nicht ins Bett«, sage ich.

Papa springt herbei, hebt mich hoch und trägt mich nach oben. Er wirft mich aufs Bett. Ich trete mit den Füßen nach ihm und brülle: »Ich hasse dich! Ich hasse dich!«

Mitten in der Nacht weckt er mich auf.

»Zieh dich an, so schnell du kannst«, fordert er mich auf. »Wir fahren sofort ins Krankenhaus.«

Meine Finger sind vom Schlafen noch ganz steif, und ich kriege die Riemen meiner Sandalen nicht zu. Papa hebt mich hoch, trägt mich von der Haustür zum Auto und schnallt mich auf den Beifahrersitz. Ich habe noch nie vorne gesessen, aber an meinen Kindersitz denkt Papa nicht.

Ich habe das Gefühl, wir sind die Einzigen auf der ganzen Welt, die um diese Zeit wach sind. Aber ich sage nichts, weil ich mit Papa nicht spreche.

Der Morgenhimmel ist grau und wolkig, als wir zum Krankenhaus kommen. Beim Einparken rauschen die Reifen durch die Pfützen, die noch vom gestrigen Regen übrig geblieben sind. Draußen läuft mir das Wasser in die Sandalen, und meine Socken werden nass. Papa beeilt sich; ich muss hüpfen, springen und durch Pfützen platschen, um hinterherzukommen. Neben dem Eingang steht eine Reihe von Bäumen. Ihre Stämme sind ganz schwarz und schleimig, und auf den Wurzeln wachsen gelbe Pilze. Papa setzt mich drinnen neben dem Eingang auf einen Stuhl, und jedes Mal, wenn die Schiebetür sich öffnet, weht ein Hauch feuchter, fauliger Luft herein. Ich schließe den Reißverschluss meines Anoraks und ziehe mir die Mütze über den Kopf. Die Leute hinterlassen matschige Abdrücke auf dem blassgrünen Boden. Papa kommt nicht zurück. Dafür begleitet mich eine Krankenschwester, die nach Pfefferminze riecht, in ein Zimmer voller Spielsachen und Malbücher. Sie legt mir ein Bild von einem Schneemann hin, und nachdem ich den Schal, die Karottennase und die Augen ausgemalt habe, schlägt sie mir vor, ich solle auch noch den Körper ausmalen. Aber einen Schneemann malt man doch nicht farbig aus! Sowieso sind alle schönen Stifte abgebrochen. Ich male auf der Rückseite des Schneemannbildes einen Tiger und einen Dompteur.

Die Pfefferminzschwester und ich spielen Lego. Aber es macht keinen Spaß mit ihr, weil sie nicht weiß, wie ein Elfenschloss aussieht. Sie will es ständig wie ein normales Haus bauen. Dann erscheint Papa an der Tür. Er kommt nicht herein, sondern steht einfach nur da. Es tut mir schon leid, dass ich zu ihm gesagt habe, ich hasse ihn.

»Schau mal, Papa!«, rufe ich und halte das Tigerbild hoch, das ich gemalt habe. Aber er spricht kein Wort, und plötzlich bekomme ich Angst. Er starrt mich an, aber meinen Tiger sieht er gar nicht. Er geht in die Knie, aber so, als ob er in sich zusammensinken würde, und dabei stößt er das Lego-Schloss um. Er flüstert ganz leise, dass Daisy auf eine Reise gegangen ist und nicht mehr zurückkommt. Dann beugt sich die Krankenschwester herüber und umarmt mich viel zu fest. Ich kriege gar keine Luft, und ihr pfefferminziger Krankenhausgeruch erdrückt mich. Ich reiße mich los und frage sie, wo Daisy hingefahren ist, und sie sagt, in ein Zauberreich im Himmel.

»So wie Tir-nan-Og?«, frage ich. Sie sieht mich an.

»Ja«, antwortet sie dann zögernd. »So ähnlich wie Tir-nan-Og.«

»Kann sie von dort wieder zurückkommen?«, frage ich.

»Nein, meine Kleine«, sagt die Schwester. »Sie schläft, weißt du. Sie schläft ganz tief und fest.«

Wie Cúchulainn!

Und dann begreife ich: So wie Emer Cúchulainn mit ihrem Zaubertrank und ihren Zaubersprüchen aus dem Land Síde befreite, genau so muss auch ich es schaffen, Daisy zurückzuholen, bevor es zu spät ist.

10 Wir schlafen zusammen in Mamas und Papas Bett, Mama und ich. Nachts kuschelt sie mit mir, aber tagsüber spricht sie kein Wort. An manchen Tagen sieht sie mich nicht einmal an.

»Mach dir keine Sorgen, Mama«, flüstere ich. »Daisy kommt wieder.«

Mama packt mich an den Schultern. Sie schüttelt mich und schüttelt mich und schüttelt mich.

»Saoirse! Deine kleine Schwester kommt nicht mehr wieder! Warum willst du mich nicht verstehen? Warum verstehst du das nicht? Mein Gott, Daisy ist … sie ist …«

Aber Mama kann Daisys Namen kaum aussprechen, und sie stößt mich von sich.

Ich wache schweißgebadet auf, ich habe mich in den Laken verheddert.

Was hast du getan? Wie konntest du nur? Hau schon ab, hau ab, geh weg, fass mich nicht an! Geh weg von mir, habe ich gesagt! Was hast du getan? Was hast du nur getan?

»Staub zu Staub«, sagt der Mann mit tiefer, trauriger Stimme. Staub zu Staub.

Sie wissen alle nicht, dass Daisy nur in einen Zauberschlaf gefallen ist. Wenn wir sie nicht aus Tir-nan-Og zurückholen, aus dem Zauberschloss von Síde, wenn wir sie nicht bald zurückholen, dann wird sie zu Staub, denn Menschen aus unserer Welt können im Elfenreich nicht lange leben. Aber keiner will mir helfen. Ich versuche ständig, es Mama und Papa zu erklären, aber es hat keinen Sinn, sie hören einfach nicht zu. Niemand hört zu! Daisy erstickt doch unter der Erde! Ich schreie.

11

Daisy ist nicht mehr da, und Papa ist auch nicht mehr da. Obwohl Mama es mir nicht ausdrücklich gesagt hat, weiß ich, dass ich keinen von beiden mehr erwähnen sollte. Jetzt gibt es also nur noch Mama und mich. Und Mama und ich verlassen unser Haus und Belfast. Für immer.

Sie bittet mich, im Garten zu spielen, während sie die Koffer fertig packt und aussortiert, was wir mitnehmen und was wir alles dem Wohltätigkeitsverein geben. Ich klettere auf den großen Tannenbaum. Die Rinde ist schwarz und schmierig vom Regen, sodass meine Latzhose grünbraune Streifen bekommt. Mama wird bestimmt böse werden. Dann denke ich, dass sie es vielleicht gar nicht sieht. Sie hat ja auch nicht gemerkt, dass sie mir heute Morgen meine Strickjacke einfach über meinen Schlafanzug angezogen hat.

Ich klemme Emily zwischen Baumstamm und Ast, damit sie nicht hinunterfallen kann. Durch die Äste blicke ich die Straße hinunter bis zu Wee Mans Haus. Von beiden Fenstern im oberen Stock hängen Fahnen: ein großer Union Jack und eine mit der Roten Hand von Ulster. Die Gartentür ist blau, weiß und rot, passend zu den blau-weiß-roten Randsteinen und den blau-weiß-roten Fähnchen, die an Schnüren zwischen den Straßenlaternen hängen. Anfang des Sommers sorgte Wee Mans Bruder dafür, dass die Randsteine bemalt und Fähnchen aufgehängt wurden. Ich und Daisy sahen vom Tannenbaum aus dabei zu. Von dem anderen Tannenbaum, dem kleineren, weil man auf den leichter klettern kann und Daisy im Klettern nicht so gut war wie ich. Wir durften als Einzige nicht mitmalen. Damals begann Jennifer von gegenüber auf unserem Gartentor herumzuschwingen und zu rufen, dass wir den bösen Blick hätten.

Die Straße ist jetzt leer, weil alle in der Schule sind. Dieses Jahr bin ich endlich groß genug, um mittags in der Schulkantine zu essen. Außerdem habe ich nachmittags Unterricht und darf Krawatte tragen. Papa hat mir gezeigt, wie man einen Krawattenknoten bindet. Ich habe so lange geübt, bis ich es auch allein konnte. Mama weiß nicht, ob zu der Uniform meiner neuen Schule auch eine Krawatte gehört. Wenn ich sie frage, antwortet sie: »Woher soll ich das denn wissen?« Oder: »Ab mit dir, spiel irgendetwas und fall mir nicht auf die Nerven!«

Ich bleibe auf dem Baum, bis Mama aus dem Haus kommt und mich ruft: Ich soll zu der Imbissbude laufen und zum Abendessen Fisch und Pommes holen.

»Kann ich lieber ein Würstchen haben?«

»Wenn du möchtest«, meint sie achselzuckend.

»Kann ich auch zwei haben? In Teig?«

»Wenn du willst, bitte.«

Wir essen gleich aus dem Zeitungspapier. Mir wird schon beim ersten Würstchen schlecht, weil ich einen Knorpel darin entdecke. Ich schiebe das warme, fettige, durchgeweichte Papier von mir weg an das andere Tischende. Mama isst ihren Fisch auch nicht.

Wir haben eine Kassette, auf der Mama und Papa mit mir und Daisy Lieder singen. Auf der einen Seite singt Papa »Herr Frosch, der ging auf Freiersfüßen« und »Daisy, Daisy«, und Mama singt ein paar ihrer Cúchulainn-Lieder. Auf der zweiten Seite singe ich »Molly Malone«, alle Strophen. Die letzte Strophe, in der Mollys Geist ihren Karren mit Holpern und Knarren durch die Straßen Dublins schiebt, extra mit krächziger Stimme. Auf der Kassette klatschen Mama und Papa, nachdem ich das Lied zu Ende gesungen habe, und ich fange noch einmal von vorne an, und sie lachen. Dann singt Papa den Anfang von »Tapf'rer Soldat, nimm mich zur Braut«, und die Mama auf der Kassette wird böse und schaltet den Rekorder aus, sodass die Aufnahme plötzlich abbricht.

Mama sitzt am Küchentisch. Um sie herum liegen haufenweise Sachen, die immer noch nicht eingepackt sind. Wieder und wieder spielt sie die Kassette ab. Jennifer und ihre Mama kommen vorbei, um sich von uns zu verabschieden. Mama macht für sich und Jennifers Mama eine Kanne Tee. Für mich und Jennifer kramt sie Orangensaft und rosa Waffeln hervor. Jenny-Schweinchen stopft sich gleich zwei Waffeln auf einmal in den Mund, sodass sie husten muss und sich verschluckt, weil sie so staubtrocken sind. Ich strecke ihr die Zunge raus. Sie funkelt mich böse an. Bevor wir den Tee und den Saft auch nur zur Hälfte getrunken haben, wissen unsere Mamas schon nicht mehr, worüber sie eigentlich reden sollen.

»Ich habe eine Kassette gefunden«, sagt Mama.

»Ach, ja?«, fragt die Frau höflich nach.

Bitte nicht, Mama!, denke ich, so angestrengt ich kann. Bitte, bitte nicht!

»Möchten Sie sie vielleicht hören?«, fragt Mama.

Ich sehe, wie Jennifer ihrer Mama von der Seite einen Blick zuwirft. Mama drückt auf »Play«, und Papa fängt an »Daisy, Daisy« zu singen. Jennifer grinst ihre Mama an. Die schaut streng zurück. Dann bedeckt Mama ihr Gesicht mit den Händen und macht ganz komische, tiefe Geräusche mit offenem Mund.

Ich weiß genau, dass die dicke Jennifer mit ihrem aufgedunsenen Gesicht sich alles merkt und es später Baps, Wee Man und den anderen brühwarm erzählen wird.

Mama fängt an, sich zu entschuldigen. Die Frau tätschelt Mama den Arm. Jennifer grinst mich ganz langsam und genüsslich an.

Sie verlassen uns, ohne ihren Tee und Saft auszutrinken. Während Mama sie an der Tür verabschiedet, zerschneide ich das Band und erzähle nachher, dass es im Kassettenrekorder hängen geblieben ist.

An dem Tag, an dem wir ausziehen, wache ich früh auf, weil das Haus jetzt so leer ist und sich anfühlt, als wäre es lieber allein. Tische, Stühle und Sofa wurden schon vor ein paar Tagen ganz durcheinander in einen Lastwagen gesteckt, und jetzt sind nur noch die Betten übrig und hier und da ein paar Kleinigkeiten. Die Leute, die jetzt in unserem Haus wohnen werden, bringen ihre eigenen Vorhänge und Teppiche mit, also sind unsere Vorhänge abgenommen und die Teppichböden herausgerissen worden. Die blanken Dielen quietschen, wenn man auf sie tritt, und pieksen uns mit ihren Splittern an den Füßen. Sie mögen nicht, wenn man auf ihnen herumläuft. Mama sagt, wir gehen weg, weil das Haus zu sehr voller Erinnerungen sei. Aber ich glaube, die Erinnerungen stecken eher im Sofa und in den Spielsachen, in dem großen, hölzernen Küchentisch und dem Läufer im Flur, mit dem wir immer Fliegender Teppich spielten. Jetzt befindet sich nichts mehr zwischen den nackten Wänden und dem Fußboden, nur Mama und ich sind noch da. Und wir sind viel zu laut in dem widerhallenden Haus.

Ich ziehe meine Jeans an und den roten Wollpullover mit den vielen Schafen darauf, die über Zäune hüpfen. Dann schnalle ich meine Sandalen zu und schließe den Reißverschluss von meinem hellrosa Kapuzenanorak. Meine Buntstifte, Lieblingsbücher und die Ballerinaspieldose sind schon in meinem Schulranzen verstaut. Also sitze ich still da, halte Emily und warte, bis Mama aufwacht.

Mama flicht mir zwei Zöpfe, wie sie sie mir manchmal auch für die Schule macht. Sie zieht zu fest an meinen Haaren, aber ich bin ganz still. Als sie fertig ist, zupfe ich an den Härchen im Nacken, bis sie sich wieder aus den Zöpfen lösen. Dann sitzen wir auf der Treppe und warten auf das Taxi. Es sind keine Cornflakes mehr da und auch kein Brot zum Toasten, aber Mama macht ein bisschen Tee und für mich Cambric-Tee. Cambric-Tee ist ein ganz besonderer Tee für kleine

Mädchen, die noch nicht alt genug sind, um richtigen Erwachsenentee zu trinken. Man macht ihn mit heißem Wasser und Milch und taucht nur kurz einen Teebeutel hinein – rein und wieder raus, ganz schnell. Zuerst verbrenne ich mir den Mund, und als der Tee endlich ein bisschen abgekühlt ist, schwimmt oben eine dünne, gummiartige Haut. Normalerweise wird mir schlecht, wenn ich auf meinem Kakao vor dem Schlafengehen eine Haut entdecke, und Mama muss sie mit einem Löffel wegnehmen. Ich will aber nicht, dass sie denkt, ich mag den Cambric-Tee nicht, den sie extra für mich gemacht hat. Also warte ich, bis sie mal nicht herschaut, fische mit einem Finger die schleimige Haut heraus und schmiere sie ans Treppengeländer. Nachdem wir fertig sind, bringt Mama die Tassen in die Küche und wäscht sie ab. Sie will ein Geschirrtuch aus der Schublade holen, hält dann inne, steht eine Sekunde lang da und blickt auf die Tassen. Dann zuckt sie mit den Schultern, stellt sie kopfüber neben die Spüle, stöpselt den Wasserkocher aus, wickelt das Kabel um dessen Fuß und verstaut ihn ordentlich im Schrank. Schon kommt das Taxi, das uns zum Busbahnhof bringen soll. Der Taxifahrer und Mama tragen die Koffer hinaus. Ich helfe mit und schleife die Koffer die Stufen vor der Haustür hinunter, bis Mama meint, ich solle einsteigen, weil ich nass werde. Es nieselt, aber ich habe den Anorak bis zum Hals zugezogen und die Kapuze auf dem Kopf, also werde ich überhaupt nicht nass. Das antworte ich ihr, und auch, dass sie sich keine Sorgen zu machen braucht. Sie fährt mich an, dass ich im Weg stehe, und ich solle einfach tun, was sie sagt, und einsteigen. Ich will aber nicht, weil ich mich noch gar nicht von den Tannenbäumen verabschiedet habe, die unser Haus immer beschützt haben.

»Saoirse! Du steigst jetzt sofort ins Taxi und bleibst sitzen, während ich abschließe und die Schlüssel hinüberbringe, verstanden?«

»Ich will aber nicht!«

»Du tust, was ich dir sage!«, faucht sie und schlägt mich.

»Du hast mich geschlagen!«

»Genau, und du solltest zusehen, dass du ins Auto kommst, bevor ich bis drei gezählt habe, sonst setzt es eine richtige Tracht Prügel. Eins!«

»Papa würde mich nie schlagen!«, schreie ich sie an.

»Zwei!«

»Und er würde mich auch nicht so anbrüllen!«

»Dein Papa kommt auch nicht mehr wieder, um dich zu schlagen oder sonst irgendetwas zu tun. Er ist weg, für immer. Für immer! Hörst du mich? Jetzt lass mich ja nicht erst bis drei zählen!«

Papa ist weg, für immer. Er kommt nicht mehr wieder. Nie mehr.

»Aber Mama!« Plötzlich schießt es mir durch den Kopf: »Wie soll Papa uns denn jemals wiederfinden?«

Aber Mama gibt keine Antwort.

»Drei!«, brüllt sie, reißt mich am Ärmel, stößt mich auf die Rückbank des Taxis und knallt die Tür hinter mir zu. Also komme ich nicht mehr dazu, mich von den Tannenbäumen zu verabschieden oder ihnen zu sagen, dass sie nicht schuld waren. Daisy habe ich immer erzählt, dass die Tannenbäume Zauberwächter sind, die uns beschützen. Aber sie waren nicht schuld.

Mama hat kaum ein Wort mit mir gesprochen, seit wir das Haus verlassen haben. Die ganze Busfahrt über sitzt sie mit zurückgelehntem Kopf und geschlossenen Augen da, und ihre Hände liegen schlaff in ihrem Schoß. Aber ich weiß, dass sie nicht schläft. Sogar als der Busfahrer ruft, dass wir in Stroke City angekommen sind, und alle anderen Fahrgäste aussteigen, sitzt sie immer noch so da. Ich muss ihr auf die Wangen klopfen und sagen: »Mama, Mama, wir sind da! Mama!«, erst dann macht sie die Augen auf. Und als sie sie aufmacht, starrt sie nur ins Leere, als ob sie gar nichts sieht. Unsere Koffer liegen in einem großen Haufen auf dem Asphalt, und es fängt an zu tröpfeln. Ich ziehe meine Kapuze über den Kopf, aber Mama macht sich nicht einmal die Mühe, ihren Regenmantel zu schließen, als ob sie gar nicht bemerkt hat, dass es nieselt. Ich buchstabiere, was auf den Mauern gegenüber unter den Wandbildern steht: ›FREIHEIT FÜR DERRY‹, ›BRITEN RAUS!‹, ›INLA‹.

»Mama, was heißt ›INLA‹?«, frage ich, aber Mama hört mich nicht.

Wir stehen einige Minuten lang da. Über Mamas Haare, ihr Gesicht und ihre Schultern legt sich feiner, glitzernder Sprühregen.

»Brauchen Sie Hilfe mit den Koffern?«, fragt plötzlich eine Stimme. Ich schaue auf. Es ist ein alter Mann, der uns vorhin im Bus genau gegenübersaß.

»Oh …«, macht Mama unbestimmt und dreht sich um. »Wir warten auf jemanden.«

Der Mann weist mit dem Kopf zum Himmel.

»Gut, aber es wird ein bisschen ungemütlich hier. Vielleicht warten Sie am besten irgendwo drinnen. Ich habe gesehen, wie Sie mit dem Gepäck aus dem Bus gestiegen sind. Kommen Sie, ich helfe Ihnen doch gern!«

Er hebt zwei von den Koffern auf. Mama nimmt den mit den Rollen und die Reisetasche. Ich trage meinen Turnbeutel und den Schulranzen. Wir überqueren die Straße und laufen ein Stück, bis zu einem Café. Der Mann schiebt mit der Schulter die Tür auf. Uns schlägt warme, verbrauchte Luft und der Gestank von Bratfett entgegen. Ein Glöckchen bimmelt, als die Tür sich hinter uns schließt. Wir stellen Taschen und Koffer ab.

»So, da wären wir«, sagt der alte Mann.

Er sieht nett aus. Wenn wir freundlich zu ihm sind, bleibt er vielleicht noch und tut eine Weile so, als ob er mein Opa wäre, wenn er sonst nirgendwo hinmuss, denke ich. Es sieht nicht so aus, als ob er es besonders eilig hätte, irgendwo anders hinzukommen. Er steht da und lächelt Mama und mich an. Mama starrt vor sich hin. Ich lächle zurück, nur ein kleines bisschen, und er schenkt mir ein richtig breites Lächeln.

»Ja, da wären wir«, sagt der Mann noch einmal. »Ach ja. Da haben Sie sich aber 'nen scheußlichen Tag ausgesucht. 'nen richtig scheußlichen Tag, was?«

Mama blinzelt und bemerkt, dass er immer noch dasteht.

»Vielen Dank«, sagt sie und deutet mit dem Kopf auf unsere Taschen.

»Keine Ursache«, antwortet der alte Mann und zwinkert mir zu. »Sie machen ein bisschen Urlaub, was? Na, dann mal gute Reise.«

Er zieht seinen Mantel über die Schultern, verlässt das Café und lässt scheppernd die Tür hinter sich zufallen. Mama sinkt auf einen Stuhl, und ich setze mich ihr gegenüber. Ein Mädchen kommt hinter der Theke hervor.

»Was darf ich Ihnen bringen?«

»Hast du Hunger?«, fragt Mama mich.

Ich schüttle den Kopf.

»Du solltest schon etwas essen. Es kann spät werden, bis wir ankommen.«

Ich bestelle ein Würstchen mit Ei und Pommes und ein Glas Orangenschorle, und Mama eine Kanne Tee. Sie schüttet drei Löffel Zucker aus der Metalldose hinein und rührt langsam um. Dann steht sie auf, ohne davon getrunken zu haben.

»Bleib hier sitzen und pass auf unsere Taschen auf«, sagt sie. »Ich muss schnell mal telefonieren.«

Sie fragt das Mädchen hinter der Theke, ob sie ihr Telefon benutzen dürfe. Das Mädchen meint, das Telefon sei nicht für

Gäste, aber auf der anderen Straßenseite sei eine Telefonzelle. Ich drehe meinen Stuhl, sodass ich Mama durch die Tür des Cafés sehen kann. Die Glaswände des Telefonhäuschens sind eingeschlagen, und sie steht mit hochgezogenen Schultern im kalten Regen.

Ich schneide mein Würstchen in kleine Stücke, damit ich ja keinen Knorpel übersehe, und wische damit das flüssige Eigelb auf. Aber ich habe keinen Hunger. Erst sauge ich mit dem Strohhalm an meiner Orangenschorle, dann puste ich sie wieder zurück ins Glas, dass es Bläschen wirft. Durst habe ich auch keinen. Mama ist mit Telefonieren fertig und kommt ganz durchnässt wieder herein. Ihre Haare hängen ihr in langen, faserigen Strähnen ins Gesicht.

»Brendan ist schon unterwegs«, erklärt sie. »Er wird bald hier sein.«

Wir werden bei meiner nagelneuen Tante und meinem nagelneuen Onkel wohnen, bei Mamas älterer Schwester Tante Bernadette und ihrem Mann Onkel Brendan. Ich habe noch nie eine Tante und einen Onkel gehabt. Nur Opa Tony. Und der war gar nicht mein richtiger Opa, wir nannten ihn nur so. Als Mama mir das erzählte, während wir schon angefangen hatten zu packen und die Umzugsleute kamen, um die Möbel mitzunehmen, da fragte ich sie: »Gibt es dort auch Cousins? Habe ich dann auch neue Cousins zum Spielen?«

»Nein«, sagte Mama. Und eindringlich fügte sie noch hinzu: »Und du wirst deiner Tante und deinem Onkel nicht auf die Nerven fallen, hast du verstanden? Du wirst ganz still sein und dich benehmen und tun, was man dir sagt. Sie sind an Kinder nicht gewöhnt, also sei keine Nervensäge.«

Mama schließt ihre Augen. Kleine Wassertropfen laufen an ihrem Gesicht und ihrer Nase hinunter. Sie wischt sie nicht weg. Ich nehme eine glänzende Papierserviette und trockne ihr das Gesicht ab.

»O Gott!«, murmelt sie sanft. Dann noch einmal: »O Gott!«

Die Bläschen meiner Orangenschorle sind mir in die Nase gestiegen; es prickelt und klebt, und mein Bauch tut weh.

Können wir nicht wieder zurück, Mama?, würde ich am liebsten fragen, aber ich tue es nicht, weil ich weiß, dass das nicht geht. Ich weiß, dass wir jetzt schon zu weit weg sind.

Teil 2
Gweebarra Bay

12 Eine tote Robbe ist an den Strand gespült worden. Ich sehe sie von meinem Fenster aus. Sie liegt unmittelbar hinter der Niedrigwassergrenze und ist über und über mit Seetang bedeckt. Im ersten Moment denke ich: O Gott, ein Mensch!, stoße das Dachfenster auf und lehne mich so weit wie möglich hinaus, um besser gucken zu können.

Letzte Nacht herrschte ein Sturm, ein gewaltiger Sturm, bis in die frühen Morgenstunden. Die ganze Nacht über schlugen hohe Wellen auf den Strand, und bei all dem Lärm, dem Tosen der Wellen und dem Heulen des Windes, konnte ich nicht richtig schlafen. Jedes Mal, wenn ich kurz davor war, in den Schlaf zu sinken, hatte ich die seltsamsten Träume und schreckte immer wieder auf. Der Schweiß rann mir in Strömen am Körper herunter, und ich war mir sicher, dass ich Schreie gehört hatte.

Vielleicht ist es ein Fischer von einem der Hummerboote, schießt es mir durch den Kopf, als ich den toten Körper im Sand entdecke. Vielleicht sind die Fischer hinausgefahren, dann zog plötzlich der Sturm auf, und das Boot konnte den Hafen von Portnoo nicht mehr rechtzeitig erreichen. Wenn man genau hinschaut, sieht man aber, dass der Körper gar nicht die Form einer menschlichen Gestalt hat. Trotzdem laufe ich zum Strand hinunter. Ich habe noch meinen Schlafanzug an und bin barfuß. Der Strand ist kalt und schleimig vom Seetang. Die Robbe liegt auf dem Rücken. Sie ist grau gesprenkelt, dick und rund. Ich stupse sie mit einem Stück Treibholz an, um festzustellen, ob sie wirklich tot ist. Sie fühlt sich so komisch an, dass ich fast kotzen muss. So wie durchweichtes Brot. Teigig. Irgendwie schwammig. Mit dem Treibholz schabe ich den Seetang von ihrem Kopf und stoße auf ein großes, schwarzes Auge, glänzend und aufgedunsen. Ich lasse den Stock fallen und weiche einen Schritt zurück. Aber ich kann einfach nicht wegsehen. Gott, ist das widerlich!

»Was machst du denn da draußen?«, ruft Tante Bernadette von der Veranda hinter dem Haus. »Und fast nackt! Saoirse, um Himmels willen, du holst dir den Tod! Komm rein und sieh zu, dass du frühstückst, sonst kommst du zu spät in die Schule!«

Der Bann ist gebrochen: Ich wende mich ab und laufe zum Haus zurück. Aber eine tote Robbe bringt Unglück, und mich beschleicht die Ahnung, dass irgendetwas Schlimmes bevorsteht.

Für Juni ist es ziemlich kalt. Alle sind sich einig, dass das Wetter für diese Jahreszeit ungewöhnlich schlecht ist. Meine Tante und mein Onkel machen sich Sorgen, weil es für den Sommer bereits weniger Buchungen gibt als letztes Jahr, und auch an Ostern waren wir nicht besonders gut besucht. Und nun noch dieser Riesensturm gestern Nacht, dabei haben wir fast schon Sommer! Um diese Jahreszeit sollte es solche Stürme nicht mehr geben. Nach der Schule renne ich zum Ufer hinunter. Die Flut ist schon wieder zurückgegangen. Der Strand ist glatt. Seetang, Schutt und Treibholz, die der Sturm angeschwemmt hatte, sind fort, und auch die Robbe ist verschwunden. Der Wind bläst in scharfen Böen. Ich stehe eine Weile da und schaue in die Wellen, wie sie an den zerklüfteten Felsen gleich hinter der Landspitze zu Schaum und Gischt zerschellen. Dann fröstelt mich plötzlich, und ich laufe zurück zum Haus.

Drinnen in der Küche ist es warm und stickig. In kleinen Bächlein rinnt Kondenswasser an den Fensterscheiben hinunter. Meine Tante ist gerade dabei, Hefebrot zu backen. Sie steht über den Ofen gebeugt, hat ihre Ärmel hochgekrempelt, und ihre massigen, fleckigen Arme sehen aus wie rohes Fleisch. Ich betrachte ihren Rücken eine Weile. Sie schweigt, ich auch. Als sie sich schließlich umdreht, bittet sie mich: »Sei so gut und bring mir doch mal die Buttermilch aus der Speisekammer.«

Ich hebe den schweren, blauen Krug mit beiden Händen hoch und trage ihn wortlos zum Küchentisch.

»Wie war's in der Schule?«, fragt sie.

»Großartig.«

»Habt ihr eure Klassenarbeiten zurückbekommen?«

»Ja.«

»Und?«

»Super, ich war die Zweitbeste in Irisch.«

»Da wird dein Onkel aber stolz auf dich sein!«

»Wo ist er denn?«

»Er ist schnell auf ein Bier zu Sheehy's gegangen.«

Sie hält inne, die Hände in die Hüften gestemmt. »Kannst du mir ein bisschen helfen, Schatz?«

»Was habt ihr eigentlich vor, die Speisung der fünftausend oder so? Oder kommt Bauer Dennehy zum Abendessen rüber?«

»Dein Cousin Michael und seine Brid kommen mit dem Baby.«

Michael Deegan ist nicht mein Cousin. Er ist Onkel Brendans Cousin, aber nur ein paar Jahre älter als ich, und mein Onkel hat ihn auf gewisse Weise immer als seinen Sohn betrachtet.

»Na, was ist jetzt? Willst du faul herumstehen oder mir ein bisschen zur Hand gehen?«, fragt sie.

Brotbacken hat meine Tante mir als Erstes beigebracht, als ich nach Gweebarra Sands kam. Wenn im Sommer viel Betrieb ist, bäckt Tante Bernadette drei- oder viermal am Tag Hefebrot. Die Touristen sind wild darauf. Früher stand ich immer auf einem kleinen Hocker, um auf die Arbeitsplatte zu gelangen, und knetete in einem Plastikschüsselchen meinen eigenen Teig. Einmal buk ich für meinen Vater Hefebrot, als er zu Besuch kam. In Belfast war Papa am Samstagmorgen immer zur Bäckerei unten in der Ormeau Road gefahren, um Hefefladen zu kaufen. Es ginge doch nichts über frisches Brot mit Ei, meinte er immer. Mama röstete die Fladen auf beiden Seiten an, sodass sie knusprig, aber nicht angebrannt waren, und ließ dann ein nur auf einer Seite gebratenes Ei darauf gleiten. Daisy und ich aßen das weiche Brot mit Butter und Erdbeermarmelade. Manchmal war es noch warm, wenn Papa es nach Hause brachte, und wenn Mama es dann aufschnitt, dampfte es.

Ich dachte – ich kann mich erinnern, dass ich dachte –, Papa würde sich über das Hefebrot freuen.

Aber er wurde nur ganz still, als ich ihm stolz die Papiertüte überreichte.

Zuletzt schneide ich den Laib noch oben ein und schiebe ihn in den Ofen. Ich mag nicht, wenn mir solche Sachen einfallen wie Hefefladen und die Bäckerei in der Ormeau Road und Belfast.

»Fertig!« Ich schlage die Ofentür zu.

»Danke dir«, sagt meine Tante höflich.

»Gern geschehen«, antworte ich ebenso höflich.

»Saoirse«, beginnt sie.

»Ja?«, frage ich zuvorkommend.

Eigentlich reden meine Tante und ich zurzeit nicht miteinander.

Sie seufzt.

»Hör mal zu, Saoirse«, hebt sie gerade an, aber genau in diesem Augenblick kommt mein Onkel durch die Hintertür hereingepoltert und verkündet, dass er zum Abendessen unbedingt ein paar Strandschnecken haben muss und ob ich nicht mit ihm an den Strand hinuntergehen und ihm helfen könne.

»Schnecken sammeln?! Iiiih nee! Muss ich wirklich?«

Das Schneckensammeln hasse ich am allermeisten. Ich kann Strandschnecken nicht ausstehen: diese schleimigen, grauen Dinger, die sich so gummiartig anfühlen und überall kleine Hubbel haben, wie Gänsehaut.

»Junges Fräulein!«, stößt meine Tante hervor. »Nach all dem, was du dir geleistet hast, solltest du am besten tun, was man dir sagt, und den Mund halten.«

»Woran ist eigentlich euer letzter Sklave gestorben?«, frage ich.

»Spar dir den Blödsinn!«, schimpft sie. »Zieh dir die Gummistiefel an und hilf deinem Onkel. Du weißt doch, wie ihm bei diesem Wetter die Hände weh tun«, fügt sie dann noch flüsternd hinzu, während er hinausgeht, um den großen Eimer zu holen.

Ich seufze so tief, wie ich es mir erlauben darf, und stapfe hinter meinem Onkel her zum Strand. Der beste Platz zum Schneckensammeln liegt auf der felsigen Nordseite der Bucht. Dort ist der Strand steinig und zerklüftet und der Tidenhub am größten. Man findet die Strandschnecken auf Höhe der Uferlinie in den Pfützen, die die Flut zwischen den Felsen zurücklässt. Wir waten durch die kleinen Schaumkronen hinaus, um die größten Schnecken zu finden. Man darf nicht einfach an den Schnecken ziehen, um sie vom Felsen loszubekommen, sonst reißt man sie auseinander. Man muss die Fingernägel unter die Schale bohren und die Schnecke dann mit einem schnellen Ruck aus dem Handgelenk vom Felsen lösen. Man spürt, wie sie sich dehnen, während man zieht. Als ich zum ersten (und letzten) Mal Strandschnecken aß, musste ich ständig an unsere Nacktschnecken im Gemüsebeet in Belfast denken. Auf die streute mein Vater immer Salz, bis sie sich auf den Rücken drehten und vertrockneten. Wir arbeiten Seite an Seite, ohne ein Wort zu wechseln. Nach einer Weile klettern wir zur geschützteren Westseite der Bucht hinüber. Mein Onkel legt eine Pause ein, um einen Schluck Tee aus seiner Thermoskanne zu nehmen, und wir kauern uns im Windschatten einer Sanddüne nieder. Es hat angefangen zu nieseln, und die steife Brise weht uns den Regen fast waagrecht entgegen.

»Können wir jetzt endlich gehen?«, frage ich.

Mein Onkel blickt zum Himmel hinauf. Über uns ballen sich die Wolken. Er runzelt die Stirn und zieht seine Schirmmütze tiefer ins Gesicht.

»Nur noch ein paar.«

»Glaubst du, es gibt heute Nacht wieder Sturm?«

»Sieht so aus, als würde da noch einer aufziehen, ja.« Dann dreht er sich mir zu und fragt: »Also?« Jetzt ist es so weit.

»Also was?«, frage ich zurück.

»Also, du und deine Tante, ihr steht immer noch auf Kriegsfuß, Saoirse?«

»Sie übertreibt maßlos! Sie tut so, als hätte ich eine Todsünde begangen. Ständig hält sie mir Standpauken!«

»Och, du weißt doch, wie deine Tante ist. Sie macht sich nur Sorgen um dich, Schatz.«

Mein Onkel legt mir den Arm um die Schulter und drückt mich. Ich zucke zurück, und er sieht mich mit seinen großen, alten, schlaffen Augen an. Ich komme mir ein bisschen gemein vor. Er ist eigentlich ganz in Ordnung, mein Onkel.

»Ich weiß, dass du es nicht leicht hast«, meint er. »Mit uns zwei komischen alten Käuzen, hm?«

»Sie sagt, ich darf jetzt doch nicht auf die Party am Samstagabend gehen.«

»Ich werde mal mit ihr reden.«

»Wirklich?«

»Ja.«

»Danke! Ich bin nämlich kein kleines Mädchen mehr. Aber sie behandelt mich immer noch wie eines.«

»Sie will nur nicht, dass du Ärger bekommst. Bisher ist doch alles gut gelaufen, in der Schule und so.«

»Ich habe die zweitbeste Klassenarbeit in Irisch.«

»Wirklich?« Er strahlt. »Ich hab's immer gewusst: mein Mädchen!«

Plötzlich wird der Regen stärker.

»Ach, komm, wir gehen heim!«

Wir stehen auf. Mein Onkel kommt nur mühsam auf die Beine.

»Gib mir den Eimer!«, fordere ich ihn auf.

»Ich sag ja, du bist ein gutes Mädchen«, meint er. »Nimm es dir nicht zu sehr zu Herzen. Und ich rede mal mit deiner Tante. Du hast schon recht, sie ist manchmal ein bisschen zu streng mit dir.«

Zu Hause wäscht meine Tante die Strandschnecken draußen unter dem Wasserhahn ab und wirft sie zum Kochen in den großen, gusseisernen Topf. Ich habe mir gerade den leicht ranzigen Geruch der Schnecken von den Händen gewaschen und will nach oben auf mein Zimmer, da bemerkt sie mit komischer Stimme: »Saoirse?«

»Hm?«

»Jetzt hast du um ein paar Minuten deinen Vater verpasst.« Das kommt betont beiläufig.

»Meinen Vater?«

»Ja, er hat angerufen. Er will dich dieses Wochenende besuchen kommen, am Samstagabend, und mit dir essen gehen.«

»Was? Warum denn? Ich habe ihn doch erst vor ein paar Wochen gesehen.«

»Keine Ahnung, ich soll es nur ausrichten«, meint sie achselzuckend.

»Oh nein, kommt gar nicht infrage!« Plötzlich fällt es mir ein: Samstagabend!

»Du glaubst doch nicht immer noch, du könntest am Samstag auf diese Party gehen?«, fragt sie knapp. »Ich habe dir schon gesagt, ich will nicht, dass du dich mit diesen Mahon-Jungs herumtreibst. Es gibt ständig Ärger mit den beiden. Ich möchte nicht, dass du in irgendwas hineingezogen wirst.«

Darauf antworte ich gar nichts. Wenn sie irgendetwas ahnte von mir und Johnny Mahon, ich glaube … sie würde Hackfleisch aus mir machen.

Brid und Michael kommen uns mit dem kleinen, sechs Wochen alten Seamus besuchen. Meine Tante stürzt sich auf ihn, nimmt ihn auf den Arm und schaukelt ihn hin und her. Er kotzt ihr die Schulter voll, aber das macht ihr nichts aus.

»Er ist ein kleiner Engel«, stellt sie fest, nachdem er sie gerade vollgekotzt hat. Sie wiegt ihn in den Schlaf, dann legt sie ihn zurück in seinen Tragekorb neben dem Ofen, und er schläft das ganze Abendessen hindurch.

Brid und Michael erzählen, dass sie sich nur schwer wieder in Gweebarra Bay einleben. Sie haben zuletzt in Galway gewohnt. Kurz bevor Seamus auf die Welt kam, sind sie wieder zurückgezogen, um in der Nähe von Brids Familie zu sein.

»Neulich habe ich eine von den Nonnen aus meiner Schule getroffen«, erzählt Brid. »Ich war mit meiner Freundin Aileen und ihrer kleinen Tochter unterwegs, da laufen wir Schwester Alphonso über den Weg. Phonsie haben wir sie früher immer genannt. Sie fängt an, Seamus im Kinderwagen mit ›duzi-duzi-du‹ zu necken, und gratuliert mir. Dann wendet sie sich an Aileen und sagt, es täte ihr so leid. ›Was denn?‹, fragt Aileen. Und Phonsie sagt ›Nun ja‹ und deutet mit den Augenbrauen zu Molly im Buggy, rückt noch ein Stück näher und flüstert, dass es doch schrecklich sei für das arme Kind, *unehelich* zur Welt gekommen zu sein. Ich sage euch, Aileen wäre beinahe explodiert! ›Wir leben in den Achtzigern‹, hat sie geantwortet, ›und nicht in den Fünfzigern, Kruzifix!‹ Ich habe schon darauf gewartet, dass die alte Phonsie dort an Ort und Stelle vor dem Postamt niederknien und anfangen würde, den Rosenkranz für Aileens Seelenheil zu beten!« Brid kichert, aber dann hört sie abrupt auf. »Wisst ihr, Aileen hat es wirklich nicht leicht, ganz allein mit der kleinen Molly. Sie will vielleicht übers Meer gehen, vielleicht nach Liverpool. Dort leben Freunde von ihr, und sie sagt, es wäre leichter für Molly.«

Meine Tante schüttelt langsam den Kopf.

»Und so was in der heutigen Zeit.«

Ich glaube, ich will so schnell wie möglich weg.

Später kommt das Gespräch auf mich und den Sommerball, der in wenigen Wochen stattfindet.

»Hast du schon einen Partner?«, fragt Michael und zwinkert mir zu.

Ich schüttle den Kopf.

»Was! Kein Freund in Sicht? Das kann ich kaum glauben bei so einem hübschen Mädchen wie dir!«

»Ach, dafür hat sie noch lange genug Zeit«, wirft meine Tante schnell ein.

Ich und Johnny Mahon gehen jetzt schon seit ein paar Monaten mehr oder weniger miteinander. Zumindest glaube ich, dass wir miteinander gehen. Ich hoffe so sehr, dass er mich auf den Sommerball begleitet! Aber ich habe mit ihm noch nicht darüber gesprochen. Außerdem, wie soll ich das meiner Tante beibringen? Selbst wenn sie wirklich gute Laune hat, ist sie, was das Thema Jungs betrifft, richtig komisch – da ist sie nun einmal konservativ –, und sie wäre nicht sehr angetan davon, dass ich mit einem der Mahons ausgehe. Zwei von den Mahon-Onkels aus Derry sitzen im Maze-Gefängnis in Nordirland kurze Haftstrafen ab, wegen Schusswaffenbesitz und Mitgliedschaft in paramilitärischen Vereinigungen. Und Tante Bernadette traut keinem, der irgendetwas mit Politik zu tun hat.

»Zeig uns doch mal dein Kleid«, fordert Brid mich auf.

Mein Ballkleid ist aus wunderschönem Satin, der blaugrün schillert, wenn das Licht darauf fällt. Es ist tailliert und hat einen vollen Rüschenrock. Ich habe den Stoff selbst ausgesucht und es bei einer Frau in Dungloe extra für mich nähen lassen. Ich liebe dieses Kleid! Seitdem ich es letzte Woche abgeholt habe, hängt es an meiner Zimmertür. Also ziehe ich es an und komme wieder in die Küche hinunter.

»Wow!«, staunt Brid. »Die Farbe passt perfekt zu deinem dunklen Haar.«

»Ja, fantastisch, es steht dir wirklich gut«, sagt Michael.

»Dreh dich doch mal herum«, bittet Brid.

Ich wirble auf den Zehenspitzen im Kreis, und der Rock rauscht über den Fliesenboden.

Brid applaudiert; ich stelle mich in Positur, und wir lachen alle. Aber aus dem Augenwinkel bemerke ich, dass meine Tante mich ganz komisch ansieht.

»Was ist?«, frage ich.

»Was soll sein?«

»Du hast mich eben so komisch angesehen.«

»Hab ich das?«

»Natürlich! Was ist los?«

»Gar nichts, Schatz. Es ist nur ...«, sie hüstelt. »Ach, einen Moment lang hast du ausgesehen wie deine Mutter. Grün war auch Deirdres Lieblingsfarbe.«

Keiner der beiden Deegans sagt einen Ton.

»Ich ziehe mich dann wieder um.«

»Du siehst wunderschön aus, Schatz«, bestätigt auch mein Onkel. »Wirklich wunderschön!«

Oben werfe ich das Kleid wieder über den Bügel und stopfe es in den Schrank.

Nachdem die Deegans weg sind, sitzen meine Tante, mein Onkel und ich noch eine Zeit lang im Wohnzimmer und schauen Nachrichten. Es geht um das Waffenlager, das im Januar in Malin Head gefunden wurde. Meine Tante schüttelt den Kopf und schaltet auf einen anderen Sender um.

»Eine Handvoll Fanatiker«, stellt sie wütend fest. »Eine Handvoll Fanatiker terrorisiert das Land, und ihretwegen sind die Iren auf der ganzen Welt verschrien.«

»Genau das sagt mein Vater auch«, erwidere ich. »Allerdings von Ulster und den Protestanten.«

»So«, sagt sie. Mehr nicht. Sie kann meinen Vater nicht leiden.

»Das ist ein schwerer Justizirrtum«, klagt jemand auf dem nächsten Sender.

»Um Himmels willen!«

Sie keift den Fernseher an und schaltet ihn ab. »Gönnt einem keiner mal ein bisschen Frieden?«

Das Telefon klingelt.

»Ich gehe schon«, rufe ich und springe auf.

Es ist Johnny.

»Saoirse! Ich bin am Ende der Straße.«

»Was?« Ich drehe mich um, sodass ich mit dem Rücken zum Wohnzimmer stehe.

»Ich sagte, ich bin am Ende eurer Straße. Ich rufe aus der Telefonzelle an. Du musst sofort herauskommen!«

»Was? Wieso, was ist los?«

»Du, ich kann dir das jetzt nicht erklären, außerdem geht mir gleich das Geld aus. Komm einfach so schnell wie möglich hierher, okay?«

»Es ist halb elf!«

»Ich weiß selber, wie spät es ist, verdammt noch mal! – Tut mir leid! War nicht so gemeint. Es ist nur … beeil dich, okay?«

Die Verbindung bricht ab. Ich lege vorsichtig den Hörer auf, laufe zum Sofa zurück und setze mich wieder hin.

»Das war Bridget«, erkläre ich.

»Sie ruft aber spät an.«

»Wir müssen morgen eine Geschichtsarbeit abgeben. Sie hat nur noch einmal angerufen, um mich daran zu erinnern.«

Ich rede viel zu schnell. Aber weder meine Tante noch mein Onkel heben auch nur den Kopf. Ein paar Minuten bleibe ich noch mit ihnen da sitzen. Meine Hände sind feucht, und ich höre mein Herz laut klopfen. Dann gähne ich.

»Vielleicht gehe ich jetzt lieber ins Bett.« Meine Stimme klingt viel höher als sonst. Keiner von beiden antwortet. Ich gähne noch einmal. »Ja, ich bin doch schon ein bisschen müde«, stelle ich laut fest. »Ich glaube, ich gehe jetzt schlafen.«

»Dann gute Nacht, Schatz«, wünscht meine Tante.

Ich stehe auf und gebe ihr einen Kuss auf die Wange.

»Nacht, Tante.«

»Nacht, Schatz«, sagt mein Onkel.

»Nacht.«

Ich schließe die Tür und trample die ersten paar Stufen hoch.

Dann schleiche ich auf Zehenspitzen wieder hinunter und trete dabei nur ganz vorne auf den Rand der Stufen, wo sie nicht so knarzen, und schlüpfe durch den Flur in die Küche. Vorsichtig schließe ich die schwere Tür, damit sie nicht durch den Zug zuknallt, wenn ich die Hintertür aufmache. Ich schnappe mir meine Schuhe von der Veranda, bleibe aber nicht stehen, um sie anzuziehen, sondern renne die Treppe hinter dem Haus hinunter, über den Rasen und dann auf die Straße, wo Johnny mit laufendem Motor im Auto wartet. Er stößt die Tür für mich auf.

»Herrgott, Sha, das hat aber gedauert!«

»Ich konnte nicht sofort weg, sonst hätten sie Verdacht geschöpft!«

Das Auto fährt mit einem Ruck an, und ich werde in den Sitz gepresst.

»Was ist eigentlich los, Johnny? Ist irgendwas passiert?«

Seine Hände zittern. Er kramt im Handschuhfach herum und wirft mir eine Zigarettenschachtel zu.

»Zünd mir mal eine an, Sha!«

»Was ist los, Johnny?«

»Was soll denn ständig los sein? Nichts ist los. Kannst du mir jetzt bitte einfach eine Kippe anzünden!«

Ich zünde die Zigarette an und stecke sie vorsichtig zwischen seine Finger. Sie fällt ihm fast aus der Hand vor lauter Zittern. Er nimmt einen langen, tiefen Zug, dann noch einen und bläst den Rauch wie einen schweren Seufzer aus.

»Oh mein Gott! Oh mein Gott!«

»Johnny, bitte, ist irgendwas passiert?«

»Willst du mir jetzt die ganze Zeit auf die Nerven gehen? Ich hab dir doch gesagt: Nichts ist passiert!«

Für kurze Zeit spricht keiner von uns beiden. Wir biegen am Ende der Straße auf die Hauptstraße und fahren in Richtung Ardara. Johnny kurbelt das Fenster herunter. Mit dem Wind weht kalter Regen herein. Ich kauere mich in meinem Sitz zusammen. Ich bin so überstürzt hinausgelaufen, dass ich mir nicht mal einen Mantel oder etwas Ähnliches mitgenommen habe.

»Wo fahren wir eigentlich hin?« Ich versuche das so beiläufig wie möglich klingen zu lassen, aber meine Stimme ist piepsig.

»Nirgendwohin. Wir fahren zu mir, das ist alles.«

»Zu dir?«

»Sag mal, hörst du schlecht?«, schreit er und haut mit den Handflächen gegen das Lenkrad. Dann dreht er sich zu mir und zieht wie im Spaß an meinen Haaren. »Hey, Sha, ich wollte dich nicht anbrüllen. War nur 'n verdammt anstrengender Tag, das ist alles.«

»Schon gut«, sage ich, »alles klar.«

»Aber pass mal auf. Da liegt diese Dings, diese Zeitung auf dem Rücksitz. Hol sie doch mal her und sieh nach, was im Kino läuft.«

»Im Kino? Fürs Kino ist es doch viel zu spät! Es ist schon halb elf vorbei, Johnny, und ...«

»Ich hab auch nicht vor, ins Kino zu gehen! Herrgott, jetzt tu doch einfach mal, was ich dir sage!«

Ich strecke mich nach der Zeitung und suche die Seiten mit dem Kinoprogramm.

»Hast du gefunden, was läuft?«, fragt er voller Ungeduld.

»Ich bin gerade dabei.«

»Ganz egal, was. Schau doch beim großen Multiplex in Donegal!«

Ich fange an, das Kinoprogramm durchzusehen. Aber Johnny wird immer nervöser.

»Es spielt überhaupt keine Rolle, was. Such dir einfach irgendwas aus! Und wenn jemand dich fragt, dann waren wir beide heute Abend im Kino, kapiert?«

»Was soll denn das alles bedeuten?«

»Herrgott, Mädchen, genau das: Wenn dich jemand fragt, wo wir waren, dann sagst du: im Kino. Wir haben uns einen Film angesehen, Popcorn gegessen, Cola getrunken, verdammt noch mal, und dann sind wir wieder zu mir gefahren.«

»Ich war aber den ganzen Abend zu Hause. Mit meiner Tante und meinem Onkel. Und wenn jemand sie fragt ...«

»Man wird sie nicht fragen, Sha. Wahrscheinlich wird man auch dich nicht fragen. Nur zur Sicherheit, verstanden?«

Ich entgegne nichts.

»Sha, Süße, ich bitte dich doch nur um einen klitzekleinen Gefallen, sonst nichts. Es ist alles in Ordnung, nur ...«

Wir biegen in die Straße ein, wo er wohnt. Er hält an.

»Ach, komm her!« Er streicht mir den Pony aus der Stirn und fährt mir mit den Fingerspitzen über die Wangen. »Alles klar? Du bist spitze, Liebling! Alles ist spitze. Ich und ... ähem ...«, er hustet, »ich und, und Éamon, wir hatten nur ein kleines bisschen Ärger vorhin. In der Stadt, weißt du. Ich will dich nicht mit den Einzelheiten langweilen. Aber du weißt ja, wie Éamon ist, dieser verdammte Schisser, er hat nachher plötzlich Panik gekriegt und gesagt, wir brauchen unbedingt ein – du weißt schon. Es ist wegen meiner Mama, die macht sich doch sonst nur Sorgen.«

Er verstummt.

»Hör zu, Sha! Lass uns morgen ins Kino, was hältst du davon? Ich hol dich ab. Ein richtiges Rendezvous, okay? Ach, scheiß drauf! Wir können auch essen gehen, wenn du möchtest. Uns einen richtig schönen Abend machen. Hast du Lust? Irgendwohin schön essen gehen und dann noch ins Kino. Mit Eis und allem drum und dran! Das machen wir! Was sagst du?«

»Ja. Klingt … super.«

»So gefällst du mir! Also, wir gehen jetzt rein, ich mache dir eine Tasse Tee, wir sagen meiner Mutter Hallo, und dann bringe ich dich wieder nach Hause, okay? Okay?«

»Okay.«

»Okay.« Er atmet aus. »Okay.«

Mrs Mahon ist schon auf dem Weg ins Bett.

»Na, war's schön?«, fragt sie.

»Ja«, lüge ich, wenig überzeugend. »Wir waren … im Kino.«

Sie fragt nicht weiter.

»Also dann«, mahnt sie, »bleibt nicht mehr zu lange auf. Morgen ist Schule.«

Johnny steckt mitten in seinen Abschlussprüfungen, und seine Mutter sieht es nicht gern, dass er abends lange ausgeht. Ich wette, sie hat keine Ahnung von der Riesenparty, die er und Éamon am Samstag geben, wenn sie und ihr Mann die Nacht über weg sind. Fast unsere ganze Klasse ist eingeladen; man wird im Aufenthaltsraum wochenlang von nichts anderem mehr sprechen. Ich kläre Johnny nicht auf, dass ich wahrscheinlich nicht kommen kann: Neuerdings habe ich das ungute Gefühl, dass ich ihn allmählich langweile oder dass ihn zumindest dieses ganze Theater nervt: dass meine Tante so streng ist und dass man sich ständig irgendwelche Ausreden einfallen lassen muss. Ich will ihm nicht verraten, dass Tante Bernadette ihn und seine ganze Familie nicht ausstehen kann. Vielleicht bringt Onkel Brendan sie ja doch dazu, dass sie mich nach dem Essen mit meinem Vater noch ein bisschen auf die Party gehen lässt.

Johnny und ich sitzen fünf oder zehn Minuten lang in der Küche herum und trinken Tee. Dann bringt er mich nach Hause. Er ist fast noch genauso nervös wie vorher.

Ich schaffe es bis hinauf in mein Zimmer, ohne dass meine Tante oder mein Onkel mich hören. Noch lange liege ich wach und grüble, was eigentlich los war. Die Monde und Sterne an meiner Wand grinsen mich an. Ich muss mein Zimmer mal neu streichen, denke ich. Welche Sechzehnjährige hat bitte Smiley-Monde an ihrer Wand? Ich weiß noch, wie mein Onkel sie gemalt hat, als die Dachkammer in ein Schlafzimmer für mich umfunktioniert wurde. Beim Streichen der Dachschräge über der Nische, wo mein Bett steht, ging ihm die Farbe aus, und er kam auf die Idee, einen Sternenhimmel an die Wand zu malen. Ich sprang damals auf und umarmte ihn, zum ersten Mal. Vom Bett aus sehe ich durch das kleine Dachfenster mitten in meinem aufgemalten Nachthimmel ein Stück des echten Nachthimmels, auf den aus vollen Händen Sterne gesät sind. Ich liebe den Ausblick! Man kann über die Ginsterbüsche und die Sanddünen hinweg die gesamte Rundung der Bucht überblicken. Der Wind ist immer noch stark; er bläst von Westen und jagt dunkle Wolken am Mond vorüber. Als ich klein war, lag ich immer im Bett und versuchte herauszufinden, welche von den Sternen Sterne und welche in Wirklichkeit Lichter des Elfenreichs waren: die Fackeln, die auf den Zinnen des Himmelsschlosses brennen. Daran habe ich seit Ewigkeiten nicht mehr gedacht. Ich setze mich auf und blinzle zum Sternenhimmel empor. Aber jetzt sehen sie alle nur noch wie Sterne aus. Und je länger ich sie anstarre, desto weniger finde ich, dass sie überhaupt sternenförmig sind. Es sind einfach nur Pünktchen, kleine Stecknadelköpfe am Himmel.

13

Es ist Samstagabend, und alle sind auf der Party bei den Mahons. Alle außer mir. Mir hat man kategorisch verboten hinzugehen, und so kommt es, dass ich jetzt die mit mehreren Jahrzehnten Abstand Jüngste in der Lounge Bar von Kellys Hotel bin. Mein Vater räuspert sich und lächelt mich an. Wir sitzen beide einfach da und haben einander nichts zu erzählen. Ich zermartere mir das Hirn, ob mir nicht noch irgendetwas einfällt. Aber ständig muss ich nur an die Party denken und dass Johnny, wenn ich nicht da bin, vielleicht ein Mädchen trifft, das ihm besser gefällt. Vielleicht eines, das hübscher ist als ich, oder besser drauf, oder witziger … eine, die kein Problem damit hat, wenn er sie bittet, sie solle sagen »Wir waren im Kino«, oder eine, die nicht immer das Falsche sagt. Ich weiß überhaupt nicht, warum sich Johnny mich ausgesucht hat. Johnny Mahon, hinter dem fast alle Mädchen der Schule her sind. Vor ein paar Monaten blieb er einfach eines Tages nach der Schule mit seinem Auto an der Bushaltestelle stehen, setzte sein freches Grinsen auf und fragte mich, ob er mich nach Hause fahren könne. Ich war ganz von den Socken, dass er mich überhaupt kannte, ganz zu schweigen davon, dass er wusste, wo ich wohne. Bridget stand mit offenem Mund da und war nicht einmal so fix zu fragen, ob er sie nicht auch mitnehmen könne, weil wir ja nicht weit voneinander entfernt wohnen. »Warum will er ausgerechnet mit dir weggehen?«, fragte sie an diesem Abend am Telefon. »Du hast doch noch nie zuvor mit ihm gesprochen, oder? Worüber in aller Welt habt ihr zwei nur geredet?«

Bestimmt war ich alles andere als eine gute Gesprächspartnerin. Rot wie eine Tomate, brachte ich die ganze Fahrt über keinen Ton heraus. Wenn er mir eine Frage stellte, war ich ganz durcheinander und antwortete nur mit Ja oder Nein. Aber danach holte er mich noch ein paarmal von der Schule ab, und wir machten Spritztouren – ohne besonderes Ziel, einfach quer durch Donegal. Dann gingen wir eines Abends in Glenties ins Kino, und danach küsste er mich, und ich nahm an, dass wir seitdem richtig miteinander gehen.

»Schön hier, nicht?«, wiederholt mein Vater zum zweiten oder dritten Mal.

»Ja, sehr schön«, antworte ich und versuche, ein Lächeln in meine Stimme zu legen, weil er mir plötzlich leidtut. Er zupft an seinem Bart und sieht müde aus. Sein Bart ist grau geworden. Meine Augen wandern zurück zum Kamin.

Unser Tisch steht direkt daneben. Es ist kalt heute Abend, vor allem in dieser zugigen, alten Hotellobby. Aber mitten im Juni zünden sie natürlich kein Feuer mehr an. Stattdessen steht ein großer Topf mit Farn im Kamin. Der Farn ist nicht mehr frisch, was man aber nur sieht, wenn man genau hinschaut. Doch ich sitze mit meinem Rücken zum Saal, und da es sonst nichts zu sehen gibt, bleibt mir nur der Topf mit dem Farn. Auf der anderen Seite des Raums beginnt eine Frau, Klavier zu spielen. Mein Vater summt die Melodie mit. Ich erkenne sie nicht. Es ist eine dieser traurigen irischen Balladen, bei denen alte Männer Tränen in die Augen bekommen.

»Ich ging einmal spazieren beim Krankenhaus von Lock,
trüb war der Morgen und eisig kalt der Tag.
Da kam ein Kamerad heraus im weißen Leichentuch,
im weißen Leichentuch und kalt wie das Grab.«

Er singt ein bisschen mit. Er weiß fast noch den ganzen Text. Dann bricht er ab.

»Du hast dieses Lied immer sehr gemocht«, sagt er.

»Tatsächlich?«

»Oh ja. Du musstest jedes Mal weinen.«

Ich kann mich nicht erinnern. Ich weiß fast nichts mehr von damals.

»Es war auf der Platte von Christy Moore. ›Prosperous‹. Das war eine Zeit lang unsere Lieblingsplatte. Von Mama und mir.«

Als ich ihn so von »Mama und mir« erzählen höre, fühle ich mich merkwürdig und irgendwie leer. Mein Vater und ich reden sonst nie über meine Mutter. Nie. Es ist seltsam, ihn über sie reden zu hören. Über ihn und sie, über »uns«.

Er legt den Kopf zur Seite und sieht mich an.

»Ach ja?«, frage ich. Was will er jetzt von mir hören?

»Nicht, dass wir viele gehabt hätten.«

»Wie?«

»Platten. Das war eine der ersten, die wir kauften, ›Prosperous‹. Zweiundsiebzig, glaube ich. Ja, zweiundsiebzig ungefähr. Wir haben sie Tag und Nacht gehört. Und im Wohnzimmer dazu getanzt.«

»Wirklich?« Das ist eine komische Vorstellung: meine Mutter und mein Vater, wie sie im Wohnzimmer herumtanzen.

»Wart ihr damals glücklich?«

»Glücklich?« Er schaut an die Decke und bläst seine Backen auf. »Glücklich … Ja, ich glaube schon, damals. Glücklich …«

»Paps«, druckse ich plötzlich schüchtern herum. »Paps, wie habt ihr euch eigentlich kennengelernt, du und Mama?«

Darüber habe ich mir schon immer den Kopf zerbrochen: er ein Protestant aus Nordirland und, mehr noch, ein Mitglied der britischen Polizei, sie ein katholisches Mädchen aus dem Gaeltacht. Danach wollte ich schon immer fragen, aber dieses Thema, oder auch nur die Möglichkeit zu fragen, hatte sich zuvor mit meinem Vater noch nie ergeben, und ich weiß nicht, warum, aber meine Tante wollte ich nie darauf ansprechen.

Er ist eine Weile still.

»Es war oben in Derry«, sagt er schließlich. »Im Sommer. Achtundsechzig war es. Deirdre nahm an den Protestmärschen teil, für die Bürgerrechte, weißt du.«

»Für die Bürgerrechte? War das nicht wahnsinnig gefährlich?«

»Am Anfang nicht, damals, als ich deine Mutter traf. Damals ging es noch friedlich zu. Alle glaubten, jetzt wird alles besser.«

»Und wie genau habt ihr euch kennengelernt? Bei den Märschen?«

»Nein, nein, nein. Auf einer Party. Auf irgendeiner Party, in die ich hineingeplatzt bin, kannst du dir das vorstellen? Mit Jimmy – erinnerst du dich an Jim? ›Onkel Jimmy‹ hast du immer zu ihm gesagt. Er hat dir zum Geburtstag einmal einen Teddybären gekauft, einen lila Teddybären. Ein furchtbares Teil. Monatelang wolltest du ihn nicht wieder hergeben.«

Ich schüttle den Kopf.

»Jedenfalls, wie gesagt, Jimmy und ich sind in diese Party hineingeplatzt. Wir waren nicht im Dienst, ohne Uniform, weißt du. Deine Mama stritt sich gerade mit jemandem herum. Ich war auf den ersten Blick verknallt in sie. Sie war das schönste Mädchen im ganzen Raum, echt. Sie trug dieses hellgrüne Minikleid, und ihre Haare gingen bis zur Taille.«

»Oh«, sage ich.

Derry. Mama bei den Märschen in Derry. Das hätte ich nie gedacht.

»Die Bürgerrechtsbewegung war für deine Mutter eine Zeit lang Lebensinhalt.«

Ich warte darauf, dass mein Vater weitererzählt, aber er schweigt. Die letzte Strophe des Liedes singt er wieder mit:

»Und auf seinem Grabstein, da steht dies geschrieben:
›Ihr jungen Burschen, nehmt euch bloß in acht
vor all den kessen Mädchen hier in dieser Stadt,
denn diese kessen Mädchen hab'n mich ins Grab gebracht.‹«

Er pfeift und klatscht, als das Lied zu Ende ist.

»Pa-pa!«, stoße ich hervor und schäme mich für ihn.

Er sieht mich aus verknitterten Augen an.

»Weißt du«, erzählt er, »du bist immer herumgetanzt und hast gesungen: ›denn diese kessen Mädchen hab'n mich ins Grab gebracht‹. Deine Mutter und ich haben uns gebogen vor Lachen.«

»Wirklich?« Ich versuche, diese Erinnerung aus meinem Gedächtnis hervorzukramen. Aber es ist überhaupt nichts mehr da.

Mein Vater nimmt sein Bierglas in die Hand. Es ist fast leer. Er betrachtet es einen Moment lang, dann stellt er es wieder hin.

»Möchtest du noch etwas?«, fragt er.

»Danke.«

»Bist du sicher?«

Ich nicke.

»Vielleicht einen Softdrink?«

»Nein, danke.«

Er steht auf und tritt an die Bar. Als er zurückkommt, schweigen wir beide. Er trinkt sein Bier, und ich spiele an dem Bierdeckel herum. Onkel Brendan hat früher mal Bierdeckel gesammelt, bis er viel zu viele davon hatte und meine Tante klagte, sie nähmen zu viel Platz weg. Er schlug vor, daraus eine Wanddekoration für die Fremdenzimmer zu machen, so eine Art Collage, aber davon wollte sie nichts wissen. Ich frage mich, ob er jemals einen solchen Bierdeckel in seiner Sammlung hatte. Es ist einer dieser auf altmodisch gemachten von Guinness, aber der Tukan hat eine Sonnenbrille auf. Ich überlege, ob ich ihn mit nach Hause nehmen soll, um ihn Onkel Brendan zu zeigen, aber es ist ein kleiner Bierfleck drauf, und eine der Ecken ist ein bisschen umgeknickt. Ich schiebe ihn weg und schaue auf. Mein Vater beobachtet mich mit seltsamem Gesichtsausdruck.

»Ich habe gehört, du hast nach diesem Hockey-Spiel ein bisschen Ärger bekommen«, meint er.

Oh mein Gott, das ist es also: Das ist der Grund, warum er mich so völlig aus heiterem Himmel sehen wollte.

Normalerweise kommt mein Papa an Weihnachten, Ostern, in den Ferien und an meinem Geburtstag. Deswegen war ich ein wenig überrascht, als Tante Bernadette erzählte, dass er käme, um mich zum Essen einzuladen. Warum hat er nicht gleich davon angefangen, statt es bis jetzt hinauszuzögern und so zu tun, als ob er diesen Extrabesuch einfach nur aus Spaß veranstaltet hätte?

Ich schiebe meinen Stuhl weiter weg vom Tisch und verschränke die Arme.

»Camogie, es war ein Camogie-Spiel. Nicht Hockey. Camogie!«

»Camogie?! Das klingt ulkig aus deinem Mund! Warum können die denn nicht einfach Hockey sagen?«

»Weil es eben nicht Hockey ist, sondern Camogie. Darum.«

Er hat nur einen Witz gemacht. Ich begreife es zu spät. Eine kleine Pause entsteht. Mein Vater konzentriert sich ganz auf den Schaum am Rand seines Bierglases. Er reibt mit einem Finger über den Rand und räuspert sich einige Male.

»Jedenfalls, Sha, habe ich gehört, dass ein paar von euch Ärger bekommen haben. Stimmt das?«

»Wer hat dir das erzählt? Tante Bernadette vielleicht? Die geht das nämlich nichts an! Und ich habe keine Lust, hier zu sitzen und mir eine Predigt von dir anzuhören! Absolut keine!«

»Schatz, ich habe nicht vor, dir eine Predigt zu halten. Ich möchte nur gerne von dir hören, was passiert ist.«

»Tante Bernadette hat dir bestimmt schon alles haarklein erzählt. Ich hätte wissen müssen, dass du nicht einfach von selbst kommst, bloß um mich zu besuchen. Meine Tante hat dir gesagt, du sollst kommen und mal mit mir reden. Stimmt's oder habe ich recht? Das ging überhaupt nicht von dir aus. Ich hätte es wissen müssen. Ihr seid mies! Ihr seid alle so mies!«

»Also, so brauchst du nicht mit mir zu sprechen! Ich bin dein Vater.«

»Das bist du nicht!«

Es ist mir herausgerutscht, bevor ich es verhindern konnte. Mein Vater schaut weg.

»Das wollte ich nicht … ich wollte nur …«

»Ist schon gut, Schatz«, sagt er schleppend. »Deine Tante hat es nur ganz beiläufig erwähnt, weil sie und dein Onkel sich Sorgen machen. Ich wollte dir nicht den Kopf abreißen. Ab und zu mal ein Schluck, da ist ja gar nichts dabei, aber …«

Er bricht plötzlich ab.

»Aber was?«

»Aber …«

»Was?«

»Deine Mama hat das Trinken krank gemacht, weißt du«, stößt er hastig hervor. »Das ist alles«, fügt er dann noch matt hinzu. Er sieht mir kurz ins Gesicht, dann wieder weg.

Meine Mama?

Ein Gefühl von Enge kriecht mir plötzlich von der Brust bis zur Kehle hinauf. Ich möchte etwas entgegnen, aber mein Mund ist wie ausgetrocknet. Ich sehe Mama und Papa wieder vor mir, wie sie sich eines Nachts anschreien, und eine Glasflasche liegt in Scherben auf dem Küchenboden.

»Meine Mama?«

Als meine Stimme mir wieder gehorcht, klingt sie ganz heiser.

»Das ist nicht wahr«, sage ich. Aber mein Vater kann mich nicht anschauen.

»Das hätte ich doch mitbekommen«, behaupte ich.

Er schweigt.

»Ich hätte es mitbekommen! Natürlich!«

Er sagt immer noch nichts. Ich lache.

»Na, das erklärt auf jeden Fall, warum Tante Bernadette so überreagiert, bloß wegen dieses ollen Camogie-Spiels!«, scherze ich. »Also, willst du jetzt wissen, was los war? Ja? Bitte, dann erzähle ich es dir eben!«

Ich spule meine Geschichte ab, und etwas in mir ist sich im Klaren darüber, dass ich viel zu schnell rede: Nach dem Pokalspiel am Samstag vor ein paar Wochen – wir hatten Letterkenny vom Platz gefegt – erlaubten uns Mrs Sullivan, unsere Trainerin, und die alte Schwester Bartholomäus, die unseren Bus fuhr, dass wir uns vor der Heimfahrt noch Fisch und Pommes holen durften. Bridget hatte ein paar Flaschen Buckfast gekauft, und ein paar von uns – ich, Katie Malley, Mairead, Aoife und Bridget – schütteten sie auf der Toilette des Sportplatzes in uns hinein. Ehrlich gesagt hatte ich keine große Lust, aber Bridget machte ein paar spitze Bemerkungen, und da wollte ich nicht Nein sagen. Außerdem fehlt mir Bridget irgendwie als beste Freundin, weil sie sich in letzter Zeit so komisch benimmt. Aber dann verschwanden Bridget und Katie Malley irgendwohin und kamen fast eine Stunde zu spät zum Bus zurück, und Mrs Sullivan bemerkte den Alkoholgeruch an ihnen. Und als wir zwanzig Minuten gefahren waren, kotzte Aoife den ganzen Bus voll, und Mrs Sullivan musste es mit einer Handvoll Taschentüchern aufwischen. Also wurden wir fünf vor die Schuldirektorin zitiert, und unsere Eltern bekamen Briefe nach Hause geschickt. Und als Tante Bernadette es erfuhr, mein Gott, war die wütend! So stinkwütend hatte ich sie noch nie zuvor erlebt.

»Ich hab mich entschuldigt«, erzähle ich hastig, »aber sie hörte nicht auf zu toben. Sie bekam einen richtigen Anfall, verstehst du, und ich wusste wirklich nicht, warum, weil es doch so albern war … So schrecklich betrunken war ich nun auch wieder nicht …«

Mein Vater nickt.

»Das tut mir leid, Schatz. Es ist nur wegen deiner Mutter. So etwas«, äußert er verlegen, »so etwas kann in der Familie liegen, weißt du?«

»Jetzt mach aber mal halblang!«, entgegne ich. »Was willst du denn damit ausdrücken?«

»Gar nichts, Schatz«, stottert er hilflos. »Wie gesagt, deine Tante hat sich nur wegen deiner Mutter so …«

»Ich bin aber nicht meine Mutter!«, unterbreche ich ihn, und meine Stimme klingt schrill. »Ich bin nicht sie, ich bin ich!«

»Aber natürlich, Schatz!«

Ich bin richtig erleichtert, als ich endlich nach Hause komme. Mittlerweile ist es mir sogar egal, dass ich die Party verpasse. Mein Vater fährt mich vom Hotel hoch und bleibt am Ende der Straße stehen. Wir sitzen noch eine Weile im Auto, aber er stellt den Motor nicht ab. Ich möchte weiter über meine Mutter sprechen. Ihn alles Mögliche fragen. Aber ich lasse es dann doch bleiben.

Und er erwähnt sie auch nicht mehr, obwohl ich genau sehe, dass auch er noch etwas sagen will. Nach einer Weile meint er: »Na dann …«, und ich fast gleichzeitig: »Dann geh ich mal …«, und er: »Ja, ja«. Und nun kommt die übliche Leier, wie schön es war, mich wieder einmal zu sehen, und falls ich mal ein bisschen Urlaub brauche, soll ich doch einfach in den Norden kommen zu ihm und Pauline. Er bietet immer an: »Du kannst wirklich gerne in den Norden kommen und bei mir und Pauline wohnen.« Und ich entgegne regelmäßig: »Ja, mal sehen«, so als ob es im Drehbuch stünde. Das ist immer das einzige Mal, dass er Pauline erwähnt, und wir wissen beide, dass ich sie nicht besuchen werde. Ihn und sein Schätzchen, das er heiratete, als seit Mamas Verschwinden nicht einmal ein Jahr vergangen war.

Ich habe mich immer gefragt, ob auch Mama irgendwo mit jemand anderem verheiratet ist. Aber jetzt lasse ich solche Gedanken nicht mehr zu. Was aus ihr wurde. Sie ist weggegangen. Einfach so. Ohne auch nur einen Brief zur Erklärung zu hinterlassen, verschwand sie einfach irgendwann mitten in der Nacht. Und ich verwendete alle meine Wünsche, bei jeder Geburtstagskerze, die ich als Kind ausblies, ich verwendete sie alle dafür, mir zu wünschen, dass sie wiederkäme, oder wenigstens eine Karte von ihr. Aber wir hörten nie mehr etwas von ihr. Und jetzt … jetzt bin ich mir nicht einmal mehr sicher, ob ich sie noch erkennen würde, wenn ich ihr auf der Straße begegnete.

»Wie gesagt«, wiederholt mein Vater, »Pauline würde dich wirklich gerne kennenlernen. Überleg dir doch, ob du nicht mal in den Norden kommen möchtest.«

Träum weiter!, würde ich am liebsten antworten, doch ich murmle nur: »Ja, mal sehen«, so wie immer. Aber mein Vater weiß ganz genau, dass ich damit meine: Rutsch mir doch den Buckel runter!, und seufzt nur. Als ich aussteige, sagt er: »Grüß deine Tante und deinen Onkel von mir!«

»Warum tust du das nicht selber, wo du dich doch auf einmal so gut mit ihnen verstehst?«, murre ich die geschlossene Autotür an.

Dann drehe ich mich um und laufe schnell den Weg hoch. Der starke Nachtwind schmeckt nach Salz und wickelt mir die Haare ins Gesicht. Meine Augen tränen, aber plötzlich fühle ich mich, als ob ich endlich wieder atmen könnte. Als ich zum Tor komme, sitzt er immer noch dort im Auto. Wegen der grellen Scheinwerfer kann ich nicht ins Innere sehen und weiß auch nicht, ob er mich sieht. Trotzdem drehe ich mich um und winke ihm kurz zu, dann schließe ich das Gartentor auf, renne über die Einfahrt und ums Haus herum, wo die Tür für mich angelehnt ist.

Tante Bernadette ist noch wach; sie sitzt beim Ofen und wartet auf mich. Ich bleibe auf der Schwelle stehen.

»Hast du deinen Vater nicht gefragt, ob er mit hereinkommen will?«, fragt sie als Erstes.

Und auf einmal habe ich all diese albernen Spielchen, die sie und mein Vater spielen, so satt. In all den Jahren, in denen mein Vater zu Besuch kam, hat er auch nicht ein einziges Mal in Gweebarra Sands übernachtet, nicht einmal außerhalb der Saison, wenn alle Zimmer leer standen.

Er ging meist in Kelly's Hotel, oder wenn es dort voll war, nahm er sich auch mal ein Zimmer über dem Logue's. Immer fragte mich Tante Bernadette, ob ich ihn nicht hereingebeten hätte, und immer sagte sie, er sei herzlich willkommen. Und dann schnaubte sie verächtlich und zog die Augenbrauen hoch, wenn ich antwortete, dass er in Kelly's Hotel oder im Logue's wohnte. Aber wir wissen beide, dass sie, wenn es tatsächlich so weit käme, eher sterben würde, als seinen Fuß auf ihrer Schwelle zu dulden.

»Es ist noch etwas Eintopf da, falls du Hunger hast.«

Ich schüttle den Kopf.

»Ich habe ihn für dich warm gehalten.«

»Warum sollte ich jetzt Eintopf essen wollen? Wieso sollte ich Hunger haben? Ich war doch eben mit meinem Vater beim Essen!«

»Es ist ja nur für den Fall, Schatz. Ich dachte, vielleicht wart ihr irgendwo, wo dir das Essen nicht geschmeckt hat. Das ist alles.«

»Das ist nur ein einziges Mal passiert, Tante. Da war ich *neun*. Und auch nur, weil die Leute am Nebentisch Schnecken aßen.«

»Ich habe ja gesagt, es war nur für alle Fälle.«

»Also, ich habe hervorragend gegessen. Wir waren in diesem neuen Restaurant oben in der Straße nach Dungloe.« Und dann höre ich mich boshaft hinzufügen: »Und nach dem Essen fuhren wir wieder zu Kelly's, und Papa spendierte mir in der Bar noch ein paar Drinks.«

»Saoirse«, stöhnt sie und verstummt.

»Er ist gekommen, weil du ihn angerufen hast. Ich bin doch kein Vollidiot!«

Sie schweigt.

»Das war ganz schön gerissen von dir! Einfach hinter meinem Rücken meinen Vater anzurufen. Er ist *mein* Papa! Und dann so zu tun, als wäre es seine Idee gewesen! Dass er einfach mal wieder kommen wollte, um mich zu sehen, ganz von sich aus.«

Einen Augenblick lang starren wir einander in die Augen. Meine Tante blickt als Erste weg.

»Keiner ist jemals ehrlich zu mir«, bemerke ich. »Es gibt ständig nur diese Heimlichkeiten, alles geht hintenherum, hinter meinem Rücken! Jeder verstellt sich, niemand erzählt mir, was wirklich los ist – das kotzt mich alles an! Das ist so gemein!«

Dann frage ich: »Meine Mutter war also Alkoholikerin?«

Meine Tante reißt den Kopf hoch.

»Hat dein Vater das behauptet?« Ihre Lippen verkrampfen sich. »Er hatte kein Recht …«

»Sag bloß das nicht! Jetzt verstehe ich wenigstens, warum du so ausgeflippt bist wegen nichts und wieder nichts.«

»Wenn man sich betrinkt bis zur Übelkeit, dass einem die Direktorin einen Brief nach Hause schickt, das kann man wohl kaum als nichts und wieder nichts bezeichnen, junges Fräulein!«

»Aber du hast überreagiert! Gib es doch zu! Gib zu, dass du überreagiert hast, weil du im Hinterkopf hattest, dass Mama Alkoholikerin war und …«

»Darüber werde ich mit dir nicht diskutieren!«, schreit sie.

»Oh doch, das wirst du, Tante Bernadette!«, schreie ich zurück. Dann hole ich tief Luft und spreche leiser: »Oh doch, das wirst du. Ich bin nämlich kein kleines Mädchen mehr. Und es geht mich an, verstanden, es geht mich an, und ich habe ein Recht darauf, es zu erfahren.«

Plötzlich, wie auf Knopfdruck, lässt sie ihren Kopf auf den Tisch sinken und vergräbt ihn in den Händen.

»Es tut mir leid, Liebling.«

»Da scheiße ich drauf«, stoße ich zitternd hervor. Sie sieht nicht auf. »Ich scheiße auf euer ›Es tut mir leid‹!«, wiederhole ich. Sie sagt noch immer nichts. »Tante Bernadette? Tante Bernadette, schau mich an! Schau mich bitte an!«

Sie hebt langsam den Kopf, aber sie sieht mir nicht richtig in die Augen. Ihr Gesicht ist schlaff, ihr Blick gequält und voller … *Furcht?* Ich starre sie an: Ja, sie hat ganz klar Angst, denke ich überrascht. Aber wovor sollte meine Tante sich denn *fürchten*?

Der Pulsschlag hämmert in meinen Schläfen. »Ich will nicht immer nur hören ›Es tut mir leid‹«, fahre ich hastig fort. »Ich will einfach nicht – immer im Unklaren gelassen werden. Verstehst du?«

»Es gibt Dinge«, sagt sie und starrt immer noch auf die Wand hinter mir, »es gibt Dinge, da hilft es einem auch nicht weiter, wenn man sie weiß.«

»Nichts zu wissen ist noch schlimmer!«, gebe ich zurück.

Nach meinen Worten tritt eine lange Pause ein, und keiner von uns bewegt sich. Wie zwei Statuen aus Stein starren wir einander an, und ich fühle mich, als ob wir eine uns fremde Geschichte illustrierten. Der einzige Laut ist das leise Quietschen der Verandatür, die nicht richtig geschlossen ist. Ich verlasse die Küche und stoße die Tür mit dem Fuß zu.

»Dein Onkel muss die Tür reparieren«, stellt meine Tante fest, als ich zurückkomme. Sie steht plötzlich auf und wendet sich ab. Ihre Schultern zittern.

»Ich habe ihm erst vor Kurzem dabei geholfen. Er hat neue Scharniere eingebaut. Er sagt, der Rahmen selber sei verzogen. Wahrscheinlich ist auch der Holzwurm drin. Wo ist Onkel Brendan eigentlich?«

»Er ist schon im Bett. Er muss morgen früh raus und mit Manus zum Bauernmarkt nach Sligo fahren.«

»Wieso schleppt Manus seine mickrigen paar Kartoffeln eigentlich bis nach Sligo?«

»Pure Gewohnheit, nehme ich an.«

Sie schweigt eine Weile. Mit gebeugtem Nacken klammert sie sich am Rand der Spüle fest, als hätte sie eine schwere Last zu tragen. Was ist denn?, möchte ich fragen. Ich schlucke, aber meine Kehle ist wie zugeschnürt, und ich bringe kein Wort heraus. Irgendetwas stimmt nicht: Da ist noch etwas, aber plötzlich habe ich, ganz irrational, viel zu viel Angst weiterzufragen.

»Demnächst«, sagt sie schließlich, ohne aufzublicken, »demnächst setzen wir uns alle mal zusammen, du, ich und dein Onkel, und reden über alles.«

Ich schnappe nach Luft.

»Ja«, antworte ich, »ja, das wird auch Zeit.« Genau darum ging es mir, aber meine Beine fühlen sich auf einmal ganz wacklig an. »Ja«, wiederhole ich, zu laut. »Das machen wir. Gut«, füge ich albernerweise hinzu. »Gut. Ja.«

Meine Tante richtet sich auf. Mein Gott!, schießt es mir durch den Kopf. Wie verhärmt sie aussieht! Sie ist alt geworden!, denke ich erschrocken.

»Komm her, Liebling«, bittet sie, und ich schlüpfe auf den Stuhl neben ihr.

Sie streicht mir den Pony aus der Stirn. »Lass dich doch mal umarmen, *céadsearc*.«

Ich lasse ihre erdrückende Umarmung über mich ergehen. »Tante«, flüstere ich in ihre Schulter hinein: »Tante, was, glaubst du, ist mit Mama passiert? Wo ist sie hin, als sie weglief? Meinst du, sie ging übers Meer?«

Sie umarmt mich noch fester. So fest, dass ich kaum mehr Luft bekomme.

»Ich weiß nicht, Schatz«, flüstert sie zurück. »Ich weiß nicht, was ich dir sagen soll.«

Ich winde mich aus ihren Armen. Ich bin plötzlich müde. Mein ganzer Körper ist schwer von Müdigkeit, und ich will über gar nichts mehr nachdenken.

»Ich geh jetzt ins Bett«, beschließe ich.

»Gute Idee«, stimmt sie zu. »Dann geh mal nach oben, und ich bringe dir noch eine Tasse Milch und Kekse.«

»Quatsch«, lehne ich ab. Milch und Kekse!

»Es gab einmal eine Zeit, da konntest du ohne dein Tässchen heiße Milch mit Keksen gar nicht schlafen.«

»Und wie lange ist das jetzt schon her?«

»Mir kommt es gar nicht so schrecklich lang vor.« Sie seufzt. »Also gute Nacht, Schatz.«

Der Wind hat aufgefrischt. Ich liege im Bett und blicke durch das Dachfenster hinaus. Schwarze Wolken wirbeln über die Bucht und verbergen die Sterne. Das Fenster steht ein klein wenig offen, und durch den Spalt pfeift die Luft. Ich setze mich auf, um es zu schließen, und betrachte eine Weile das Meer. Das Wasser ist kabbelig und unruhig. Der Wind bläst von der Seite, und die Wellen müssen kämpfen, um zur Küste zu gelangen.

Ich höre Tante Bernadette die Treppe hochkommen und lege mich wieder hin. Sie schiebt mit dem Fuß die Tür auf und kommt mit einem Tablett herein, auf dem eine Tasse heiße Milch und ein Teller Kekse stehen. Ich drehe mich zur Wand und schließe meine Augen, als ob ich schliefe.

»Ach, Saoirse, mein Schatz!«, seufzt sie leise.

Sie stellt das Tablett auf mein Nachttischchen und bleibt noch für eine Minute stehen. Dann verlässt sie das Zimmer und schließt sachte die Tür.

Am nächsten Montag in der Schule während der Anwesenheitskontrolle flüstert Clodagh Mulcahy laut genug, dass es die anderen hören können: »Hey, Saoirse! Was macht die Liebe?« Sie kichert. Ich tue so, als hätte ich nichts gehört, aber ich spüre, wie meine Ohren rot werden.

»Du warst am Samstag ja gar nicht auf der Party bei den Mahons?«, zischt sie noch lauter.

»Nein«, antworte ich und schaue nicht von meiner Irisch-Hausaufgabe auf, die ich gerade fertig schreibe. Ein Gefühl von Kälte breitet sich in meinem Magen aus. Clodagh ist hinter Johnny her, seit sie vor ein paar Monaten mit ihren Eltern von Sligo hergezogen ist. Ihrem Vater gehören ein paar neue Golfplätze. Und Clodagh lässt sich alle sechs Wochen neue Strähnchen machen und kauft bei Brown Thomas in Dublin ein. Sie ist gewohnt, immer alles zu bekommen, was sie will.

»Wo warst du dann?«, fragt sie.

»Nirgends«, antworte ich.

»Du brauchst doch kein solches Geheimnis daraus zu machen«, sagt sie.

Jetzt hat sie Publikum. Bridget und Katie Malley kichern, und ich frage mich, ob Bridget sie angestiftet hat. Bridget war meine beste Freundin, aber seit Neuestem hat sie es ganz wichtig mit Clodagh.

»Sag schon!«, drängt sie.

»Was denn?«

Schwester Bonaventura sieht immer noch nicht vom Klassenbuch auf.

»Erzähl uns von deinem neuen Typen!«

»Was?«

»Unser Seamus sagt, er hat dich am Samstagabend mit einem anderen in die Bar von Kelly's Hotel gehen sehen. Weiß Johnny schon, dass du einen Neuen hast?« Sie blickt um sich, um zu sehen, wer alles zuhört. »Einen *Älteren*«, betont sie süffisant. »Unser Seamus sagt, dem Alter nach hätte er dein Vater sein können.«

»Es *war* mein Vater, du blöde Kuh!«, fauche ich.

»Saoirse!« Schwester Bonaventura sieht streng auf. »Gibt es etwas, das du uns mitteilen möchtest?«

»Nein, Schwester.«

»Bist du sicher?«

»Ja, Schwester.«

Clodagh Mulcahy wendet sich ab und streicht ihre Haare glatt. Sobald Schwester Bonaventura nicht mehr hersieht, brechen sie und Bridget in gedämpftes Gekicher aus.

Nachdem die Glocke zum Unterrichtsbeginn geläutet hat, kommt Clodagh zu mir und entschuldigt sich mit großen Augen: »Es tut mir leid, Saoirse, ich wusste das mit deinem Vater nicht. Er ist also ein Protestant, aus Nordirland? Das erklärt dann wohl deinen Nachnamen, nehme ich an. Aber wie dumm von mir! Ich ging gestern noch mal zu den Mahons hinüber, um mich für die tolle Party zu bedanken, und ich glaube, ich ließ wohl fallen, dass du mit einem älteren Mann ausgehst und demnach *vermutlich* doch nicht mit Johnny zum Sommerball gehen möchtest. Auweia!«

Sie schiebt sich an mir vorbei, bevor ich überhaupt die Chance habe, etwas zu erwidern. Aber was hätte ich auch antworten sollen? Obwohl sie noch nicht lange an unserer Schule ist, wette ich, dass sie haargenau weiß, dass ich bei meiner Tante und meinem Onkel wohne, dass mein Vater in Belfast bei der Polizei ist und meine Mutter verschwand, als ich sieben war. Mir steigen Tränen in die Augen, und ich kneife sie fest zusammen. Voller Wut. Es ist anscheinend vollkommen bedeutungslos, dass ich nun schon seit fast zehn Jahren hier lebe, oder dass ich fast immer die Klassenbeste in Irisch bin, oder dass ich in die Kirche gehe genau wie alle anderen. Das ist alles bedeutungslos, denn wenn es darauf ankommt, dann ist Clodagh nach nur ein paar Monaten – eigentlich nur ein paar Wochen – weniger Außenseiterin, als ich es jemals sein werde.

14

Tagelang höre und sehe ich nichts von Johnny. Ich rufe dreimal bei ihm an, aber immer ist seine Mutter am Apparat und antwortet, Johnny sei nicht zu Hause. Bei meinem dritten Anruf bilde ich mir ein zu hören, wie sie einen Seufzer unterdrückt, während sie sagt, sie werde dafür sorgen, dass er mich zurückruft. Also rufe ich nicht mehr an.

Als ich Donnerstag am späten Nachmittag mit Einkaufstüten beladen aus Quinnsworth zurückkomme, fängt es an zu regnen: fader Regen aus trübem grauem Himmel. Das ist das allerschlimmste Wetter, dieses lähmende, trübselige Regenwetter, bei dem man sich zu Tode langweilt. Außerdem ist es ein schlechtes Zeichen, wenn es im Juni noch so grau in grau ist. Denn das bedeutet, dass die Leute keine Lust haben, über das Wochenende an die Küste zu fahren. Jahr für Jahr kommen weniger Gäste nach Gweebarra Sands. Niemand will in einer kleinen, familiengeführten Frühstückspension am Ende der Welt wohnen, wenn es anderswo große Hotels mit günstigen Golfplätzen gleich nebenan gibt, inklusive Reitmöglichkeiten für die Kleinen, Windsurfing, Angelausflügen und allem, was das Herz begehrt. Die Gegend um Gweebarra Bay ist trostlos. Wunderschön, sicher, aber auf sehr einsame und öde Art. Bei diesem Wetter meint man, es sei der einsamste Ort der Welt. Ich glaube nicht, dass ich hier bleiben werde, zumindest nicht für immer, und wahrscheinlich überhaupt nicht mehr sehr lang. Aber immer wenn ich ans Weggehen denke, sage ich mir: Ich weiß doch gar nicht, wo ich sonst hingehen soll.

Ich trotte ein Stück die Straße entlang, aber jedes vorbeifahrende Auto spritzt mich voll. Also mühe ich mich über die niedrige Steinmauer, um die Abkürzung über die Felder hinter Manus Dennehys Haus zu nehmen. Sie grenzen direkt an das Anwesen, das einmal der O'Conor-Hof war – als es noch ein Hof war. Dann kauften die Dennehys meinen Großeltern das

Land ab, und meine Tante ließ das Bauernhaus zu einer Frühstückspension umbauen. Heute liegen die meisten Felder brach. Manus Dennehy ist schon fast achtzig, und in den letzten zehn Jahren hat er immer weniger von dem Land bestellt. Jetzt hat er nur noch ein paar Kartoffeläcker, seine Schafherde und die Torfmoore im Osten. Ich frage mich oft, wie lange er noch weitermachen kann und was aus dem Dennehy-Hof wird, wenn er einmal nicht mehr ist. Denn es gibt auch keinen Erben, der ihn übernehmen könnte. Große Teile der Steinmauern sind eingestürzt, die Wellblechdächer der Scheunen rosten vor sich hin. Die Fenster der heruntergekommenen Nebengebäude sind zerbrochen, und Putz bröckelt ab. Überall, wo man hinschaut, ist es dasselbe: Alles verfällt still und leise.

Ich klettere den Hügel hinauf und lege oben eine kleine Verschnaufpause ein. Auf der rechten Seite liegen die unbenutzten Schuppen, der Sumpf und die ersten Ausläufer des Torfmoors. Links die Felder, auf denen sich jetzt überall der Stechginster breitmacht. Die Sträucher stehen in Blüte, und ihr Gelb ist der einzige Farbtupfer weit und breit. Alles schweigt unter der tief hängenden Wolkendecke. Als ich gerade im Begriff bin, den Hang hinunterzusteigen, nehme ich plötzlich aus dem Augenwinkel eine Bewegung wahr, drüben bei dem alten Heuschober. Ich stelle meine Tüten ab und mache ein paar Schritte nach rechts, um besser beobachten zu können. Und da sehe ich zwei Männer in Jeansjacken aus dem Schober kommen, der kleinere von beiden trägt einen Kartoffelsack. Es ist – aber das kann doch nicht sein! –, es ist, oder zumindest sieht er so aus wie Johnny Mahon! Was zum Teufel hat Johnny in diesem verfallenen alten Schuppen zu suchen? Ich öffne den Mund, um zu rufen, aber irgendetwas hält mich davon ab – vielleicht die Tatsache, dass ich den anderen Mann nicht kenne, oder vielleicht, weil mir plötzlich wieder einfällt, wie merkwürdig Johnny sich in letzter Zeit benommen hat. Stattdessen schnappe ich meine

Einkaufstüten und schlittere auf der anderen Seite, auf der sie mich nicht sehen können, den Hang hinab. Mir ist jetzt ganz heiß, und ich bin über und über mit Schlamm bedeckt. Ich renne über die Felder, am Hof der Dennehys vorbei, der hinten an unsere Straße grenzt. Am Straßenrand steht, halb versteckt unter einer wuchernden Hecke, Johnnys schwarzer Volvo mit dem Wackeldackel hinter der Heckscheibe. Er war es – ist es – also doch, ganz sicher! Jetzt ist mir plötzlich kalt. Ich nehme die Tüten anders in die Hand, weil mir die Henkel in die Finger schneiden, und haste ins Haus.

Ich weiß nicht, was ich sagen soll, geschweige denn, wem ich es sagen soll. Am nächsten Tag kommt Manus Dennehy zum Abendessen herüber. Neuerdings kommt er zwei- oder dreimal die Woche. Seine Frau ist vor ein paar Jahren gestorben, und er lebt allein. Er tut meiner Tante leid, wenn er den Abend so einsam in seinem alten, zugigen Häuschen verbringen muss. Wir sitzen um den Küchentisch. Als Nachspeise hat Tante Bernadette Panada gemacht, so etwas Ähnliches wie Brotpudding. Es ist das Lieblingsgericht von Manus, schon seit er ein kleiner Junge war, wie er uns jedes Mal erzählt, wenn sie es macht. Er erzählt uns auch jedes Mal, dass seine Mutter ihn einmal in der Speisekammer erwischte, wie er alle Rosinen herauspickte. Er fasst zweimal nach, klatscht löffelweise Sahne darauf, stopft alles in sich hinein und gibt die Schüssel dann Rosie zum Auslecken. Rosie ist sein alter Border-Collie. Sie ist fast so alt wie ich und hat Arthritis; ihre Vorderbeine sind schon ganz krumm. Sie liegt friedlich in der Ecke vor dem Ofen und klopft mit dem Schwanz auf den Boden, als Manus ihr die Schüssel hinunterstellt.

»Jaa, du bist ein gutes Mädchen!«, brummt Manus und erzählt uns von damals, als Rosie noch ein kleiner Welpe war und ein paar Burschen vom Campingplatz fing, die auf dem Feld einen Heuballen anzünden wollten.

»Manus«, frage ich zögernd, »ist dein Hof auch sicher?«

»Sicher?« Er sieht mich fragend an.

»Ich meine nur … wegen dieser Jungs zum Beispiel, die das Heu anzünden wollten.«

»Wie kommst du jetzt auf so was? Das ist schon viele Jahre her. Warum sollte sich heute noch jemand die Mühe machen, auf dem Hof einzubrechen? Dort ist überhaupt nichts Wertvolles zu holen.« Er lacht in sich hinein. »Und wenn sich irgendwer dem Haus nähert, dann wird die alte Rosie schon anschlagen, nicht wahr, mein Mädchen? Sie ist vielleicht ein bisschen gebrechlich, aber sie hat noch Leben in sich!«

»Aber …« Ich unternehme noch einen Anlauf.

Doch alle drei sehen mich so komisch an, dass ich lieber nichts mehr sage.

Nachdem sich Manus an der Panada satt gegessen hat, bleiben wir alle noch an dem großen Holztisch vor dem Herd sitzen. Manus lehnt sich in seinem Stuhl zurück und stopft sich eine Pfeife.

»Möchtest du den Tabak hinunterdrücken?«, fragt er mich.

»Das kannst du doch allein«, sage ich, und er lacht sein keuchendes Lachen.

»Dafür bist du jetzt wohl zu groß, was?«

Früher liebte ich es, Bauer Dennehy dabei zuzusehen, wie er seine Pfeife vorbereitete: wie er auf den Pfeifenkopf klopfte, um die alte Asche auszuleeren, dann ein paar Prisen Tabak aus der roten Dose in seiner Hosentasche nahm, sie zu Knäueln drehte und in die Pfeife steckte. Er tat das immer so feierlich, als wäre es ein Ritual von großer Bedeutung, und hielt mir dann die Pfeife hin, damit ich den Daumen hineinstecken und den weichen Tabak zusammendrücken konnte, bevor er sich die Pfeife anzündete.

Mein Onkel steht auf, um sich und Manus einen Whiskey einzuschenken.

»Aber nur einen Fingerhut voll«, mahnt Manus und nimmt das Glas. »Nur einen ganz kleinen, und dann mache ich mich auf die Socken.« Gleich darauf sagt er, obwohl er eben noch vom Heimgehen gesprochen hat: »Wollt ihr eine Geschichte hören?«

Ich muss kichern. Ich kann nichts dafür. Wie er sich da im Stuhl vor dem Ofen zurücklehnt, die Beine ausstreckt, die Pfeife in der einen Hand, das Glas in der anderen, sieht er alles andere als zum Gehen aufgelegt aus. Er geht nie, bevor er nicht mindestens drei Whiskeys gehabt hat. Er redet immer davon, dass er sich gleich auf die Socken macht, und bleibt dann doch bis zur letzten Minute.

Meine Tante blitzt mich an. Er war zu dir immer wie ein Großvater, will sie mir damit sagen. Ich werde nicht zulassen, dass du ihm das Gefühl gibst, er sei hier nicht willkommen.

Ich richte den Blick wieder auf Manus. Er spielt an seiner Pfeife herum, und seine Hände, seine großen, klobigen, alten Bauernhände mit den abgebrochenen, schwarzen Nägeln und den Schwielen, zittern leicht.

»Ich würde liebend gerne eine Geschichte hören«, versuche ich eine Wiedergutmachung.

»Ach, ich will dich nicht langweilen«, zögert er. »Es gibt bestimmt tausend Dinge, die du lieber tun würdest, als einem plappernden alten Mann zuzuhören.« Seine Augen schauen traurig.

»Aber du langweilst mich überhaupt nicht! Komm schon, erzähl uns die Geschichte, Manus! Ich habe seit Ewigkeiten keine deiner Geschichten mehr gehört!«

»Aber nur, wenn du wirklich willst!«

»Und wie ich will!«

Onkel Brendan sucht meinen Blick und nickt mir zu, nur ganz leicht.

Manus lächelt.

»Also eine von Opa Manus' alten Geschichten, ja?«

Es war meine Idee, ihn irgendwann Opa Manus zu nennen. Als ich klein war, lief ich ihm immer hinterher und bettelte um eine Geschichte. Er kennt alle Geschichten von Donegal und weiß alles von den Síde.

»Erinnerst du dich noch an den Schwarzdornbusch?«, fragt er. »Weißt du noch, wie gern du immer die Geschichte von dem alten Schwarzdornbusch hörtest?«

»Oh ja!«

»Ja, ja, die kleine Saoirse hörte immer gerne von dem Schwarzdornbusch«, wiederholt er noch einmal glucksend. »Das Elfenschloss und so, hm?«

Ich weiß noch genau, wie ich Bauer Dennehy zum ersten Mal begegnete. Ich saß auf der Steinmauer, die unseren Garten von seinem untersten Feld trennt, und sah ihm beim Pflügen zu. In der Mitte des Feldes wuchs auf einem kleinen Erdhügel ein knorriger Schwarzdornbusch, und er achtete darauf, dass er von keiner Seite näher als fünf Meter an ihn herankam. Ich sah, wie er jedes Mal in großem Bogen um ihn herumfuhr, statt einfach in gerader Linie zu pflügen. Er bemerkte, dass ich ihn beobachtete, und rief zu mir herüber: »Das ist nämlich ein Elfenschloss!«

»Wirklich? Ein echtes Elfenschloss?« Ich konnte es kaum glauben. »Wo die Síde wohnen?«

»Du kennst die Síde?«

»Ja, und ich kenne jemanden, der nach Tir-nan-Og gereist ist«, sagte ich – ich weiß es noch wie heute. Ich war nämlich fest davon überzeugt, dass es mir gelingen würde, Daisy zurückzuholen. Ich war damals ein schüchternes, kleines Ding. Meine Tante sagt, man brachte kaum zwei zusammenhängende Worte aus mir heraus. Aber sobald ich dem alten Mann mit dem struppigen grauen Bart begegnete, der genauso aussah wie König Conchubar in meinem Märchenbuch und dann auch noch die

Síde erwähnte, war ich hin und weg. Er setzte sich neben mich auf die Mauer und erzählte mir, dass sein Großvater jemanden gekannt hatte, der einen Baum auf einem Elfenhügel ausgrub, und dann blieb Jahr für Jahr seine Ernte aus. Kein anderer Hof in der Gegend war davon betroffen, aber die Kartoffeln dieses Mannes wurden noch in der Erde zu schwarzem Schleim; sein Gras verdorrte, bevor man es zu Heu machen konnte, und seine Schafe wurden krank und starben, eines nach dem anderen, sodass er schließlich gezwungen war, seinen Hof zu verkaufen und wegzugehen. Und alles nur, weil er so dreist gewesen war, das Elfenschloss nicht zu respektieren!

»Hey, Saoirse! Bist du schon im Elfenreich?«, fragt Manus Dennehy, und ich blinzle.

»Ich habe nur an etwas denken müssen.«

»Also wollen wir jetzt die Geschichte hören oder nicht?«

»Natürlich.«

»Gut«, sagt Manus. Er stützt seine Ellbogen auf den Tisch und beugt sich nach vorne: »Ich habe mir gedacht, du möchtest vielleicht die Geschichte von Roan Inish hören.«

Roan Inish ist eine sehr kleine Insel, eigentlich nicht viel mehr als ein Haufen Felsen, direkt vor der Bucht von Gweebarra. Bei klarem Wetter sieht man sie deutlich. Der irische Name bedeutet Robbeninsel.

»Letzte Woche lag nach dem Sturm eine tote Robbe am Strand«, sprudelt es aus mir heraus. Es fiel mir ganz plötzlich ein.

»Tatsächlich?« Er zieht an seiner Pfeife. »Das ist ein schlechtes Zeichen. Was mag das zu bedeuten haben?«

»Manus!«, mahnt ihn meine Tante.

Er schüttelt langsam den Kopf, sagt aber nichts weiter.

»Na, was ist jetzt mit deiner Geschichte?«, fragt mein Onkel. Er beugt sich über den Tisch und füllt noch einmal die Whiskeygläser.

»Roan Inish …« Manus räuspert sich. »Vor langer Zeit lebten die meisten Leute hier vom Fischen. Sie lebten und starben am Meer, und sie verstanden das Meer. Sie hatten große Angst vor ihm und große Ehrfurcht. Heute ist davon nicht mehr viel übrig. Im Laufe der Jahre sind viele Bräuche und manche Weisheit verloren gegangen. Aberglaube, heißt es heute, alles alter Aberglaube. Aber es gibt noch immer Menschen, die glauben, dass man nichts Schlimmeres tun kann, als einer Robbe etwas zuleide zu tun. Ja, es bringt furchtbares Unheil über das ganze Boot, schon wenn man versehentlich eine Robbe ins Netz kriegt, wie viel mehr erst, wenn man ihr absichtlich etwas zuleide tut. Es sind schon gute, tüchtige Boote bei ruhiger See mit Mann und Maus untergegangen, kurz nachdem die Seeleute eine Robbe wegen ihres Fells getötet oder eine ins Netz geratene Robbe nicht freigelassen haben, um ihren Fang nicht zu verlieren. Manche Leute behaupten auch, man solle nie einen Ertrinkenden retten: Auf wen es das Meer abgesehen habe, den hole es sich, sagen sie. Und manch einer, der gerettet wurde, sei danach dem Wahnsinn verfallen. Er sehne sich immerfort nach dem Meer. Ja, eine tiefe, unselige Sehnsucht nach dem Meer ergreife von ihm Besitz, und früher oder später kehre er dorthin zurück … für immer.«

Manus Dennehy unterbricht sich, um seine Pfeife auszuklopfen und neu zu füllen. Er tut es wortlos, und auch wir sagen nichts. Ich verschränke meine Arme auf dem Tisch und stütze den Kopf darauf. Die Hitze macht mich ganz schläfrig. Manus zündet seine Pfeife an, zieht kräftig daran, und dann beginnt er mit der eigentlichen Geschichte.

»Also, vor langer Zeit lebte unter diesen Fischern ein Mann. Eines Morgens war er früh auf den Beinen, um die Flut vor Sonnenaufgang zu nutzen. Während er noch die Knoten seiner Netze überprüfte, sah er, wie eine Robbe an den Strand schwamm und hinter einer Düne verschwand. Er dachte sich weiter nichts dabei – ihr wisst schon, so wie man viele Dinge wahrnimmt, ohne ihnen Beachtung zu schenken –, bis plötzlich ein wunderschönes Mädchen auf seiner Seite der Düne herabgerutscht kam. Auf eine Robbe achtet man vielleicht nicht weiter, aber kein Mann, der ein Herz im Leibe trägt, wird ein schönes Mädchen übersehen, und dieses Mädchen war schön, bei Gott! Sie war schlank, hatte lange Beine und glänzendes Haar von der Farbe des nassen Seetangs. Und sie war nackt, splitterfasernackt! Der Mann war ihr mit einem Schlag verfallen, als er sie so nackt die Düne herabkommen und über die Felder tanzen sah, und entbrannte in Liebe zu ihr. Er ließ seine Netze fallen, kletterte die Sanddüne hinauf, und was glaubt ihr, was er dort fand?«

»Ihr Fell«, falle ich, wie aufs Stichwort, ein.

Manus zwinkert mir zu.

»Ganz genau! Ein dickes graues Fell wie Leder, das sich wie geölter Samt anfühlte. Er hob es auf, nahm seinen Südwester ab und verbarg es darin, kletterte über die Düne zurück und stopfte es ins Heck seines Schiffes unter die Hummerkörbe. Dann hielt er Ausschau und wartete. Als die Sonne aufging, kam das Robbenmädchen – denn sie war es natürlich, und auch unser junger Mann hatte das beim Anblick ihres Fells gleich begriffen –, da kam sie also zurück, um wieder in ihr Fell zu schlüpfen. Aber das war nicht mehr da. Sie rannte zum Strand hinab und suchte. Den jungen Mann, der dort stand, bemerkte sie so lange nicht, bis er ihr aus unmittelbarer Nähe seine Jacke über die Schultern warf. Damit war sie in seiner Gewalt. Sie heirateten, dieses seltsame Mädchen und der junge Mann. Er gab die Fischerei auf und wurde Bauer. Sie zogen ins Landesinnere und bekamen sogar einen kleinen Sohn. Doch eines Nachts wehte ein gewaltiger Sturm vom Meer her landeinwärts und deckte einen Teil des Daches von ihrem Haus ab. Am nächsten Morgen fand das Robbenmädchen ein Bündel aus Wachstuch, das unter die Dachsparren gestopft war, und wusste, dass sich ihr Fell darin befand. Wenn aber ein Robbenmädchen sein Fell wiederfindet, kann nichts mehr sie vom Meer fernhalten, und obwohl dieses Mädchen ihren Mann und ihren kleinen Sohn lieb gewonnen hatte, war die Anziehungskraft des Meeres doch stärker. Sie lief über die Felder, bis sie die Bucht erreichte, schlüpfte in ihr Fell und wurde wieder zur Robbe. Als ihr Mann vom Pflügen zurückkehrte, die Tür offen fand und das Baby weinen hörte, da wusste er sofort, was geschehen war. Er wusste auch, dass er nichts, rein gar nichts tun konnte. Vor Kummer verlor er beinahe den Verstand. Immer wieder ruderte er mit dem Baby in einem Weidenkörbchen im Bug seines Bootes nach Roan Inish hinaus. Stundenlang saßen die beiden dort am Strand und sahen den Robben zu. Sie bemerkten nicht, dass eine Robbe mit großen, traurigen Samtaugen an den Strand geschwommen kam und sie ebenfalls beobachtete, hin- und hergerissen zwischen Wasser und Land, glücklich, in den rollenden Wellen zu spielen, aber manchmal auch voller Sehnsucht nach dem Gewicht einer Daunendecke auf der Haut in einer kalten Nacht oder nach der Wärme eines Babys an der Brust.«

Manus verstummt.

Ich muss daran denken, wie ich die Geschichte von Roan Inish zum ersten Mal hörte.

Damals löcherte ich ihn mit Fragen, weil ich wissen wollte, ob der Mann es geschafft hatte, das Robbenmädchen zurückzubekommen.

»Nein«, sagte Manus mit merkwürdiger, angespannter Stimme. »Sie kam nie wieder.«

»Warum? Wollte sie nicht?«

»Doch, aber es gibt nun einmal Mächte, die stärker sind als unser Wunsch und Wille, und das Meer hatte sie für sich beansprucht.«

Genau wie Tir-nan-Og, dachte ich damals. Wie das Himmelsschloss, in dem Daisy war! Und ich fragte Manus, ob man jemanden zurückholen könne, der durch einen Zauber im Himmel festgehalten wurde.

Wir waren am Strand, und ich erinnere mich, dass er mit dem Arm in großem Bogen auf das Meer hinaus deutete.

»Schau doch, Saoirse! Bemerkst du nicht, dass, ganz weit draußen, Himmel und Meer eins sind?«

»Wach auf, Liebling!« Meine Tante rüttelt mich an der Schulter. »Du schläfst ja schon!«

»Es ist spät geworden«, entschuldigt sich Manus Dennehy und steht betreten auf. »Tut mir leid, dass ich euch den ganzen Abend in Beschlag genommen habe.«

»Manus, du bist hier zu Hause, das weißt du doch!«

Onkel Brendan stapft mit ihm hinaus, um noch einmal nach den Schafen zu sehen. Manus erklärt nicht, warum er um diese Zeit noch nach den Schafen sehen will, aber ich weiß, dass es wegen der toten Robbe ist, die ich erwähnte.

Ich helfe meiner Tante beim Abspülen.

»Er ist merkwürdig abergläubisch, der alte Manus, findest du nicht?«, sage ich. »Das mit der toten Robbe hat ihm richtig zu schaffen gemacht! Und während seiner Geschichte kam es mir ein paarmal so vor, als würde er gleich anfangen zu weinen. Seine Stimme zitterte schon.«

»Ach, Saoirse. Weißt du, seine Mutter ist ertrunken, als er noch ein Baby war«, flüstert meine Tante leise.

»Was? Ehrlich? Das wusste ich nicht. Warum hat mir das nie jemand erzählt?«

»Was vorbei ist, ist vorbei«, sagt sie in einem komischen Tonfall.

Ich will schon sagen »Was soll das nun wieder heißen?«, breche aber mitten im Satz ab. Ich bin mir nicht sicher, ob ich überhaupt noch mehr wissen will.

15 Am Sonntagnachmittag spielen wir im Melly's Poolbillard und gucken Rugby im Fernsehen. Irland ist auf der Verliererstraße, und je weiter das Spiel fortschreitet, desto mehr verschlechtert sich die Laune der Jungs. Am meisten regt sich Johnny auf: Er knallt die Faust auf den Tisch, wenn wir einen todsicheren Straftritt vergeben. Nebenbei zündet er sich eine Benson & Hedges an der anderen an. Und einmal, als Éamon sich zu ihm hinüberbeugt und ihm etwas ins Ohr flüstert, wird er zuerst weiß im Gesicht, dann rot, und es sieht aus, als würde er seinem Bruder gleich eine reinhauen. Johnny spricht kaum mit mir; ich plaudere fast den ganzen Nachmittag mit Mairead und Aoife. Sobald das Spiel aus ist, stehen Johnny und Éamon auf; Johnny kippt den Rest seines Biers runter und zieht seine Jacke an.

»Johnny«, frage ich, »wo willst du hin?«

»Ich muss los. Hab noch was zu erledigen.«

»Ach so. Weißt du … ich habe dich schon ewig nicht mehr gesehen.«

»Ja, ich war ziemlich beschäftigt.«

»Ich glaube, ich habe neulich dein Auto gesehen.«

»Wann?«

»Donnerstag. Am frühen Abend.«

»Am Donnerstagabend bin ich nirgendwohin gefahren. Ich war überhaupt nicht weg, also kann es gar nicht meines gewesen sein, Sha. Wo soll das denn gewesen sein?«

»Oh«, stottere ich verwirrt, »am … äh, am Ende unserer Straße.«

»Was hätte ich denn am Ende eurer Straße zu suchen, außer dir einen Besuch abzustatten?«, fragt er gelassen. »Es gibt viele schwarze Volvos. Du musst dich geirrt haben.«

»Ja, scheint so«, sage ich.

»Hey, du denkst doch nicht, dass ich dich betrüge, oder?«

»Nein, nein.«

»Gut.« Er sieht mir kurz in die Augen.

»Was ist jetzt, Johnny?«, ruft Éamon, der an der Tür wartet.

»Ich muss los. Also dann, bis bald«, verabschiedet sich Johnny, stellt den Kragen seiner Jacke auf, zieht den Kopf ein und verschwindet durch die niedrige Tür nach draußen.

Bridget hat uns beobachtet.

»Bis bald!«, rufe ich so beiläufig wie möglich und spiele noch ein bisschen Billard, aber lange bleibe auch ich nicht mehr.

Schon den ganzen Nachmittag regnet es. Als ich das Melly's verlasse, fällt der Regen gleichmäßig und schwer aus tief hängenden Wolken, die sich offenbar schon für die Nacht eingerichtet haben. Ich nehme den Weg über die Felder, und als ich wieder in Gweebarra Sands ankomme, bin ich nicht nur bis auf die Haut durchnässt, sondern auch meine Schuhe starren vor Matsch und Kuhmist.

Ich laufe hinten ums Haus und ziehe sie auf der Veranda aus. Neben der Tür liegt ein Bündel alter Zeitungen, und ich gehe in die Hocke, um mir damit ein bisschen den Dreck von den Schuhen zu wischen. Die Tür zur Küche steht einen Spaltbreit offen, durch den ich meine Tante und meinen Onkel reden höre. Der Wind pfeift ums Haus und rüttelt am alten Holzgerüst der Veranda. Auch die Tür klappert schon wieder, trotz der neuen Angeln, also haben sie mich wahrscheinlich gar nicht kommen hören. In der Stimme meiner Tante schwingt etwas Sonderbares mit, etwas leicht Hysterisches, und plötzlich begreife ich, dass sie über mich sprechen. Ich stelle meine Schuhe zur Seite, lege das Stückchen Zeitung weg und höre mit angehaltenem Atem zu.

»Sie ist noch zu jung, Brendan!«

»Bernie, sie ist kein Kind mehr!«

»Aber sie benimmt sich so!«

»Nur, weil du sie so behandelst.«

»Ich? Was soll das heißen: *Ich* behandle sie wie ein Kind?«

Die Stimme meiner Tante klingt schrill. Durch den Türspalt sehe ich, dass sie mit den Handflächen auf den Tisch knallt.

»Brendan, so wie sie sich aufführt, könnte man manchmal meinen, sie sei vierzehn oder fünfzehn. Ich weiß wirklich nicht, woran ich mit ihr bin. Mal verschwindet sie für Stunden und sagt, sie gehe spazieren – spazieren gehen! Ich bin doch nicht von gestern! Ich möchte wirklich wissen, was sie da treibt! Und dann trinkt sie sich mit süßem Gepansch einen Rausch an!«

»Sie ist ein Teenager, Schatz! Ein ganz normaler Teenager.«

»Nein, Brendan, das ist sie nicht, das ist ja das Problem!«

Mein Onkel tritt auf sie zu und legt ihr die Hände auf die Schultern. Ich warte noch ein bisschen und wage mich nicht zu bewegen, aber sie sagen beide nichts mehr. Und dann fällt mir ein: Scheiße! Ich sitze in der Falle. Wenn meine Tante den Kopf nur ein wenig dreht, dann stehe ich genau in ihrem Blickfeld.

Ich atme tief ein. Dann schleiche ich Zentimeter für Zentimeter zurück, öffne leise die Hintertür und lasse sie laut wieder zufallen, so als ob ich gerade hereingekommen wäre.

»Hallo!«, rufe ich und hoffe, dass sich meine Stimme nicht zu gekünstelt anhört. »Bin wieder da-a!«

Das Herz klopft mir bis zum Hals. Ich höre nichts außer diesem Pochen. Noch einmal hole ich tief Luft und betrete dann die Küche. Meine Tante erhebt sich abrupt vom Tisch. Sie wirkt verdammt schuldbewusst, als sie mich sieht, und ich ertappe sie dabei, wie sie meinem Onkel einen schnellen Blick zuwirft: Glaubst du, sie hat uns gehört? Er antwortet mit einem kaum wahrnehmbaren Kopfschütteln.

»Saoirse!«, ruft sie. »Hallo.« Dann bringt sie ein Lächeln zustande und fragt heiter: »Na, hast du deine Hausaufgaben schon gemacht?«

»Ja.«

»Gut. Das ist gut.«

»Ja.«

»Na dann.«

Wir stehen in einem Dreieck: ich an der Tür, meine Tante drüben beim Herd und mein Onkel an der Spüle. Er lässt Wasser laufen. Er hat den Hahn voll aufgedreht; das Wasser schießt ins Becken und spritzt auf die Ablage daneben.

»Brendan!«, mahnt meine Tante.

Er blickt auf, dann sieht er blinzelnd wieder auf das Wasser, nimmt ein Glas von der Anrichte, lässt es volllaufen und dreht den Hahn zu. Er starrt in den Garten hinaus, ohne zu trinken.

»Ich gehe nach oben und … und mache noch meinen Aufsatz fertig«, murmle ich. »Muss ihn noch ins Reine schreiben.«

»Sehr gut. Ich rufe dich dann zum Abendessen.«

»Gut.«

»Irgendwelche besonderen Wünsche?«

»Nein, danke.«

»Wie wäre es mit Sardinen? Manus hat uns ein paar frische vorbeigebracht. Ich dachte, wir machen neue Kartöffelchen dazu.«

»Gut.«

»Schmeckt dir so etwas?«

»Ja. Danke.«

»Na fein.«

»Gut. Dann mach ich, äh, mal den Aufsatz fertig.«

»Gute Idee. Ich ruf dich, wenn das Abendessen fertig ist.«

»Ist gut. Danke.«

Nach ein paar Stufen drehe ich um, steige wieder hinab und betrete durch eine schwere Eichenholztür den Gästebereich von Gweebarra Sands. Ich laufe durch den Gang und lasse meine Finger über die Bücher in den Regalen gleiten. Die meisten davon haben Gäste hier vergessen oder zurückgelassen: Krimis, drittklassige Detektivromane und Reader's-Digest-Bände; dazu ein paar über die hiesige Tier- und Pflanzenwelt und über das Angeln. Ich rücke ein paar schiefe Bilder gerade und rühre mit dem Finger ein bisschen in einer Duftvase herum. Seit den Osterferien hatten wir keine Gäste mehr, und der dicke Teppich und die dunklen, getäfelten Wände riechen ein wenig modrig, weil so lange niemand hier gewohnt hat. An manchen Stellen löst sich die Tapete von der Wand. Ich zupfe an einem gewellten Streifen, der ein wenig von der Wand absteht, dann versuche ich, ihn wieder glatt zu drücken. Aus dem großen Spiegel mit Goldrahmen neben der Haustür starrt mein Spiegelbild im Zwielicht blass, erschöpft und ernst zurück. Ich wende mich ab, steige die Treppe hinauf und folge dem Korridor zum kleinsten Gästezimmer, das auf der Giebelseite des Hauses nach Norden hinausgeht. In diesen Raum fällt nie viel Sonne. Selbst im Sommer bleibt das Licht fahl und diffus. Tante Bernadette vergibt dieses Zimmer nur, wenn alle anderen belegt sind. Auf dem Bett warten Laken und Kissenbezüge, säuberlich gefaltet, auf den Beginn der Saison. Sie fühlen sich kalt an und ein bisschen klamm. Ich lasse mich auf dem Bettrand nieder und sehe mich im Zimmer um.

Als meine Mutter und ich damals nach Gweebarra Sands kamen, schliefen wir in diesem Zimmer, zu zweit im Einzelbett. Meine Tante und mein Onkel hatten für mich ein Zusatzbett aufgestellt, aber es nahm fast den ganzen Raum ein, und man musste es jeden Morgen zusammenklappen und an die Wand lehnen. Es war eines dieser steifen, altmodischen Dinger mit rostigen Federn und Scharnieren, die man mit Metallstiften fixieren musste. Und manchmal hatte meine Mutter nachts keine Lust, sich damit herumzuärgern, oder sie vergaß es einfach, und ich schlüpfte neben sie ins Bett und schmiegte mich an ihren Rücken. Das gefiel mir auch besser. Als sie fort war, schlief ich noch ein paar Wochen lang in dem winzigen Gästezimmer, bis mein Onkel die Kisten aus dem vorderen Dachboden wegräumte, um für mich ein eigenes Zimmer herzurichten. Das Gästezimmer mochte ich nicht. Die Möbel hatten, wie man sagt, auch schon bessere Tage gesehen. Sie waren aus dunklem Mahagoni, schwer und verschnörkelt, und schon ein bisschen abgenutzt, als gehörten sie in ein anderes Zimmer und in eine andere Zeit: ein Kleiderschrank mit Löwenfüßen und eine Kommode im gleichen Stil, angeschlagen mit tiefen Kratzern an einer Seite, oben blättert der Lack ab; darauf ein ovaler Drehspiegel mit einem Rahmen aus geschnitzten Rosen, den man nicht mehr gerade stellen kann – entweder er schwingt zurück und zeigt an die Decke, oder er kippt vornüber; auf dem Spiegel sind überall schwarze Flecken wie Abdrücke rußiger Finger.

Ich erhebe mich vom Bett und stupse den Spiegel mit einem Finger an. Er quietscht noch immer. Als ich eine der Schranktüren öffne, klirren ein paar Drahtkleiderbügel, und der Luftzug lässt einen Bogen Seidenpapier zu Boden segeln. Ich hebe es auf und lege es zurück in das oberste Fach. Meine Mutter packte damals kaum etwas von unseren Kleidern aus, als wir hier wohnten. Alles blieb in Koffer gestopft unter dem Bett. Ungefähr zwei Wochen lang musste ich dieselben Jeans und denselben Pulli getragen haben, die ich schon auf der Fahrt anhatte. Meine Mutter nahm mir die Ballerinaspieldose wieder weg, weil sie ein Schloss hatte. Aber ich habe keine Ahnung, was sie eigentlich darin einschließen wollte. Meine Buntstifte und Bücher hatte ich in der obersten Schublade der Kommode. Jedes Mal, wenn ich einen Stift draußen liegen ließ, schimpfte sie mit mir, weil ich angeblich Chaos anrichtete: »Wir sind hier zu Gast«, betonte sie immer. Zu Gast sein hieß auch, dass ich den Drehspiegel nicht anfassen durfte, oder die Muscheln auf dem Fensterbrett. Ich glaube, mich zu erinnern, dass es zwölf Muscheln waren, die dort aufgereiht lagen. Kleine rosarote und grüne von der Form eines Schneckenhauses, stachelige weiße Spiralen und eine halbe Austernschale mit Entenmuscheln auf der Außenseite und Perlmutt innen. Jetzt liegen noch sieben Muschelschalen auf dem Fensterbrett. Ich zähle sie, hebe sie eine nach der anderen hoch und puste von jeder die dünne Staubschicht weg. Dann lege ich sie vorsichtig wieder an ihren alten Platz zurück. Ich weiß noch, dass ich mich damals immer auf den mit Samt überzogenen Hocker kniete, um sie ansehen zu können, und dass ich sie immer wieder von Neuem zählte. Jemand hatte sie der Größe nach geordnet. Aber ich durfte sie nicht einmal mit einer Fingerspitze berühren, weil sie nicht mir gehörten und weil es nicht mein Zimmer war.

Ich mache dieses Zimmer nicht gerne sauber. Ich schiebe es immer hinaus, solange es geht. Das Zimmer ist die einzige Erinnerung, die ich an die ersten paar Wochen in Gweebarra Sands habe. An jene endlosen Tage, nachdem ich schon alle Bilder in meinem Malbuch ausgemalt und auch keine Lust mehr hatte, Emily etwas vorzulesen, und Mama einfach nur auf dem Bett lag, sich nicht bewegte, kein Wort sprach und nur immer an die Decke starrte.

Was wohl aus meiner Mutter geworden ist? Wo ist sie hingegangen? Sie ging übers Wasser, um anderswo ein neues Leben zu beginnen, und niemand hat je wieder von ihr gehört. Zuerst glaubte ich, sie würde eines Tages wiederkommen. Ich weiß nicht, wann genau ich aufhörte, daran zu glauben oder darüber nachzudenken.

Die Stimme meines Onkels reißt mich aus meinen Grübeleien. Schwach und aus weiter Ferne ruft sie mich zum Abendessen. Ich springe auf, wie schuldbewusst, und sehe mich rasch noch einmal im Zimmer um, überprüfe im Spiegel meinen Gesichtsausdruck: Ich sehe ziemlich normal aus.

Ich verlasse den Raum, schließe sorgfältig die Tür hinter mir und steige nach unten.

An diesem Abend erzählen mir meine Tante und mein Onkel von dem Alkoholproblem meiner Mutter. Zuerst hätten sie versucht, in Gweebarra Sands selbst auf sie aufzupassen, aber schließlich wurde es so schlimm, dass sie sie in eine psychiatrische Klinik in Sligo einliefern lassen mussten. »Als sie zurückkam, war sie nicht mehr die Alte«, erzählt meine Tante. »Sie war fahrig und abwesend. Es war, als ob sie uns innerlich schon verlassen hätte. Sie redete davon, ein neues Leben anzufangen, vielleicht über dem Meer. Und dann, eines Nachts«, fährt sie fort und starrt auf einen nicht vorhandenen Fleck in der Luft, »warf sie ein paar Sachen in eine Reisetasche und verschwand, ohne ein Wort zu sagen.«

Da wären wir also wieder. Hier kenne ich mich aus und erzähle die Geschichte für sie zu Ende: »Und ihr habt keine Ahnung, wo sie gelandet ist.«

Meine Tante und mein Onkel tauschen einen Blick, den ich nicht einschätzen kann.

»Nein«, sagt meine Tante. »Wir haben es nie herausgefunden.«

Als ich noch klein war, gleich nach Mamas Verschwinden, drehte ich tagelang an einem alten Globus herum und suchte ganz willkürlich Länder aus, wo sie hingefahren sein könnte. Jedes Mal, wenn ich einen neuen Ort entdeckt hatte, rannte ich zu meiner Tante. »Vielleicht in Indien?«, fragte ich dann. »Oder in Afrika?« Von Indien und Afrika hatten wir in der Kirche gehört: dass dort Hunderte von Waisenkindern hungern müssen und Hilfe benötigen.

»Aber vielleicht – England?«, fantasiere ich jetzt laut vor mich hin. »Oder … oder Schottland? Oder Amerika, oder – wohin nur? Jetzt mal ernsthaft, Tante Bernadette, wohin, glaubst du, ist sie tatsächlich gegangen?«

»Sie ist einfach weggegangen!«, antwortet meine Tante hilflos. »Ich kann dir wirklich nicht …«

»Aber du musst doch *irgendeine* Vorstellung haben«, insistiere ich, ohne selbst recht daran zu glauben.

Diese Frage habe ich schon so oft gestellt. Ich weiß nicht, warum ich dachte, diesmal würde das Gespräch anders verlaufen. Sie schütteln beide den Kopf und blicken mich ratlos an. Und es ist ja nicht zu leugnen, dass eine Mutter, die ihre Tochter im Stich lässt, ihre eigene, einzige Tochter …

Bloß, dass ich nicht die einzige Tochter meiner Mutter war.

Ich stehe auf. Ich kann mit meiner Tante und meinem Onkel nicht weiter darüber reden. Nie habe ich ihnen – oder sonst jemandem – gestanden, wie Daisy starb.

Es war unangenehm, ja peinlich, von meiner Mutter, dem Alkohol und den psychiatrischen Kliniken zu hören. Meine Tante und mein Onkel haben sich dabei ebenso unwohl gefühlt wie ich, und ich spüre ihre Erleichterung, als ich das Gespräch beende. Erst später bin ich wieder frustriert, weil ich nicht weitergefragt habe. Weniger danach, *was* passiert ist, als *warum*. Warum überhaupt alles anfing schiefzulaufen. Traurigkeit überkommt mich, wie ein Gefühl von Kälte, das ich nicht abschütteln kann. Ich fühle mich weiter als je zuvor von meiner Mutter entfernt.

Weil ich es nicht über mich bringe, alles noch ein zweites Mal mit meinem Vater durchzukauen, beschließe ich, das Zeitungsarchiv in der Stadtbücherei von Gweebarra durchzusehen, um über die Bürgerrechtsbewegung nachzulesen. »Die Bürgerrechtsbewegung war für deine Mutter eine Zeit lang Lebensinhalt«, hatte mein Vater gesagt. Ich weiß fast nichts über die Protestmärsche und diese Zeit. Eines Tages nach der Schule verlasse ich den Bus in der Stadt. Zusammen mit Mairead: Sie möchte mit mir nach Schuhen für den Ball suchen. Ich erzähle ihr nichts von meinem Vorhaben, sondern sage nur, dass ich nicht mitkommen kann.

»Warum nicht?«

»Ach, nichts Besonderes«, entgegne ich. »Ich hab nur ein paar Sachen zu erledigen.«

»Herrgott, Sha, du benimmst dich aber wirklich komisch in letzter Zeit!«, ärgert sich Mairead.

Ich zucke die Achseln, und sie will schon weitergehen. Dann dreht sie sich noch einmal um und fragt zögernd: »Sha, ist irgendwas ... ist vielleicht irgendwas nicht in Ordnung, mit Johnny?«

Ich schüttle den Kopf. Wenn ich irgendjemandem von Johnnys merkwürdigem Verhalten erzählen würde, dann bestimmt Mairead. Aber ihre und Johnnys Mutter sind Cousinen, und ich will nicht, dass Johnny irgendetwas mitbekommt.

»Seid ihr zwei ... seid ihr noch zusammen?«

»Ich weiß nicht. Ich glaube schon.«

»Hör mal, hast du vielleicht Angst, du ... du könntest schwanger sein, oder so?«

»Was? Nein, nein. Wir haben nicht ...«

»Weil, wenn irgendwas nicht in Ordnung ist, dann kannst du es mir jederzeit erzählen, weißt du?«

»Ja«, sage ich. »Danke. Danke, Mairead.« Ich gehe schnell weiter und biege um die Ecke, bevor sie noch etwas sagen kann.

Über die Stadtbücherei herrscht, einer verschrumpelten alten Löwin gleich, Miss Deeny. Sie war einmal die Direktorin meiner Grundschule. Über vierzig Jahre lang unterrichtete sie dort mehrere Generationen immer derselben Familien: Meine Mutter hat sie unterrichtet und auch Tante Bernadette, und wahrscheinlich trug sie schon damals denselben braunen Tweedrock und die hochgeschlossene, cremefarbene Rüschenbluse. Ich kann Miss Deeny nicht ausstehen.

Ich weiß noch, wie ich auf einem braunen Plastikstuhl im Korridor meiner neuen Schule saß, während Tante Bernadette mit Miss Deeny sprach, die sich als meine künftige Lehrerin vorstellte. Ich wusste genau, dass ich deshalb vor der Tür warten musste, weil sie unter vier Augen über mich sprechen wollten. Aber ich hatte schon Übung darin, die Gespräche Erwachsener zu belauschen. Ich ließ mich vom Stuhl gleiten, überquerte auf Zehenspitzen den Gang und drückte so langsam und vorsichtig wie möglich die Klinke herunter und schob die Tür einen winzigen Spalt auf.

»Sie hatte also gar keinen Religionsunterricht?«, fragte Miss Deeny gerade. Von diesem Augenblick an war mir klar, dass ich sie nicht leiden konnte. Sie war alt und verknittert und trug eine goldene Brille mit einer Kette, die hinter ihren Ohren herumlief. Am Kragen ihrer cremefarbenen Rüschenbluse saß eine große, goldene Brosche in Gestalt einer Echse, und ihre Strumpfhose warf an den Knöcheln Falten.

»Nein, gar keinen«, antwortete meine Tante. »Der Mann meiner Schwester, verstehen Sie.«

»Ich sehe schon. Tja, Bernadette, Sie müssen Verständnis haben, dass ich Deirdres Tochter vielleicht nicht mit meinen anderen Siebenjährigen in eine Klasse stecken kann. Sie bereiten sich alle schon auf die erste heilige Kommunion vor, wissen Sie.«

»Das verstehe ich, Miss Deeny. Aber je schneller sie sich einlebt und sich mit Gleichaltrigen anfreundet, desto besser.«

Miss Deeny seufzte.

»Und sie hat wirklich *keinerlei* religiöse Unterweisung genossen?«

»Keine, wie schon gesagt.«

Miss Deeny seufzte erneut.

»Vielleicht kann ich das Kind nach dem Unterricht für eine Stunde dabehalten, sagen wir, immer mittwochs, und sie selbst unterweisen.«

»Das wäre sehr nett von Ihnen, Miss Deeny. Wir wären Ihnen sehr verbunden.« Tante Bernadette fügte noch etwas hinzu, aber so leise, dass ich es nicht verstand. Dann sah ich durch den Spalt, dass sie sich zur Tür wandte. Ich schlitterte wieder über den Gang und sprang auf meinen braunen Stuhl zurück.

Eine Putzfrau, die den Fliesenboden wischte und langsam vom anderen Ende des Ganges näher rückte, hielt in ihrer Arbeit inne und zwinkerte mir zu.

»Ärger gehabt? Mutti drin bei der Lehrerin?«

Ich schüttelte den Kopf.

»Hast wohl das Sprechen verlernt?«

»Nein«, flüsterte ich. »Ich bin neu hier.«

»Ach so, neu hier. Und wo kommst du her? Du hast einen komischen Dialekt.«

»Aus Belfast«, flüsterte ich noch leiser.

»Belfast? Aus Belfast bist du?« Sie bekreuzigte sich. »Du lieber Himmel! Da hast du aber Glück gehabt, dass du aus dieser Hölle herausgekommen bist. Na dann, alles Gute!«

Dann erschien Miss Deeny in der Tür und rief mich ins Klassenzimmer. Sie schlug ein Buch auf und ließ mich laut die erste Geschichte vorlesen. Es war leichter als meine alten Peter-und-Jane-Bücher, das weiß ich noch. Bevor ich die Mitte der ersten Seite erreicht hatte, nahm sie mir das Buch schon wieder weg und öffnete es weiter hinten.

»Versuch es mal damit«, verlangte sie und sah mich über ihre Brille hinweg streng an.

Ich konnte gleich das erste Wort nicht aussprechen.

»A-o-i«, stotterte ich, »A-o-i-fe und ihre Katze ...«

»Ife, Herzchen, Ife«, betonte Miss Deeny.

»Ist das ein Mädchenname?«, fragte ich flüsternd.

Miss Deeny warf Tante Bernadette einen Blick zu.

»Das ist ein irischer Name, genau wie deiner«, erklärte Tante Bernadette. »Wir sagen ja auch nicht *Sa-o-ir-se* zu dir, sondern *Sir-sche*. So spricht man das auf Irisch.«

»Kann sie denn gar kein Irisch?«, fragte Miss Deeny.

»Ich kenne Cúchulainn«, sagte ich.

»Aber kannst du Gälisch sprechen?«

Mama wollte mir und Daisy Irisch beibringen, aber wir sind nicht sehr weit gekommen.

»Und wie sieht es mit den Multiplikationstabellen aus? Beherrschst du schon die Multiplikation?«

»Meinen Sie das Einmaleins?«

Das Einmaleins hätte ich erst in diesem Schuljahr lernen sollen. Aber Mama hatte eine Kassette für mich gekauft, auf der eine Frau das ganze Einmaleins vorsingt, und wir haben sie in den ersten paar Sommerwochen oft angehört und mitgesungen.

»Sie ist sehr fortgeschritten im Lesen und Rechnen. Ich muss sagen, das macht die Sache nicht einfacher«, stellte Miss Deeny fest. »Es ist überhaupt eine sehr schwierige Situation. Und Saoirse lebt jetzt also bei Ihnen, Bernadette?«

Meine Tante drückte meine Hand und nickte.

»Nun, Bernadette, wie ich bereits sagte, wir werden uns irgendwie arrangieren müssen. Wir müssen das Beste aus der traurigen Situation machen. Wie geht es, äh …« Sie sah mich an und verstummte. »Na, dann sehen wir uns also morgen früh, Saoirse.«

Als wir hinausgingen, rief sie uns noch nach: »Ach, eines noch: Soll Saoirse jetzt O'Conor oder Pentland heißen?«

»Pentland«, sagte meine Tante. »Ich bin ja auch keine O'Conor mehr, Miss Deeny.«

»Ja, richtig, Bernadette. Wie doch die Zeit vergeht! Mir kommt es wie gestern vor, dass Deirdre so alt war wie Saoirse.«

Wie sich herausstellen sollte, bekam ich nur ein einziges Mal privaten Religionsunterricht bei Miss Deeny. Wir saßen im leeren Klassenzimmer, und sie fing an, vom kleinen Jesuskind und vom Himmel zu sprechen.

Dann beugte sie sich mit ihrem blassen, gepuderten Gesicht über mich und fragte: »Vermisst du vielleicht dein Schwesterchen?«

Ich weiß noch, dass mir auffiel, dass sie eine hellbraune Warze an der Unterseite ihres Kinns hatte, aus der ein dünnes, weißes Haar herauswuchs. Ich muss ununterbrochen diese Warze angestarrt haben.

»Ist es das, Saoirse?«, fragte sie mich, und ob ich darüber sprechen wolle.

»Nein, danke«, lehnte ich ab.

»Wir wollen nicht ungezogen sein, Saoirse«, sagte sie. »Würdest du mir bitte in die Augen sehen, wenn ich mit dir spreche? So ist es besser! Was möchtest du mir von deiner Schwester erzählen?«

»Nichts«, flüsterte ich.

»Aber, aber! Wie hieß sie?«

»Sie heißt Daisy.«

»Daisy?«

Ich nickte.

»Nun gut, Saoirse, Gott hat Daisy zu sich gerufen, um den Glanz seines Himmels zu vermehren. Du musst dir vorstellen, dass sie dort oben sitzt und zu dir herablächelt.«

Ich weiß noch genau, was ich entgegnete: »Daisy wollte immer schon zum Himmelsschloss.«

»Nun, Herzchen, dann wird sie jetzt wohl dort sein.«

»Sie wollte immer die Elfenkönigin sein.«

»Die Elfenkönigin? Nein, Herzchen, Elfen gibt es nicht. Große Mädchen von sieben Jahren glauben doch nicht mehr an Elfen! Engel, meinst du. Ja, das ist recht: Wenn du einmal traurig bist, dann denke daran, dass dein Schwesterchen dort oben bei den Engeln weilt. Die behüten sie, und sie sitzt zu Füßen des Herrn. Lasset die Kindlein zu mir kommen und verleidet's ihnen nicht, spricht der Herr.«

Sie musste nicht leiden, Mr Pentland. Es ging alles ganz schnell.

»Daisy musste nicht leiden! Sie musste nicht leiden!«

»Das war nur ein rhetorisches Stilmittel, Herzchen.«

Ich erinnere mich, dass ich dasaß und fühlte, wie mir die Tränen in die Augen stiegen. Und zum ersten Mal seit Belfast musste ich weinen. Ich war nicht wieder zu beruhigen. Sobald ich einmal angefangen hatte zu weinen, konnte ich nicht mehr aufhören. Und obwohl ich mir einredete, dass Daisy einfach zurückkommen *musste*, dass ich es irgendwie schaffen würde, sie zurückzuholen, genau wie Emer, oder wie in Dornröschen und den anderen Geschichten, glaubte ich im tiefsten Inneren wohl selbst nicht mehr daran.

Zum ersten und einzigen Mal, soweit ich mich erinnern kann, sprach der sonst so zurückhaltende und sanftmütige Onkel Brendan ein Machtwort und bestimmte, dass ich ab sofort keinen Einzelunterricht bei Miss Deeny mehr erhalten sollte. Dass die Sonntagsschule vollkommen ausreichen würde und ich ganz einfach zur Kommunion gehen sollte, wenn ich so weit wäre. Miss Deeny konnte mich fortan nie richtig leiden, und während der ganzen vier Jahre, die ich an der Holy-Trinity-Grundschule verbrachte, nannte sie mich immer »unsere kleine Protestantin«.

Miss Deeny runzelt die Stirn, als ich die Bücherei betrete.

»Was kann ich für Sie tun, Miss Pentland?«, fragt sie herablassend. »Oder möchten Sie den ganzen Nachmittag nur so dastehen?«

Du alte Schreckschraube! Sie soll auf keinen Fall erfahren, was ich wirklich vorhabe!

»Ich hätte gerne ein paar Geschichtsbücher«, bitte ich. »Über die Bürgerrechtsmärsche.«

»Die Bürgerrechtsmärsche?«

»Oben in Derry. Achtundsechzig und so.«

»Vielen Dank, mein liebes Kind, mir ist durchaus bekannt, wann die Bürgerrechtsmärsche stattfanden!«

Ich beiße mir auf die Zunge und schweige.

Sie tippt mit einem Finger auf ihrem Computer herum und schreibt dann mit Bleistift ein paar Signaturen auf.

»In diesen Regalen finden Sie die Bücher.«

»Ich würde auch gerne das Zeitungsarchiv durchsehen, und zwar die Zeitungen von den Bürgerrechtsmärschen bis heute.«

Wortlos schiebt sie mir einen Handzettel mit der Überschrift »Benutzeranleitung für Mikrofiches« über den Schalter.

»Vielen Dank, Miss Deeny«, säusle ich. Sie sieht mich mit zusammengekniffenen Augen an.

Zuerst blättere ich die Bücher durch. Es sind nur drei: ein Sammelband mit Aufsätzen und zwei allgemeine Darstellungen der Unruhen; beide haben ein oder zwei Kapitel über die nordirische Bürgerrechtsbewegung und die Demonstrationen von Derry. Aber mir geht es um die Fotos. Ich mustere die körnigen Schwarz-Weiß-Bilder, um irgendwo vielleicht meine Mutter zu entdecken. Aber alle Mädchen auf den Bildern sehen ziemlich gleich aus: Sie sind jung, viele haben lange, offene Haare und alle einen ähnlichen Gesichtsausdruck. Jede von ihnen könnte meine Mutter sein.

Ungefähr eine Stunde lang sichte ich verschiedene Zeitungen auf Mikrofiche, aber ich finde keine Spur von meiner Mutter. Ich suche Ausgaben heraus, die dem Zeitpunkt ihres Verschwindens so nahe wie möglich kommen, und gebe ihren Namen in die Suchmaschine ein. Aber nirgendwo ist von meiner Mutter die Rede. Dann, als ich gerade aufgeben will, starte ich eine letzte, zeitlich nicht eingegrenzte Suche im Bildarchiv der kleinsten Lokalzeitung. Es erscheint genau ein Treffer: vom Mai 1967. Plötzlich stockt mir der Atem. Ich klicke auf den Link, und Zeile für Zeile baut sich auf dem Bildschirm auf: »Deirdre

O'Conor (16), zum zweiten Mal in Folge Rose von Donegal«. Sie trägt einen Blumenkranz und schaut mit Schmollmund in die Kamera. Ich weiß nicht, ob ich lachen oder weinen soll.

16 Nach langem Zögern beschließe ich, meinen Vater einfach direkt zu fragen, was mit meiner Mutter passiert ist. Wir haben seit Jahren nicht mehr über sie gesprochen und uns angewöhnt, unsere Unterhaltungen behutsam um sie herum zu konstruieren, ohne sie je zu erwähnen. Ich benutze die Telefonzelle am Ende unserer Straße, um in Belfast anzurufen. Gott sei Dank nimmt mein Vater ab – wenn es Pauline gewesen wäre, hätte ich sofort wieder aufgelegt. Aber mein Vater ist selber am Apparat, und ich frage ihn, ob er mich möglichst bald einmal besuchen kommen kann, weil ich ihn gerne ein paar Dinge fragen würde. Er macht eine kurze Pause, dann sagt er, dass er mich ehrlich gesagt auch etwas fragen wolle, und wenn es mir passen würde, dann käme er gleich am Wochenende.

Es ist ein schöner Abend. Wir fahren zu dem Restaurant oben bei Gweedore, von dem mein Papa gelesen hat, und reden hauptsächlich über alberne Dinge, zum Beispiel, was ich in der Schule so alles treibe, und dergleichen. Erst als wir schon fast mit dem Essen fertig sind, erzähle ich ihm, dass ich meine Tante und meinen Onkel über meine Mutter habe reden hören und dass ich jetzt wissen will, was Sache ist. Nachdem ich das losgeworden bin, kommt von ihm erst einmal lange nichts.

»Ich muss es wissen, Paps, und du musst es mir sagen! Du musst! Ich gebe jetzt nicht mehr auf! Ich gebe nicht auf!«

Mein Papa fängt an zu kichern.

»Was ist denn daran so lustig?«

Er kichert noch mehr.

»Im Ernst, was ist so lustig? Warum lachst du über mich?«

»Nein, nein, Schatz, verstehe das jetzt bitte nicht falsch, aber trotz all deiner … deiner, sagen wir mal: keltischen Erziehung hast du immer noch einiges von einem Protestanten aus Ulster in dir.«

»Was soll denn das heißen?«

»Hör dir doch einmal zu: ›Ich gebe nicht auf‹. Keine Kapitulation! Wie die Lehrbuben von Derry!«

»Aber Paps!«

»Dein Urgroßvater ist an der Somme gefallen. Wusstest du das?«

Das wusste ich nicht. Ich schüttle den Kopf.

»Er diente in dem berühmten alten sechsunddreißigsten Regiment von Ulster. Am ersten Juli hat es ihn erwischt. Die meisten von ihnen trugen im Feld ihre Schärpen und starben mit den Worten: ›Für Gott und Ulster!‹«

»Waren das ... Oranier?«

»Ja, ein guter Teil von ihnen schon. Bei weitem nicht alle. Aber dein Urgroßvater war einer; er nahm sogar einen ziemlich hohen Rang im Orden ein. Der war damals auch noch sehr angesehen. Nehmt ihr auch diese Dinge hier im Geschichtsunterricht durch?«

»Ein bisschen. Aber eigentlich nicht richtig.«

»Von siebenhundert Männern seines Bataillons kamen nur ungefähr siebzig zurück. Siebzig von siebenhundert! Der Rest ... Und unter ihnen, den Toten, waren dein Urgroßvater William Stanley Pentland und drei seiner vier Brüder; sie fielen alle am selben Tag.«

Jetzt lacht mein Vater nicht mehr.

»Kannst du dir so was heutzutage vorstellen? Mein eigener Vater, Stanley Junior – weißt du, er hieß immer Stanley Junior, selbst als es keinen Stanley Senior mehr gab –, war damals noch ein kleines Kind. Meine Großmutter erzählte mir, wie sie nach der Ankunft des Telegramms zu ihrer Schwiegermutter lief, die in derselben Straße wohnte. Von dort aus sah man das Meer. Strangford Lough. Es war ein heißer Tag; sie saßen draußen im Garten; mein Vater, noch ein Baby, spielte im Gras. Und meine Großmutter hat später immer wieder erzählt, dass das Wasser, obwohl es ein völlig windstiller Tag war, sich kräuselte, als ob es durch irgendetwas in Unruhe versetzt würde. Und während sie dort zusammensaßen, kamen der Reihe nach die anderen Telegramme. Meine Großmutter erzählte, dass sie den Telegrammjungen herumlaufen sahen; viele Leute in der Straße bekamen an diesem Tag ein Telegramm. Aber bei ihnen klingelte er noch dreimal. Vier von fünf Söhnen gefallen. Es waren kleine, hellbraune Umschläge, und dann: ›Wir bedauern, Ihnen mitteilen zu müssen …‹ Den von meinem Großvater habe ich noch irgendwo zu Hause. Wenn du dich mal für diesen Teil deiner Geschichte interessieren solltest, schicke ich ihn dir. Eine Medaille hat er auch bekommen. Die muss ich auch noch irgendwo haben.«

»Paps«, sage ich nach einer Weile. »Siehst du, genau das meine ich.«

»Wie, ›genau das‹?«

»Na genau diese Sachen! Es gibt so viele Sachen, zum Beispiel das mit deinem Großvater, von denen ich überhaupt keine Ahnung hatte! Wie soll ich denn … verstehst du, ich weiß nicht, wie ich überhaupt irgendetwas tun soll, wenn ich von all diesen Sachen gar nichts weiß!«

Ich schiebe den Teller von mir. Ich habe keinen Hunger mehr. Nun habe ich angefangen, Nachforschungen über meine Mutter anzustellen, aber statt etwas über sie zu erfahren, stoße ich immer wieder auf neue Dinge, von denen ich auch nichts weiß.

Das versuche ich meinem Vater klarzumachen.

»Ja, es tut mir leid, Schatz.«

»Das hilft mir aber nicht. Ich muss einfach Bescheid wissen.«

»Ich weiß. Entschuldige.« Dann fragt er, ohne mich anzusehen: »Was genau willst du denn wissen, Schatz?«

»Alles über Mama.«

»Hör zu«, sagt er verlegen. »Hör mal zu, Saoirse …« Er verstummt und seufzt. »Also was genau?«, fragt er dann leise.

»Alles. Ich weiß gar nichts, nur albernes Zeug, wie dass sie zweimal hintereinander Rose von Donegal war.«

»Sie war Rose von Donegal?«, fragt er. Aus seiner Stimme spricht Überraschung.

»Zwei Jahre in Folge.«

»Tatsächlich?«

»Paps!«, bitte ich ungeduldig.

»Das wusste nicht einmal ich. Sie hat mir nie erzählt, dass sie Rose von Donegal war. Aber ich glaube es gern. Wie alt war sie da?«

»Fünfzehn, dann sechzehn. Aber Paps, hör mir doch zu! Ich will die wichtigen Dinge wissen! Ich will wissen, wer sie war und wie sie war!«

Er sieht mich hilflos an.

»Zum Beispiel«, sage ich und hole tief Luft, »sagtest du, ihr hättet euch bei einer Bürgerrechtsveranstaltung getroffen, stimmt's? Auf einer Party.«

»Ja, das stimmt.« Mein Vater rutscht auf seinem Stuhl hin und her.

»Saoirse …«, fährt er fort, doch ich rede einfach weiter.

»Aber sie war ein junges, katholisches Mädchen aus dieser Gegend hier, und du warst, ja was eigentlich, so etwas wie ein Polizist?«

»Ich war bei der Sondereinheit.«

»Genau. Es war also von Anfang an klar, dass ihr quasi auf verschiedenen Seiten steht – wie in aller Welt seid ihr da auf die Idee gekommen, miteinander auszugehen?«

»Ach, weißt du, so war es gar nicht.«

»Wie war es dann?«

»Nun ja, es war … Was ich eigentlich sagen will, und ich schäme mich fast dafür, Schatz, aber genau das machte es irgendwie … besonders romantisch. Vor allem für deine Mutter, glaube ich. Sie war … Deirdre war … Sie ließ sich von niemandem Vorschriften machen. Wenn jemand das versuchte, dann konnte man darauf wetten, dass sie genau das Gegenteil tun würde, und sei es nur, um zu beweisen, dass sie sich nicht dreinreden ließ. Sie war … sie war ein kleiner Hitzkopf, weißt du? Das soll jetzt nicht heißen, dass … ich meine, sie war von der Sache mit den Bürgerrechten leidenschaftlich überzeugt, und ich auch, auf meine Art … Aber das war eine andere Welt damals. Nur für kurze Zeit. Achtundsechzig und neunundsechzig. Das hört sich heute furchtbar klischeehaft an, aber damals … damals schien alles möglich zu sein. Und nach dieser Party schrieben wir einander. Manchmal rief sie mich auch an, deine Mama, aber sie musste das von einer Telefonzelle aus tun, weil sie nicht wollte, dass jemand davon erfuhr.«

Die Telefonzelle! Die Telefonzelle am Ende unserer Straße!

Plötzlich sehe ich meine Mutter vor mir, wie sie sich aus dem Haus stiehlt und mit wehendem Haar die Straße hinabläuft, um meinen Papa anzurufen, ihren heimlichen Freund.

»Aber meistens schrieben wir uns Briefe«, sagt mein Vater.

»Hast du noch welche davon?«

»Ich weiß nicht. Ich glaube nicht. Vielleicht.«

»Und dann?«

»Und dann … tja, damals gab es überall Protestmärsche, und zuerst verabredeten wir uns nach einem dieser Märsche. Wenn ich keinen Dienst hatte.«

»Und Mama hat ihrer Familie nie etwas erzählt?«

»Von … von mir? Oh nein. Ganz sicher nicht. Die lebten im Gaeltacht, ich war ein dahergelaufener Protestant aus Ulster und obendrein noch bei der Sondereinheit – nein, Deirdre sagte, davon dürften die um keinen Preis etwas erfahren. Die wussten nicht einmal, dass sie an den Protestmärschen teilnahm. Sie hat ihnen immer erzählt, sie besucht ihre Cousinen in Letterkenny.« Er macht eine Pause. »Aber weißt du, ich habe mich oft gefragt, ob …«

»Ob …?«

»Nun ja, ob es wirklich eine so große Affäre gewesen wäre, wenn sie es ihren Eltern einmal gesagt hätte. Ich habe sie nie kennengelernt. Nach allem, was Deirdre mir erzählte, waren sie sehr konservativ, und ihr Vater hatte wohl etwas von einem Tyrannen. Aber ich glaube, als sie … wegging, als sie in den Norden kam, da hat sie den Kontakt zu ihnen abgebrochen, und nicht ihre Eltern. Meine eigene Mutter, deine Oma, hielt mich zuerst auch für völlig übergeschnappt, als ich ihr von Deirdre erzählte. Sie fragte, ob ich mir unbedingt Ärger einhandeln wolle – ja, ich glaube, das waren ihre Worte. Aber als sie Deirdre kennenlernte, mochte sie sie doch gern, und es gab nie einen Zweifel daran, dass Deirdre zur Familie gehörte.«

»Ich kann mich an meine Oma gar nicht erinnern.«

»Du warst noch sehr klein, als sie starb. Aber wir besuchten sie jeden Sonntag. Sie lebte in einem kleinen Häuschen am Lough. Sie ist mit dir immer zum Spielen an den Strand gegangen. Und, weißt du, wenn ich arbeiten musste, ist deine Mama allein mit dir hingefahren.«

»Wirklich?«

»Ja. Es gab nie irgendwelche … Vorwürfe. Es stimmt schon, deine Tante und ich sind nicht besonders gut aufeinander zu sprechen, aber das ist …« Er schüttelt den Kopf.

»Erzähl weiter!«

»Nein, wie gesagt, ich glaube, Deirdres Familie hätte sich am Ende schon mit der Sache abgefunden, wenn sie ihnen nur die Chance gegeben hätte …« Er bricht plötzlich ab. »Mein Gott, Schatz, es ist seltsam, mit dir über diese Sachen zu reden!«

»Nein, hör nicht auf! Ich muss es wissen! Erzähl mir, was dann passierte. Zum Beispiel, wann habt ihr beschlossen zu heiraten, du und Mama?«

Mein Vater blickt in eine andere Richtung.

»Im Herbst neunundsechzig wurde die Situation sehr ungemütlich. Die Unruhen, meine ich. Achtundsechzig und neunundsechzig, da war es noch ... Na ja, wie gesagt, damals schien manches möglich, was ein Jahr später nicht mehr denkbar war. Wir waren seit mehr oder weniger zwei Jahren zusammen, aber dann wurde es ... sagen wir mal so ... fast unmöglich für ein Mädchen wie Deirdre und einen jungen Mann wie mich, sich zusammen sehen zu lassen. Außerdem hatte ich vor, in den regulären Polizeidienst einzutreten. Also beschlossen wir ... beschlossen wir ... äh ...«

»Zu heiraten? Oder was?«

Er neigt den Kopf zur Seite und zupft an seinem Bart.

»Und wann ist Mama dann nach Belfast gekommen?«

»Lass mich mal nachdenken ... Das dürfte so ...« Er sieht mich seltsam an. »Deirdre kam an Ostern im folgenden Jahr. Da haben wir dann auch geheiratet«, schließt er hastig.

»Ach so!«

Mein Vater spießt etwas Gemüse auf, legt die Gabel dann wieder hin und schiebt seinen Teller ebenfalls zur Seite. Dann zupft er von Neuem an seinem Bart herum. Ganz fest, so wie er es immer tut, wenn er überlegt, was er sagen soll, oder wenn etwas nicht in Ordnung ist. Er will gerade weiterreden, aber während er sich noch räuspert, ertönt aus einer Ecke des Restaurants plötzlich Musik: drei Geigen und ein Metallflötchen, und er bleibt stumm. Beifallsrufe und begeistertes Stampfen der anderen Gäste. Normalerweise sitzen wir in solchen Situationen immer da und hören zu, ich zu Tode gelangweilt, während mein Vater mitsingt und sich zum Narren macht. Ihm haben diese alten Melodien schon immer gefallen. Jedes Mal, wenn er nach Irland herüberkommt, führt er mich in ein Restaurant oder eine Bar mit Folkloremusik. Als wäre das sein heimliches Laster. Aber jetzt sieht er missbilligend auf.

»Es ist ein bisschen laut hier«, seine Stimme klingt heiser. Er winkt dem Ober, damit er uns die Rechnung bringt. Der Ober ist ein alter Mann mit rot geschabten Wangen und gelocktem weißen Haar. Er kommt herüber und lässt die Hände schwer auf den Tisch fallen.

»Bei Ihnen war alles in Ordnung?«

»Ja, danke.«

»Das freut mich. Möchten Sie noch einen Kaffee?«

»Nein, vielen Dank.«

»Oder einen kleinen Nachtisch für die junge Dame?« Er zwinkert mir zu.

»Ich glaube fast, wir müssen schon gehen«, sagt mein Vater.

»Was, Sie wollen sich nicht noch ein bisschen die Musik anhören? Jammerschade, wenn Sie jetzt gehen, die Jungs fangen doch gerade erst an!«

»Ein andermal vielleicht.«

Der Ober zuckt die Schultern. »Wie Sie wünschen.«

Mein Vater will schon aufstehen, und ich bekomme plötzlich Panik: Ich habe nichts Konkretes herausgefunden, und wenn ich es jetzt nicht tue, dann bekomme ich vielleicht nie wieder eine zweite Chance!

»Als Mama später übers Meer ging …«, fange ich an.

Mein Vater fährt zusammen, sieht mich durchdringend an und blickt dann ebenso schnell wieder weg.

»Paps?«

Er sinkt auf seinen Stuhl zurück. Ich betrachte aufmerksam sein Gesicht. Irgendetwas geht darin vor, unter der Haut, sein Ausdruck wird für einen Augenblick ganz fremd.

»Also gut, als sie … ja ja … übers Meer ging, genau …« Dann murmelt er etwas, von wegen, er sei sich im Augenblick auch nicht ganz sicher und müsse mal mit meiner Tante reden.

Und plötzlich dämmert es mir: »Du weißt es! Du weißt, wohin sie ging! Du weißt es!«

Ich bin aufgesprungen und kreische schon fast. Es entgeht mir nicht, dass die Leute sich nach uns umdrehen, aber das ist mir egal. »Du weißt es ganz genau! Du weißt es und willst es mir nicht verraten!«

»*Saoirse!*«, zischt er wütend und packt mich am Arm.

»Lass mich los!«, brülle ich.

»Reiß dich zusammen!«, sagt er heiser.

Ein paar Tropfen von seinem Speichel fliegen mir ins Gesicht; ich versuche mich loszureißen, aber er hält über den Tisch hinweg meinen Arm fest gepackt und zwingt mich, ihm ins Gesicht zu blicken.

»Deine Mutter ist übers Meer gegangen«, wiederholt er eindringlich. »Und das … das ist … sie ist übers Meer gegangen, und mehr wissen wir nicht.« Er spricht hastig zu Ende.

»Ich glaube dir nicht!« Und ich kann nicht sagen, warum, aber irgendwie weiß ich, dass er lügt. »Du weißt etwas«, sage ich. »Ihr wisst beide etwas, du und Tante Bernadette! Ihr wisst etwas und wollt es mir nicht sagen!«

Und dann bleibt mir plötzlich die Luft weg: Meine Mutter ist tot. *Meine Mutter ist tot.* Von einer Sekunde auf die andere weiß ich es sicher, als hätte mein Vater es ausgesprochen.

»Wie ist sie …« Mein ganzer Körper ist zu einem Eisblock erstarrt. »War es …«

»Saoirse?« Seine Stimme kommt von weit weg. Undeutlich spüre ich, dass er mich am Arm schüttelt.

Er spricht etwas, aber in meinen Ohren rauscht es, und für eine Minute höre ich nur das An- und Abschwellen seiner Stimme.

»Sie ist tot, stimmt's?«, bringe ich zuletzt flüsternd heraus.

»*Was?*« Er starrt mich an, dann lacht er. Ein kurzes, scharfes, kehliges Bellen. »Du lieber Himmel, nein! Sie ist nicht … tot, natürlich ist sie nicht …«

Ich schließe die Augen. Ich fühle mich schwach und wackelig und ganz weit weg. Innerhalb weniger Sekunden ist meine Mutter gestorben und wieder zum Leben erwacht, aber letztlich bleibt sie für mich doch so verloren wie eh und je.

»Komm jetzt, Schatz«, fordert mich mein Vater auf. »Gehen wir.« Draußen sitzen wir eine Weile im Auto, ohne dass er den Motor anschaltet. Vom Restaurant fliegen Fetzen von Musik und Gelächter herüber.

»Das ist jetzt wohl kaum der passende Augenblick, aber … Du erinnerst dich doch, dass ich dich auch etwas fragen wollte?«

»Wie bitte?«

»Weißt du es nicht mehr?«

»Also?«

»Nun, wie gesagt, das ist wohl kaum der passende Augenblick, aber …« Er räuspert sich und legt die Stirn in Falten.

»Paps?«

»Wir haben uns gedacht, ob du vielleicht den Sommer bei uns in Belfast verbringen möchtest«, sagt er schnell.

»Den Sommer? In Belfast?«

»Na ja, du könntest doch nach dem zwölften Juli kommen, wenn sich alles wieder beruhigt hat.«

Warum zum Teufel sollte ich den ganzen Sommer ausgerechnet in Belfast verbringen wollen?

»Im Sommer ist hier am meisten los, Paps. Da kann ich meine Tante und meinen Onkel nicht allein lassen.«

»Wir haben schon einmal kurz darüber gesprochen, und sie sagen …«

»Na super!«, bricht es aus mir heraus. »Ihr habt also wieder mal alles hinter meinem Rücken verabredet?«

»Unsinn, Schatz, natürlich nicht! Ich habe es nur mal fallen lassen, damit du keine Schuldgefühle haben musst, falls du wirklich kommen möchtest.«

»Vielen Dank! Wie schrecklich aufmerksam von dir!«

»Ach, Saoirse!«

Seit wir weggegangen sind, war ich nie wieder in Belfast, kein einziges Mal. Und ich habe auch seine … sein *Schätzchen* noch nie gesehen, warum sollte ich das jetzt auf einmal wollen?

»Paps«, sage ich, ohne ihn anzusehen, »Paps, wenn du mich bei dir in Belfast haben willst, warum dann erst jetzt und nicht schon vor Jahren?«

Er antwortet nicht. Und plötzlich bin ich wütend auf ihn: wie er so zusammengesackt dasitzt, als ob er innerlich ausgehöhlt wäre, mit seinem allmählich grau werdenden Bart und dem kahlen Fleck hinten am Kopf. Er ist doch ein jämmerlicher alter Mann, ein lächerlicher Kerl! Er ist weder mutig noch dynamisch, noch … noch *romantisch*! Er war ein Feigling, der es nicht geschafft hat, seine Ehe zu retten, der das Handtuch warf, sobald es Probleme gab, der nicht einmal den Versuch unternahm, zu kämpfen. Er kapitulierte und ließ den Dingen einfach ihren Lauf.

»*Sag doch was!*«, fauche ich mit zusammengebissenen Zähnen. Er sieht mit traurigen, schlaffen Augen zu mir auf, und so plötzlich, wie sie kam, ist meine Wut auch schon wieder verflogen, und ich fühle mich nur noch erschöpft. Weit weg und erschöpft.

»Paps, hast du die lange Fahrt tatsächlich nur gemacht, um mich zu fragen, ob ich nach Belfast kommen möchte? Ich kann nämlich wirklich nicht, selbst wenn Tante Bernadette und Onkel Brendan einverstanden wären. Sie brauchen mich im Sommer eben doch, und außerdem, warum gleich den ganzen Sommer, wo ich doch noch nicht einmal für ein Wochenende bei euch war?«

»Weißt du, Saoirse … was ich dir sagen wollte … Pauline und ich … ich weiß nicht, wie ich es dir sagen soll, aber ich muss wohl einfach … Wir bekommen ein Baby, das ist der Grund.«

»*Was?* Ihr bekommt …?«

»Ein Baby, ja. In weniger als zwei Monaten ist es so weit. Wir haben … ich habe bis jetzt nichts gesagt, weil sie in den letzten Jahren zwei Fehlgeburten hatte, aber jetzt ist sie ja schon im dritten Dings, du weißt schon …«

»Ihr bekommt ein *Baby* …«

»Ja.« Er lächelt, ohne es zu wollen. »Ein kleines Baby.« Dann wird er wieder ernst. »Es kommt Ende Juli zur Welt. Und Pauline wäre für ein bisschen Hilfe im Haus wirklich dankbar, verstehst du?«

»Soll das ein Witz sein? Ich kenne die Frau nicht einmal!«

»Ganz genau! Und wäre das nicht der richtige Zeitpunkt, das zu ändern? Das kleine Baby ist ja deine Schwester, Saoirse.«

Meine Schwester. Meine Schwester?

»Also … also wird es ein Mädchen.«

Es ist mir egal. Mir ist egal, was es wird. Es geht mich nichts an.

»Ja, ein Mädchen. Wir haben es noch niemandem erzählt, weißt du? Aber es wird ein Mädchen.«

Er beobachtet mich aufmerksam. Ich setze meine Schaut-so-vielleicht-jemand-der-sich-auch-nur-die-Bohne-dafür-interessiert-Miene auf.

»Wir haben noch keinen Namen ausgesucht.«

Ich sage nichts.

»Wir haben uns gedacht, vielleicht fällt dir ein schöner Name ein. Für deine Schwester, weißt du?«

Und plötzlich steht etwas zwischen uns wie ein Gespenst.

Ich spreche als Erster: »Es ist fast zehn Jahre her, Papa.«

Er sagt eine Weile gar nichts.

»Zehn Jahre!«, sage ich noch einmal.

»Ja, ich weiß.«

»Zehn Jahre sind es dieses Jahr … Denkst du manchmal daran?«

»Glaubst du wirklich, es vergeht auch nur ein Tag, an dem ich nicht daran denke, verdammt noch mal?«

Er schlägt mit der Faust auf das Lenkrad. Sein Gesicht ist verzerrt. Ich habe ihn noch nie zuvor so … so wütend gesehen, und ich weiß nicht, was ich tun soll. Ich kriege kein Wort raus. Ich bewege mich nicht. Ich glaube, wenn ich mich jetzt bewege oder etwas sage, dann fange ich an zu heulen und kann nie wieder aufhören.

»Tut mir leid, Schatz.«

»Ist schon gut.« Ich starre durch die Autoscheibe und versuche, einen der Ziegelsteine in der Mauer vor mir scharf zu stellen, ohne dabei zu blinzeln.

»Nein, es ist nicht gut. Es tut mir leid, verstehst du?«

»Ich habe dich verstanden. Es ist gut.«

»Es tut mir wirklich leid.«

»Ich sagte, es ist gut!«

»Ich wollte dich nicht so anfahren.«

»Schön.« Dann frage ich: »Können wir jetzt bitte fahren? Ich will nach Hause. Fahren wir?«

Ich zerre an meinem Gurt und schnalle mich an. Mein Vater stößt einen schluchzenden Seufzer aus, der aus seinem tiefsten Innern zu kommen scheint, und startet den Motor.

Die ganze Rückfahrt über sprechen wir kein Wort. Als mein Vater mich am Ende der Straße aussteigen lässt, fragt er: »Überlegst du es dir noch einmal? Ich meine, ob du nach Belfast kommen möchtest?«

Meine Kehle ist wie zugeschnürt. Was fällt diesem Menschen eigentlich ein?

Schnell fügt er hinzu: »Und wenn du dich immer noch für deine Familiengeschichte interessierst, zumindest die von meiner Seite, dann können wir … dann kann ich dich mal mit nach Greyabbey nehmen, wo ich aufgewachsen bin. Dort war meine Familie seit Generationen zu Hause.«

Und er fügt hinzu: »Und, Saoirse, ich wollte dich bei mir haben, schon die ganze Zeit, ich wollte dich unbedingt bei mir haben, aber …«

»Ach, verpiss dich!«, murmle ich vor mich hin, aber laut genug, dass er es hören kann. Ich schlage die Autotür mit aller Kraft zu und rase die Straße hoch, bevor er noch etwas sagen oder mich zurückrufen kann.

Daheim rufe ich vom Telefon im Flur bei Johnny an, das tue ich sonst so gut wie nie. Ausnahmsweise ist er sogar zu Hause.

»Johnny«, sage ich, und plötzlich ist mir, als ob ich schon beim Klang einer freundlichen Stimme ins Telefon heulen müsste.

»Sha? Bist du das, Sha?«

»Ja, ich bin's«, piepse ich.

»Kannst du ein bisschen lauter sprechen? Ich verstehe dich nicht.«

»Johnny?«

»Geht es dir gut?«

»Können wir spazieren fahren? Eine unserer Spritztouren machen?«

»Was, jetzt?«

»Ja. Jetzt.«

»Ach, Sha, ich kann nicht. Nicht heute. Ich war … meine Mutter macht einen Aufstand. Wegen der letzten Prüfungen. Sie lässt mich nicht aus den Augen. Ich kann heute Nacht nicht weg.«

»Oh.«

Es entsteht eine Pause. Ich wickle das Telefonkabel um meine Finger.

»Sha, bist du noch da? Ich glaube, die Verbindung ist schlecht, ich höre dich nicht.«

»Ja, nein, ich bin noch da. Johnny?«

»Ja?«

»Gehst du … ich meine … nächste Woche ist doch der Ball. Ich wollte fragen … gehst du …«

»Ja, das wird bestimmt lustig.«

»Gehst du mit mir?«

»Na klar! Sha, ich muss jetzt Schluss machen.«

»Gut. Gut.«

»Bis bald, ja?«

»Ja. Tschüs.«

Er hat aufgelegt. Ich lege den Hörer zurück auf die Gabel und bleibe noch eine Sekunde lang stehen.

Johnny Mahon geht mit mir auf den Ball! Aber mein Vater bekommt ein Kind, und ich habe mich noch nie so einsam gefühlt.

Ich erzähle niemandem, nicht einmal meiner Tante oder meinem Onkel, von meinem Vater und dem Baby und von Belfast. Ob ich den Sommer in Belfast verbringen will, also wirklich! Was bildet sich der Mann eigentlich ein?

Meine Tante fragt mich ganz nebenbei, ob ich irgendwelche Pläne für den Sommer habe. Ich antworte, dass ich ihr helfen werde, wie immer. »Sonst keine Pläne?«, bohrt sie nach. Und ich antworte: »Autofahren lernen«, und dann erzähle ich, dass in Donegal eine neue Bar aufgemacht hat, in der jedes Wochenende Live-Musik gespielt wird, und dass Mairead und ein paar andere einmal hinfahren und sich die Bands anhören wollen. Sie sieht mich mit zusammengezogenen Augen an, kommentiert das aber nicht weiter. Sie erwähnt auch meinen Vater nicht oder seinen Vorschlag mit dem Sommer in Belfast. Kurz darauf am Abend fragt mich mein Onkel, ob ich diesen Sommer nicht mal einen Tapetenwechsel brauchen könnte. »Nein«, sage ich bestimmt. »Der Sommer ist okay, so wie er immer ist.«

17

Eines Abends, nur ein paar Tage vor Beginn der Sommerferien, kommt Mairead durch die Hintertür hereingestürmt. Ich höre den Lärm von meinem Zimmer aus, renne hinunter, immer zwei Stufen auf einmal nehmend. Mairead ist rot im Gesicht und völlig außer Atem.

»Ist etwas nicht in Ordnung, Mairead?«, fragt meine Tante spitz.

Mairead schüttelt den Kopf.

»Ich muss nur mit Saoirse sprechen.«

»Was ist los?«, fragt meine Tante mit strengem Blick. Sie wendet sich mir zu: »Saoirse?«

Ich schüttle den Kopf. Ich habe nicht die leiseste Ahnung.

»Ach, lass sie doch«, mischt sich mein Onkel ein. »Das sind Mädchensachen, wahrscheinlich wegen dieses Balls da, was, Mairead?«

Sie lächelt schwach, und wir rennen auf mein Zimmer.

Bevor ich überhaupt Gelegenheit habe, eine Frage zu stellen, sprudeln die Worte schon aus ihr heraus.

»Was?«, stammle ich, und sie muss alles noch einmal erzählen, bis ich es langsam begreife.

Johnny und Éamon Mahon sind wegen Schusswaffenbesitzes und Verdachts auf Beteiligung an paramilitärischen Aktivitäten in zwei Fällen verhaftet worden. Sie und zwei ältere Männer von der Küste standen unter polizeilicher Beobachtung, und die Beweise reichten für einen Haftbefehl, als dann in einem leer stehenden Schuppen auf dem Dennehy-Hof Waffen und andere verdächtige Gegenstände, darunter ein Vorrat an Ammoniumnitrat, mit ihren Fingerabdrücken gefunden wurden.

Das ist die größte Sensation, seit Anfang des Jahres dieses riesige Waffenlager bei Malin Head ausgehoben wurde und die Polizei behauptete, einen bedeutenden Terroristenring zerschlagen zu haben.

»Der Onkel der Mahons«, fährt Mairead atemlos fort, »der sitzt doch im Gefängnis, weil er bei der IRA war! Johnny kommt wahrscheinlich auch ins Gefängnis. Er ist doch schon achtzehn. Er ist erwachsen. Er sitzt jetzt bis zum Hals in der Scheiße!«

Am frühen Abend kam Johnnys Mutter die Straße zu Maireads Haus hochgerast und bat die Familie ihrer Cousine um Hilfe für die Kaution ihrer zwei Jungs.

»Sie ist immer noch da«, fährt Mairead fort. »Mein Vater ist mit John Mahon Senior auf der Polizeiwache. Und meine Mutter und Úna Mahon und noch ein paar andere sitzen in der Küche, telefonieren und heulen. Es geht zu wie im Irrenhaus da drinnen. Ich hab mich weggeschlichen, weil ich es dir unbedingt erzählen wollte, falls du es noch nicht weißt – bevor es alle wissen.«

Sie bricht plötzlich ab.

»Aber du ... du hast doch nichts davon gewusst, oder? Oder hast du dich deshalb so komisch benommen? Hast du Bescheid gewusst? Warst du vielleicht auch mit dabei?«

»Nein«, wehre ich ab, »nein!«

Aber ...

»Aber jetzt ist mir klar, weshalb *er* sich so merkwürdig benahm«, sage ich, eher zu mir selbst.

»Er benahm sich merkwürdig? *Wirklich?* Wie denn?«, fragt Mairead neugierig.

»Na ja ... so abwesend.«

»Und ich hab dich noch gefragt, ob mit Johnny alles in Ordnung ist!«

»Ja ...«

»Das stimmt doch! Ich habe dich noch gefragt!«, kräht sie.

»Der arme Johnny!«

»Der dumme Johnny wohl eher! Sich auf so was einzulassen! Wahrscheinlich wegen des Abenteuers. Zur Selbstbestätigung. Nacht-und-Nebel-Aktionen und Waffen und das ganze Zeug. Wie Kriegspielen, nur in echt. Das hat seine Mutter zu meiner gesagt. Sie sagte, er ist nur ein dummer Junge, der in etwas verwickelt wurde, was er gar nicht richtig verstand. Er ist einfach seinem älteren Bruder hinterhergelaufen. Sie sagte, sie ist vor allem wütend auf Éamon, denn Éamon hätte es besser wissen müssen, statt auch noch den kleinen Bruder auf die schiefe Bahn zu bringen. Aber sie meinte, Johnny war schon immer leicht zu beeinflussen und für jeden Blödsinn zu haben. Bloß, das hilft jetzt auch nicht weiter. In den Augen des Gesetzes gilt er als erwachsen.«

»O Gott!«

»Was? Was ist?«

Mir ist gerade noch etwas eingefallen: meine Tante und mein Onkel. O Gott, was werden die nur denken?

»Meine Tante und mein Onkel!«, flüstere ich.

»Was ist mit ihnen?«

»Sie wissen es nicht!«

»Sie werden es noch früh genug mitbekommen. Nicht mehr lange, dann weiß es die ganze Welt.«

»Nein, sie wissen nichts von Johnny. Von mir und Johnny!«

»Das wissen sie nicht?«

»Nein, die haben keinen blassen Schimmer davon, dass ich mit ihm zusammen bin! Meine Tante meint, die Mahons seien Gesindel. Wegen ihres Onkels, glaube ich. Meine Tante hält nichts von Politik.«

Wir starren einander an.

»Deine Tante bringt dich um, wenn sie das herausfindet!«, stellt Mairead fest. Dann fügt sie hinzu: »Hey, aber vielleicht findet sie es ja auch gar nicht heraus! Wenn du wirklich nichts damit zu tun hast …«

»Natürlich nicht!«

»Na, dann wirst du ja gar nicht mit hineingezogen.«

»Aber Johnny! Ich muss Johnny sehen!«

»Das dürfte schwierig werden!«

»Ich muss aber! Ich muss zu ihm! Ich muss ihn fragen, ob das alles wahr ist. Vielleicht ist es nur ein Irrtum.«

Aber noch während ich das sage, weiß ich, dass es nicht so ist.

»Was soll ich nur tun, Mairead?«

»Ich weiß es auch nicht.«

Und dann ist es zu spät, um überhaupt noch irgendetwas zu tun.

Mein Onkel ruft mich nach unten.

»Saoirse!«, ruft er mit angespannter Stimme. »Die *Polizei* ist hier und möchte mit dir reden.«

Der Polizist steht mit meiner Tante und meinem Onkel in der Küche. Die beiden sind weiß wie die Wand. Als ich hereinkomme, starren sie mich einfach nur an.

»Mairead«, sagt mein Onkel, »du gehst jetzt besser nach Hause.«

Sie nickt mit weit aufgerissenen Augen. Dann streckt sie ihre Hand aus, nimmt meine, drückt sie fest und formt mit den Lippen die Worte »Mach's gut!«. Sie dreht sich um und verlässt durch die Tür, die mein Onkel ihr aufhält, das Haus.

Der Polizist erklärt, er sei ein Freund von Michael Deegan und inoffiziell hier. Wir setzen uns ins Wohnzimmer. Meine Tante lässt sich auf dem Rand des Sofas nieder, der Polizist auf dem guten Sessel, Onkel Brendans Sessel, und mein Onkel auf dem harten Stuhl in der Ecke. Ich sitze auf der Fußstütze der Couch, dem Halbkreis der Erwachsenen gegenüber, als ob ich vor Gericht stünde – und es trifft mich wie ein Schlag: So ist es ja wohl auch. O Gott!

»Du hast uns eine ganze Menge zu erklären«, fängt meine Tante an.

»Bernadette!«, murmelt mein Onkel.

Sie fährt ihn an: »Oh nein! Sag mir jetzt bloß nicht, ich soll mich nicht aufregen, Brendan! Das hier ist ernst!«

»Ich wusste nichts davon, ehrlich!«, platzt es aus mir heraus.

»Ich wusste gar nichts, absolut gar nichts!«

Der leer stehende Schuppen und die Männer, die herauskamen.

»Ich schwöre bei Gott, ich wusste nichts!«

Aber ich hätte es ahnen müssen. Es hätte mir doch wirklich auffallen müssen! Oder, sagt eine leise Stimme tief in mir, oder wolltest du es nur nicht wissen?

»Sie wussten also von gar nichts?«, fragt der Polizist. »Hatten Sie denn keinen Verdacht? Gab es keine Hinweise, kein auffälliges Benehmen, nichts dergleichen?«

Ich sehe ihn an und beiße mir auf die Zunge. Was würde es jetzt noch ändern, wenn ich etwas sage? Andererseits, mache ich mich strafbar, wenn ich schweige?

»Ich …«, fange ich an, aber mein Mund ist ausgetrocknet. Ich schlucke. »Ich …«

»Saoirse ist ein anständiges Mädchen«, wirft meine Tante ein und presst ihre Lippen fest aufeinander. »Zumindest …«, fügt sie stockend hinzu, »zumindest die Saoirse, die ich kenne.«

»Ist schon gut. Ich bin nicht davon ausgegangen, dass Saoirse hier in irgendetwas verwickelt ist. Wie ich schon sagte, dies ist kein dienstlicher Besuch: Ich wollte Sie nur vorab informieren, denn morgen wird es in allen Zeitungen stehen.« Er zögert. »Und ich wollte Ihnen sagen, passen Sie gut auf, in was für Gesellschaft Sie sich begeben, junge Dame. Ihr Name fiel auf der Wache, und wir haben Ihren Mr Mahon nach Ihnen gefragt, und wissen Sie, was er gesagt hat?«

Ich schüttle langsam den Kopf.

Was hat er gesagt? Was um Himmels willen hat Johnny gesagt?

»Er sagte – und es tut mir wirklich leid, dass ich Ihnen das mitteilen muss –, aber er sagte: ›Ich brauchte einen Vorwand, falls man mich in der Nähe von Dennehys Hof sehen würde. Und als Bonus kam noch hinzu, dass man doch nie im Leben die Tochter eines RUC-Mannes verdächtigen würde!‹«

Ich starre ihn mit offenem Mund an.

Johnny brauchte einen *Vorwand*? Und dass jeder wusste, dass ich die Tochter eines britischen Polizisten bin, war ein *Bonus*?

»Was?!«

»Es tut mir leid, Miss.«

Was hatte Bridget damals gesagt? »Warum will er ausgerechnet mit dir weggehen? Du hast doch noch nie zuvor mit ihm gesprochen, oder?«

Der Polizist erhebt sich und setzt seine Mütze wieder auf.

»Danke, dass Sie vorbeigekommen sind.« Mein Onkel steht ebenfalls auf.

»Keine Ursache«, sagt der Polizist. »Für Freunde von Michael doch immer.« Dann fügt er noch hinzu: »Sollten Sie irgendwelche Schwierigkeiten bekommen – das glaube ich zwar nicht, aber falls doch –, dann rufen Sie mich einfach auf der Wache an.«

»Das ist sehr liebenswürdig von Ihnen«, bedankt sich Tante Bernadette.

»Keine Ursache«, wiederholt der Polizist.

»Vielen Dank für Ihre Zeit und Mühe.«

Meine Tante weint. Ich habe sie noch nie zuvor weinen sehen. Sie steckt auch mich mit ihrem Weinen an. Ich dachte, sie würde wütend auf mich sein, aber das ist sie nicht, zumindest ist sie mehr traurig als wütend, und das ist schlimmer.

Mitternacht ist längst vorbei, bis wir alles besprochen haben, bis ich wieder und wieder alles zugegeben und erklärt habe:

dass Johnny mich nach der Schule nach Hause fuhr, dass wir ein paarmal im Kino waren und so, und dass ich ihnen nichts davon erzählen wollte, weil ich wusste, sie wären nie damit einverstanden, dass ich einen Freund habe, schon gar nicht einen von den Mahons. Dass sie von denen nichts hielt, hatte meine Tante ja klipp und klar gesagt. Jetzt kommt mir das alles so lächerlich vor.

Am Ende läuft es darauf hinaus, dass ich für den ganzen Sommer Hausarrest bekomme. Und ich könne von Glück reden, wenn es dabei bliebe, sagt mein Onkel. Der Schulball ist die einzige Ausnahme – und zuerst wollte meine Tante mir den auch verbieten, aber ich habe ja schon das Kleid und alles. Doch ich will überhaupt nicht mehr hin, jetzt, wo ich keinen Partner mehr habe, wo ich so … *gedemütigt* worden bin, denn sehr bald werden alle wissen, dass ich für Johnny nur ein nützlicher Vorwand war, dass er mich in Wirklichkeit gar nicht mochte. Ich weiß nicht, was schlimmer ist: dass ich es weiß oder dass es alle anderen wissen.

»Wer hätte sich das nur träumen lassen?«, murmelt meine Tante wieder und wieder. »Ich bin ein ganz normaler Mensch und versuche nur, ein ganz normales Leben zu führen …«

Und sie fügt hinzu: »Soll das denn nie ein Ende haben? Soll es immer so weitergehen?«

18

Schließlich ist der letzte Schultag gekommen: der Tag des Sommerballs. Wir haben schon ab Mittag schulfrei. Die anderen gehen zum Essen in einen Pub in Glenties und lassen sich danach ihre Haare und ihr Make-up machen, aber ich rede mich damit heraus, dass meine Tante mich zu Hause braucht. Das stimmt zwar nicht – sie weiß gar nicht, dass wir heute nur den halben Tag Schule haben –, aber ich muss allein sein. Die anderen fassen mich schon die ganze Zeit mit Samthandschuhen an, als hätte ich eine Behinderung. Und ich bringe jetzt einfach nicht die Kraft auf, mich an ihrem Gegacker über den Ball zu beteiligen.

»Ich mache dir heute Abend die Haare«, bietet Bridget an und nimmt meinen Arm. Sie ist besonders nett zu mir seit der Sache mit Johnny und Éamon. »Mit deinem Haar könnte man eine Menge anstellen, so lang wie es ist. Ich lasse mir was Tolles einfallen. Es wird fabelhaft aussehen, Sha!«

»Ja, und Aoifes Schwester kann dein Make-up übernehmen«, schaltet Mairead sich ein. »Stimmt's, Aoife?«

»Klar!« Aoife nickt enthusiastisch. Ihre Schwester macht eine Ausbildung zur Kosmetikerin.

»Es wird bestimmt ein toller Abend!«, sagt Mairead.

»Bestimmt«, antworte ich und versuche, dankbar zu klingen. Irgendwie bin ich auch dankbar dafür, dass sie alle so nett zu mir sind. Aber ich muss ständig daran denken, wie sehr Johnny mich zum Narren gehalten hat und wie enttäuscht meine Tante von mir ist. Ob sie es wohl bereut, dass sie mich damals bei sich aufgenommen hat? Bei diesem Gedanken verkrampft sich mir das Herz.

Ich möchte jetzt nicht heim nach Gweebarra Sands, aber ich weiß auch nicht, wo ich sonst hinsoll. Dann fällt mir ein, dass ich ja eigentlich heute Nachmittag tun könnte, was ich mir schon lange vorgenommen habe: dem Standesamt einen Besuch abstatten. Denn mich lässt das entgeisterte Lachen meines Vaters nicht mehr los, als ich ihn fragte, ob meine Mutter tot sei. »*Bist du verrückt?*«, hieß dieses Lachen. »Sie ist nicht tot, natürlich nicht«, drückte es aus. Und je länger ich darüber nachdenke, desto mehr bin ich davon überzeugt, dass mit seinem Tonfall etwas nicht stimmte. Es klang, als hätte er mir irgendetwas zu verheimlichen. Ich habe keine Ahnung, wie und wo Todesfälle registriert werden, aber ich denke, ich kann es einfach mal beim Standesamt versuchen. Wenn es keine Sterbeurkunde gibt, dann stehe ich auch nicht schlechter da als vorher, und wenn doch, dann habe ich wenigstens endlich *Gewissheit.*

Ich hatte geglaubt, ich würde den ganzen Nachmittag schwere, verstaubte Kirchenbücher oder Ähnliches wälzen müssen. Vor allem, da ich ja nicht einmal weiß, unter welchem Jahr ich suchen soll.

Aber es ist alles im Computer gespeichert, und ich muss nur den Nachnamen nennen, und die Einträge erscheinen in Sekundenschnelle auf dem Bildschirm. Es gibt viele O'Conors, und die Frau blättert die Liste durch, bis ich Deirdre O'Conor finde: meine Mutter.

»Da, das ist sie!«, sage ich. »Das ist sie … Das ist die Person, die ich suche.«

Nach wenigen Minuten habe ich auch Tante Bernadette gefunden, ihre Eltern, die Eltern meiner Mutter – meine Großeltern, fällt mir ganz plötzlich auf – und sogar deren Eltern. Es sind haufenweise O'Conors im Kirchenbuch von Gweebarra verzeichnet.

»Na, dann hätten wir Sie ja gefunden«, meint die Frau.

»Mich?«, frage ich. »Ich bin keine O'Conor. Ich meine, ich heiße nicht so. Aber ja, vielleicht doch …«

Ich weiß nicht so recht, was ich sagen soll.

»Ich kann Ihnen Kopien von den Urkunden ausdrucken«, bietet sie an. »Welche brauchen Sie denn genau?«

»Kann ich alle haben? Ich meine, alle von den O'Conors in Gweebarra aus … sagen wir … aus den letzten fünfzig Jahren?«

»Selbstverständlich. Dauert nur eine Minute.« Die Frau lächelt mich an. »Das ist heutzutage ein Kinderspiel, sehen Sie?«

»Stimmt«, staune ich. »Ich … ich habe nicht erwartet … ich meine, ich hätte nicht gedacht, dass es so leicht sein würde«, stottere ich, »… sie zu finden.«

»Nun, sieht so aus, als hätten Sie gefunden, wonach Sie suchen.«

»Ja«, sage ich und nicke wie ein Idiot. »Ja.«

Ich trete mit den Urkunden an einen Tisch beim Fenster und breite sie vor mir aus.

Die ersten zwei Blätter sind Sterbeurkunden.

Der Vater meiner Mutter, Seamus O'Conor, starb im Dezember 1977, Todesursache: Schlaganfall.

Die Mutter meiner Mutter, Cathleen O'Conor, starb nur wenige Wochen später, im Februar 1978, Todesursache: Herzversagen.

Da war ich gerade sechs. Sechseinhalb. Ich versuche, mich zurückzuerinnern an diese Zeit: Es muss um Weihnachten gewesen sein. Ich probiere mir vorzustellen, was ich gerade getan haben könnte, was meine Mutter getan haben könnte, als ihre Eltern, meine Großeltern, die ich nicht gekannt habe, starben. Aber ich kann mich an nichts erinnern. Mama sprach nie über ihre Familie oder Herkunft. Ich hörte zum ersten Mal von Gweebarra Bay, als wir schon auf dem Weg hierher waren. Ich weiß noch, dass ich ihr tausend Fragen stellte über meine neue Tante und meinen neuen Onkel, bis meine Mutter die Geduld verlor und mich anfuhr: »Ich war für sie jahrelang gestorben!« Es ist merkwürdig, an was für Kleinigkeiten man sich erinnert! Daran kann ich mich erinnern, weil ich noch weiß, dass ich es witzig fand, dass sie Mama für tot gehalten hatten, und dann kam sie plötzlich quicklebendig auf Besuch. Dann fällt mir plötzlich ein: Wusste meine Mutter überhaupt, dass ihre Eltern gestorben waren? Wenn sie es gewusst hätte, dann wäre sie doch sicher zur Beerdigung gefahren! Und ich kann mich nicht erinnern, dass sie je weggefahren wäre. Und einmal habe ich zufällig meine Tante sagen hören, bis sie aus heiterem Himmel den Anruf bekam, dass meine Mutter und ich auf dem Weg nach Gweebarra Bay seien, habe sie nicht einmal gewusst, dass es mich gäbe. Das ist ein seltsames Gefühl, als wäre ich gar nicht wirklich da. Ein Prickeln läuft mir den Rücken hinab. Ich schüttle es ab und nehme das nächste Blatt von meinem kleinen Stapel. Das dritte Blatt ist die Geburtsurkunde meiner Tante: Bernadette Cathleen O'Conor, geboren 1937. Dann kommen zwei weitere Geburtsurkunden und zwei Sterbeurkunden: von einem Jungen, Seamus Patrick, geboren 1939, und einem Mädchen, Mary Patricia, geboren 1943. Beide starben, als sie noch nicht einmal ein Jahr alt waren, die Todesursache lautet beide Male: plötzlich und unerwartet.

Meine Tante hat nie erwähnt, dass sie einen kleinen Bruder und eine kleine Schwester hatte, die starben. Beim ersten Mal war sie zwei, beim zweiten Mal sechs. Mein Gott!

Es gibt keine Sterbeurkunde für meine Mutter. Das letzte Blatt ist ihre Geburtsurkunde: Deirdre Mary O'Conor, geboren im Mai 1951. Mai 1951, das heißt etwas mehr als sieben Jahre nach dem Tod der kleinen Mary Patricia. Mir fällt auf: Sie muss sehr, sehr jung gewesen sein, als sie meinen Vater heiratete. Und dann fällt mir noch etwas anderes auf.

Zuerst drehe ich die Zahlen in meinem Kopf herum, dann rechne ich noch einmal auf einem Blatt Papier nach, um sicherzugehen. Kein Wunder, dass meinem Vater meine Fragen so unangenehm waren! Es ist so verdammt offensichtlich! Warum habe ich das nicht schon damals bemerkt?

Meine Mutter wurde 1951 geboren; das heißt, sie war gerade mal siebzehn, als sie meinen Vater bei den Bürgerrechtsmärschen im August 1968 kennenlernte. Nicht viel älter als ich jetzt. Er sagte, sie war jung, aber ich hatte keine Ahnung, dass sie so jung war. Und Ostern 1971 heirateten sie. Ich wurde Ende August desselben Jahres geboren, weniger als fünf Monate später.

Das war es also! Ich muss also im Dezember 1970 ... gezeugt worden sein. Und Ostern, als meine Mutter, noch keine zwanzig, ihre Familie verließ und nach Belfast kam, da war sie mit mir schon gut im fünften Monat schwanger! Daran hatte ich nie gedacht. Ich hatte es nicht einmal geahnt: Ich war ihr Unfall! Ihre Schande! Ich war der Grund, weshalb sie überhaupt von zu Hause wegmusste.

Ich sitze immer noch am Tisch, als die Frau herüberkommt und fragt, ob sie noch etwas für mich tun kann.

»Nein«, antworte ich hohl. »Nein, danke.«

Sie sagt, es täte ihr leid, aber in fünf Minuten würde geschlossen.

»Schon in Ordnung«, erwidere ich. Mehr brauche ich nicht zu wissen.

»Arbeiten Sie an einem Projekt für den Geschichtsunterricht?«

»Ja, so was Ähnliches.«

»Wir haben Samstag bis Mittag geöffnet, wenn Sie morgen noch einmal herkommen möchten.«

»Nein, danke«, erwidere ich. »Ich habe alles gefunden.«

Ich sammle die Blätter ein, lege sie vorsichtig zusammen und verstaue sie in meiner Tasche.

Als ich nach Gweebarra Sands zurückkomme, hängt Tante Bernadette im Garten gerade Wäsche auf. Sie steht mit dem Rücken zu mir. Ich gehe ein paar Schritte über das Gras und bleibe dann stehen. Einige Torfblöcke sind vom Stapel heruntergefallen. Ich hebe sie auf und lege sie wieder an ihren Platz zurück. Dann sage ich: »Tante Bernadette?«

Bernadette Cathleen, geborene O'Conor, Jahrgang 1937, fährt erschrocken herum.

»Oh!«, stößt sie hervor. »Du hast mir aber einen Schrecken eingejagt!« Sie wendet sich wieder ihrer Wäsche zu. »Hilfst du mir mal, Schatz?«

Ich rühre mich nicht vom Fleck.

»Du kommst spät«, meint sie. »Wo hast du dich denn herumgetrieben?«

»Tante«, fange ich wieder an.

»Ja, Schatz«, sagt sie abwesend. Sie steckt ein paar Wäscheklammern in den Mund und kämpft mit dem Hemd, das ihr immer wieder ins Gesicht klatscht.

»Ich habe das mit meiner Mutter herausgefunden.«

»Wie bitte?«, fragt sie durch die Klammern in ihrem Mund.

»Ich sagte, ich habe das mit meiner Mutter herausgefunden.«

Sie dreht sich langsam zu mir um und hält das Bündel nasser Wäsche fest umklammert vor ihrer Brust.

»Du hast was?«

»Ich habe es herausgefunden«, wiederhole ich noch einmal.

Sie öffnet wie in Zeitlupe ihre Arme, und die Wäsche fällt zu Boden.

»O Saoirse! Lieber Gott, Saoirse! Wie hast du nur …«

»Warum habt ihr es mir nicht erzählt?«

»Ach, *céadsearc*, ich …«

Wir starren einander an.

»Warum habt ihr es mir nicht erzählt«, wiederhole ich mit belegter Stimme. Dann sage ich: »Es war also alles meine Schuld?«

Sie macht einen Schritt auf mich zu, über die Kleider, die im Schmutz liegen, und bleibt dann wieder stehen.

»Aber Saoirse«, stöhnt sie.

»Ihr habt es mir verheimlicht. Jahrelang habt ihr es mir verheimlicht!«

»Saoirse … Lass mich es dir doch erklären!«

Und dann erklärt sie es mir.

Mein Onkel kommt schließlich zum Strand hinunter, um nach mir zu suchen. Ich weiß nicht, wie lange ich schon dort stehe, aufs Meer hinausblicke und mir vom Wind die Haare zerzausen und die Tränen aus den Augen wehen lasse. Ich denke immer nur daran, wie ich damals, als meine Mutter verschwand, tagelang an diesem Strand saß. Er besteht nur aus einem schmalen, flachen Sandstreifen, ungefähr einen Kilometer lang, mit vorspringenden Felsen auf beiden Seiten und ungeschützt dem unendlichen Atlantik preisgegeben. Niemand kommt je an diesen Strand. Wegen der Felsen kann man hier nicht surfen, und es gibt viel schönere, größere Strände weiter südlich, am anderen Ende der Stadt. Dort kann man gefahrlos schwimmen und windgeschützt sitzen. Aber ich habe die Einsamkeit meines Strandes immer geliebt. Ich liebte es, bei starkem Wind, so schnell ich konnte, aufs Meer zuzurennen, und der Wind stemmte sich mir entgegen und hob mich fast in die Luft – es war wie Fliegen.

Mein Onkel legt mir eine Hand auf die Schulter, ohne etwas zu sagen. Wir stehen Seite an Seite und blicken aufs Meer hinaus. Es ist Ebbe, das Wasser ist zurückgewichen. Jenseits der weißen Schaumkronen ist das Meer grau und unruhig, und wenn das schwache Sonnenlicht durch die dünne Wolkenschicht bricht, glitzert es silbrig auf.

Nach einer Weile bemerkt er: »Du zitterst ja! Sollen wir nicht hineingehen?«

Ich weiß es nicht. Ich weiß nicht, was ich tun soll. Ich hatte gar nicht gemerkt, dass ich fror.

»Deine Tante liebt dich über alles«, sagt er. Und dann: »Wir wollten dir nie weh tun.«

Ich starre ihn ausdruckslos an.

»Sollen wir hineingehen?«, fragt er wieder, und ich nicke stumm.

»Heute Abend wäre dein Ball, nicht wahr?«

»Da kann ich jetzt nicht hin«, flüstere ich.

»Nein«, sagt er. »Klar.«

Und dann: »Es tut mir so leid, Schatz.«

Er nimmt sanft meinen Arm, und wir gehen zusammen den Strand hinauf, zurück zum Haus.

»Wann kann ich hin?«, frage ich. »Wann kann ich sie besuchen?«

Tante Bernadette schaut mich an, dann sieht sie weg.

»Ich rufe mal an.«

»Wann kann ich hin?«

Sie vergräbt das Gesicht in den Händen.

»Bitte, Saoirse, Schatz, habe ein bisschen …«

»Nein«, unterbreche ich sie. »Nein!«

»Vielleicht am Sonntag«, sagt sie, ohne aufzusehen.

»Diesen Sonntag!«

»Diesen Sonntag.«

»Du rufst am besten gleich an.«

Dann drehe ich mich um und gehe weg.

In der Nacht davor schlafe ich nicht. Die ganze Nacht über liege ich da und lasse mich treiben … Ich treibe wie mit einer Geschwindigkeit von hundert Stundenkilometern dahin und finde beim besten Willen keinen Schlaf.

Ich habe ständig eine Erinnerung in meinem Kopf, von der ich bis vor Kurzem gar nicht wusste, dass sie noch existiert. Die an einen Sommertag. Und in meiner Erinnerung ist es ein heißer Tag – ich muss sie mir also ausgedacht haben, denn jeder weiß, dass es in Belfast immer regnet und dass es dort nie heiß ist. Aber in dieser ausgedachten Erinnerung ist es heiß, brütend heiß sogar, und Mama liegt irgendwo draußen, erzählt Daisy und mir Geschichten und knüpft uns Halsketten aus Gänseblümchen. Ich wühle in meinem Gedächtnis nach weiteren Einzelheiten, denn was ich vor mir sehe, ist nur eine Momentaufnahme. Aber in den langen unwirklichen Momenten kurz vor dem Morgengrauen, während ich verzweifelt versuche, diese Erinnerung zu beleben, geht sie in einen Albtraum über. Mir ist plötzlich am ganzen Körper kalt, und aus dem Augenwinkel sehe ich deutlich die langen, spindeldürren Gespensterkrallen … wie sie sich öffnen und strecken und nach meinen Knöcheln greifen. Sie wollen mich packen und unter die Erde hinabzerren, durch die Baumwurzeln hindurch, hinab ins Totenreich.

Mit einem Ruck schieße ich hoch: Meine Füße haben sich im Bettlaken verheddert. Ich strample mich frei und lege mich wieder hin. Und auch wenn ich mir dabei albern vorkomme, kreuze ich doch die Hände über der Brust und liege nun da wie eine von den alten Heiligen, so wie Tante Bernadette es mir beibrachte, als ich hierherkam, damit ich bereit wäre, falls Jesus und die Engel mich in der Nacht zu sich riefen.

Als endlich der Morgen anbricht und das erste blasse Licht durch das Dachfenster hereinsickert, fühle ich mich vor lauter Müdigkeit wie durchsichtig. Ich wanke zu meinem kleinen Waschbecken hinüber, halte die Hände unter den Hahn und spritze mir das kalte Wasser ins Gesicht, bis meine Haut so gespannt ist, dass ich meine, sie platze gleich, und ich nach Luft ringe. Aber ich stehe trotzdem noch immer neben mir.

Es war alles meine Schuld. Dass Daisy starb. Und dass Mama dann wegging. Dieses Wissen habe ich stets mit mir herumgetragen, wie einen glatten, kalten Stein in der Brust, der mich nicht richtig atmen ließ. Und jetzt habe ich noch erfahren, dass es auch meine Schuld war, dass Mama überhaupt ihre Familie und ihr Zuhause verlassen musste, weil sie mit mir schwanger war. Dass Mama wegmusste, dass Daisy starb, und dass Mama zum zweiten Mal wegging: Das alles ist nur meine Schuld.

19

Das Haus heißt La Retraite. Es ist ein wenig von der Straße zurückgesetzt und von einer hohen Mauer aus regelmäßigen, rostroten Ziegelsteinen umgeben. Mein Onkel lässt mich aussteigen, wendet am Ende der Straße und fährt wieder. Ich sehe ihm noch nach, bis das Auto verschwunden ist, und steige dann zum Tor hinauf. Es ist aus glattem Eisen und fasst sich kühl an (und Eisen hält die Elfen fern, sagt eine Stimme in meinem Kopf). Ich drücke die geschwungene Klinke nach unten, lehne mich gegen die Stangen, und langsam öffnet sich das schwere Tor. Das Haus ist aus grauem Stein, vier Stockwerke hoch und auf einem kleinen Hügel errichtet. Eine Treppe führt zur Eingangstür hinauf; das Vordach ruht auf sechs schlanken Säulen, und auf beiden Seiten ist je ein riesiges Erkerfenster, in dem sich hohl die Nachmittagssonne spiegelt. Wie zwei große, blinde Augen, denke ich schaudernd. Dann sage ich zu mir selbst: Jetzt reiß dich zusammen, Saoirse! Du bist nicht in einer Elfengeschichte! Und als ich dann noch einmal hinschaue, sehen die Fenster einfach nur wie Fenster aus. Das muss einmal ein richtig prunkvolles Haus gewesen sein, das Haus einer reichen, mächtigen Familie. Ich fange an die Fenster zu zählen, dann – ich bin schon bei über zwanzig – breche ich verwirrt ab: Ich kann mich verschwommen daran erinnern, dass ich schon einmal die Fenster eines anderen großen Hauses auf einem anderen Hügel gezählt habe. Ich schüttle den Kopf, um diesen Tagtraum zu vertreiben. Jetzt komm schon, sage ich mir, deine Fantasie geht mit dir durch! »Reiß dich zusammen!«, wiederhole ich, diesmal laut, aber meine Stimme klingt dünn und kraftlos. Noch immer habe ich das Tor in der Hand: Ich lasse los, und es fällt klirrend hinter mir ins Schloss. Alles ist still. Groß, rechteckig und massiv thront das Gebäude über den abschüssigen Rasenflächen, dem geharkten Weg und den gepflegten Blumenrabatten. Die Krempe meines neuen Samthutes klappt mir ständig vor die

Augen. Scheißhut! Ich ziehe ihn vom Kopf und stopfe ihn in meine Tasche. Dann streiche ich die Falten meines Rocks gerade. Der wollene Bund kratzt, aber wenn ich sehe, wie picobello hier alles ist, bin ich doch froh, dass ich statt Jeans oder Leggings mit Turnschuhen den Rock angezogen habe. Tante Bernadette hatte schon recht. Ich stelze in meinen ungewohnten Pumps die Auffahrt hinauf. Jeder knirschende Schritt durch den staubigen Kies macht die Spitzen meiner Lackschuhe, die Onkel Brendan mir noch so sorgfältig poliert hat, stumpfer. Ich klappere die niedrigen Steinstufen hinauf und drücke auf den großen Klingelknopf aus Messing. Von außen ist die Türglocke nur gedämpft zu hören. Meine feuchten Handflächen wische ich hinten am Rock ab. Niemand kommt. Gerade als ich meine Hand hebe, um noch einmal zu klingeln, öffnet sich plötzlich die Tür nach innen, und eine lächelnde Nonne erscheint.

»Guten Tag, mein Kind, Sie sind …«

»Ich bin Saoirse Pentland«, antworte ich fast gleichzeitig, »das heißt, Saoirse O'Conor Pentland. Ich bin gekommen, um …«, meine Stimme klingt hell wie die eines kleinen Mädchens, »ich bin gekommen, um meine …«

»Natürlich.« Sie lächelt. »Sie möchten Deirdre besuchen.«

»Ja«, bestätige ich. »Deirdre. Ich möchte Deirdre O'Conor besuchen … Pentland. Deirdre.«

»Ich bin Schwester Maria Aloysius«, stellt sie sich vor.

»Angenehm, Schwester«, murmle ich. Meine Zunge ist viel zu groß für meinen Mund. Sie fühlt sich trocken und geschwollen an.

»Kommen Sie doch herein.« Sie tritt einen Schritt zurück und macht die Tür weiter auf.

Ich trete über die Schwelle.

»Dies hier ist der Empfangsbereich«, sagt sie und deutet anmutig um sich. »Wenn Sie nur für einen kleinen Moment Platz nehmen wollen? Das Mittagessen ist gleich zu Ende.«

»Das Mittagessen … oh ja, natürlich«, antworte ich töricht, als ob ich das hätte wissen müssen.

»Nehmen Sie Platz«, bittet sie noch einmal und weist auf ein rotes Samtsofa unter einem der Erkerfenster. Dann dreht sie sich um und geht, aber an der Flügeltür bleibt sie stehen, wendet sich wieder um, macht einen Schritt auf mich zu und beginnt langsam: »Deirdre … Ihre Mutter …«

Sie bricht ab und macht eine kurze Pause.

»Deirdre hat im Leben viel mitgemacht, Sie verstehen … Vielleicht möchte sie an manche Dinge nicht erinnert werden.« Wenn sie spricht, hat man den Eindruck, als würde sie jedes einzelne Wort sorgfältig abwägen. »Viele der Frauen bei uns haben ein schlimmes Trauma erlebt und finden in der friedlichen Atmosphäre hier ein gewisses Maß an Erlösung. Das verstehen Sie doch?«

»Ja ja«, nicke ich. Ich nicke selbst dann noch, als sie sich schon wieder zum Gehen gewandt hat.

Erlösung?

Ich stehe eine Minute lang da und starre auf eine Blumenvase auf dem kleinen, runden Tisch neben der Tür. Sie nimmt exakt die Mitte des Tisches ein, und die Blumen sind aufs Sorgfältigste gruppiert, peinlich genau ausgerichtet zwischen langen, grünen, hängenden Farnwedeln. Ich blicke starr auf dieses perfekte Arrangement. Plötzlich verspüre ich das Verlangen, an einer zu zupfen oder die Vase ein kleines Stück zu verschieben. Reiß dich zusammen!, ermahne ich mich, schon zum dritten Mal heute, grabe die Fingernägel in meine Handballen und sehe mich um. Die Wände sind mit walnussbraun eingelassenem Holz verkleidet, und in reich verzierten Goldrahmen hängen Stillleben mit Obstschalen. Trotz der zwei großen Fenster wirkt der Raum düster. Die dunklen Wände schlucken das gesamte Licht. Zitternd setze ich mich auf das Sofa. Es hängt in der Mitte durch. Ich rutsche weiter vor und lasse mich vorsichtig auf dem Rand nieder. An manchen Stellen ist der Stoff abgewetzt, und auf den Lehnen sind abgeriebene, blanke Flächen. Der Raum riecht leicht nach Politur und Staub, dazu kommt noch ein Hauch von Kantinenessen, so etwas wie der blasse Geruch von gekochtem Fisch. Ich drehe mich um und blicke aus dem Fenster hinter mir. Zur Linken liegt ein Tal, und durch die Bäume hindurch kann man einen Bach erkennen, der in kleinen, schäumenden Wasserfällen abwärtshüpft. Zur Rechten, gegen Westen, sieht man die dunstigen Umrisse des Blue-Stack-Gebirges als kleine Kleckse am Horizont.

»Saoirse?«

Ich fahre herum und verliere fast das Gleichgewicht. Es ist Schwester Maria Aloysius. Allein.

»Deirdre kommt gleich herunter. Möchten Sie vielleicht eine Tasse Tee und ein paar Kekse?«

»Nein, danke!«, quäke ich.

»Na, dann will ich mich ein bisschen zu Ihnen setzen und Ihnen beim Warten von der Geschichte dieses Hauses erzählen.«

Sie zieht einen hölzernen Stuhl mit hoher Lehne an das Sofa heran, nimmt Platz und faltet die Hände fein säuberlich im Schoß. Ich rutsche ein wenig hin und her, um aufrecht auf dem Sofa zu sitzen, und es quietscht laut.

Sie lächelt mich an. Meine Wangen glühen. Ich versuche, damenhaft zu wirken, und lächle zurück.

»Das Haus ist nach Süden ausgerichtet«, erzählt sie mir, »um die Nachmittagssonne bestmöglich zu nutzen. Wurde es doch zu einer Zeit erbaut, als man bei schönem Wetter gerne einen Tisch mit Tee, Butterbroten und Kuchen die Stufen zum Garten hinuntertrug, sodass die Damen sich unter freiem Himmel unterhalten konnten, während die Kinder und die Hunde – es gab hier nämlich irische Wolfshunde von so edler Rasse, dass man ihre Geschwister und Nachkommen in ganz Donegal wiedererkannte – auf dem Rasen tollten. Damals hieß das Haus, das hier am Ort nur das Große Haus genannt wurde, Mount Fitzpatrick, nach der Familie, die hier viele Generationen lebte, schon seit dem achtzehnten Jahrhundert, als die Protestanten ihre Siedlungsgebiete ausdehnten. Dass dieser protestantische Herrensitz nunmehr von katholischen Nonnen übernommen worden ist«, sagt sie mit würdig geschürzter Oberlippe, »das machen sich heute nur wenige bewusst. Vielleicht nur diejenigen, die sich noch an die Schießereien und den großen Brand in den Zwanzigern erinnern können, als der größte Teil des Ostflügels und die historischen Stallungen ein Raub der Flammen wurden und die Familie Fitzpatrick nach England floh – auch wer damals jung war, steht inzwischen mindestens in den Siebzigern oder Achtzigern, und diese Menschen haben in jenen langen Stunden, wenn sich die Erinnerungen einstellen, gewiss genug über ihr eigenes Leben nachzudenken.«

Ihre Stimme fließt wie Wasser. Sie spricht in einem fort, ruhig und ohne Eile, neigt ihren Kopf zur Seite und lächelt mich freundlich an. Ich höre zu, nicke und bemühe mich, in jedem Augenblick höfliches Interesse zu bekunden. Dann bricht sie ab und steht auf, und ich ebenfalls: Eine andere Nonne, jünger und etwas mollig, hat den Raum betreten, und hinter ihr, ja, das muss sie sein … hinter ihr steht meine Mutter.

Sie macht einen Schritt nach vorne. Die Türflügel schwingen hinter ihr zusammen und zittern noch ein wenig nach.

»*Saoirse*«, wispert sie, und es klingt wie ein Seufzer. Dann sagt sie es wieder, diesmal schärfer: »*Ssiir*-sche.«

Ich will etwas erwidern, aber meine Kehle ist wie zugeschnürt.

»Nun«, meint Schwester Maria Aloysius, »da ist sie.«

»Saoirse«, sagt sie wieder, und dann: »Ich bin's.«

Sie ist schmal und geht leicht gebeugt. Ihre Haare sind kurz; durch den kunstlos geschnittenen Pagenkopf ziehen sich graue

Strähnen. Sie ist nicht geschminkt und hat einen braunen, knielangen Rock an, dazu eine weite, marineblaue Strickjacke über einer beigen Bluse. In ihrer Hand hält sie einen grellpink gefärbten Leinenbeutel mit einem Muster aus orangefarbenen Spiralen. Ich kann meine Augen kaum von dieser psychedelischen Tasche abwenden.

»Wollen Sie Ihre Mutter nicht begrüßen?«, fragt Schwester Maria Aloysius.

Meine Mutter. Meine Mutter, die all die Jahre weniger als zwei Stunden von mir entfernt gelebt hat. Meine Mutter, die »*Probleme* hatte«. Meine Mutter, die irgendeinen Zusammenbruch erlitt und eines Abends verschwand und dann von Manus Dennehy gefunden wurde, wie sie barfuß und halb nackt über die Felder an der Bucht lief. Die dann ins Auto gesteckt und ins Krankenhaus gebracht und später hierher geschickt wurde, nach La Retraite. An diesen Ort, den sie seitdem nie mehr verlassen hat.

Mir wird bewusst, dass ich mit offenem Mund dastehe – als ob ich Fliegen fangen wollte, wie meine Tante sagen würde. Ich klappe den Mund zu. Die Schwester berührt mich sanft am Ellbogen, wie um mich vorwärtszuschieben. Ich schwanke leicht.

Ich räuspere mich.

»Hallo, Mutter«, höre ich mich sagen.

»Hallo.«

Weil mir die Riemen in die Schultern schneiden, rücke ich meine Tasche zurecht. Dann denke ich wieder daran, dass ich mich gerade halten und die Schultern nicht hängen lassen soll.

Noch einmal räuspere ich mich.

Dann sagt die andere Nonne, die, die meine Mutter hereinbegleitet hat: »Draußen ist wunderschönes Wetter. Deirdre, warum gehen Sie mit Saoirse nicht ein wenig im Obstgarten spazieren und suchen sich ein schönes, ruhiges Plätzchen, um sich zu unterhalten?«

»Ja, das ist eine gute Idee«, stimmt Schwester Maria Aloysius zu, und ohne eine Antwort abzuwarten, rauscht sie über den gebohnerten Boden zur Tür. Wie in der Schule laufen wir in Zweierreihen – vorne die mollige Nonne, die meine Mutter führt, Schwester Maria Aloysius und ich hinterher – einen holzgetäfelten Korridor mit blassgelbem Linoleumboden entlang, durch eine weitere Flügeltür, in eine Halle mit hoher Decke und einem ausladenden Portal, durch eine andere Tür wieder hinaus in einen großen Aufenthaltsraum mit Holzstühlen, Sesseln, Tischen, Bücherregalen und einem einsamen Fernseher, in dem eine Quizsendung für die ganze Familie läuft. Der Teppich in diesem Raum ist braun, die Wände in blassem Orange gehalten. Glastüren öffnen sich auf einen weitläufigen Park, in dem knorrige Apfelbäume stehen und ein paar verstreute Bänke. Wir halten auf der breiten Stufe vor den Fenstern inne.

»Da wären wir«, stellt Schwester Maria Aloysius fest.

Sie und die mollige Nonne lächeln mich und meine Mutter an.

»Hier verbringen wir bei schönem Wetter gerne den Nachmittag«, betont die Mollige, hebt eine Hand und entfaltet ihre Finger zum Garten hin. »Wir lieben die frische Luft und das Sonnenlicht, nicht wahr, Deirdre?«

Die anderen Insassinnen – Mein Gott, ich kann doch nicht »*Insassen*« zu ihnen sagen! Aber wie dann? »Patientinnen«, »Mitglieder«? Dann entdecke ich ein Schild an der Wand: »Aufenthaltsraum, nur für Bewohner«. Also »Bewohner« ... – die anderen *Bewohner* spazieren in Zweier- oder Dreiergruppen auf dem Rasen umher, graben in Blumenbeeten, oder sitzen da und lesen oder nähen.

»Wir haben ein schönes Leben hier, ganz ungestört«, betont Schwester Maria Aloysius.

»Ja«, sage ich.

Dann fährt sie innig fort: »Wir lassen Sie beide jetzt allein. Sie können mit Saoirse um den See herumgehen, Deirdre. Sie möchte sicher gerne die Schwäne sehen. Und zum Tee sind Sie rechtzeitig wieder da, nicht wahr?«

»Oh ja, Schwester«, antwortet meine Mutter und hört sich doch tatsächlich an wie ich oder Mairead oder Bridget, wenn wir Schwester Bonaventura versichern, dass wir bis zur nächsten Stunde unsere irischen Vokabeln gelernt haben.

»Na, dann laufen Sie mal los, einen schönen Nachmittag!«

Schweigend spazieren wir durch den Park und setzen uns ganz weit hinten auf eine runde Bank, die um einen Baum herumgebaut ist.

»Du hast dich ganz schön gemacht«, beginnt meine Mutter ohne Einleitung.

»Findest du?«

»Ja, wirklich. Du siehst gut aus. Bernadette hat mir ab und zu Fotos gezeigt, aber in Wirklichkeit siehst du viel besser aus als auf den Bildern.«

»Sie hat dir … Fotos gezeigt?«

»Ja.«

»Von mir?«

»Ich habe dich nie vergessen, weißt du …« Sie bricht ab. »Flott. Richtig flott siehst du aus.«

Wir blicken beide auf meinen Faltenrock und meine Lackschuhe.

»Lass mich dich einmal richtig anschauen«, sagt sie plötzlich. »Setz dich gerade hin.«

Sie streckt einen Finger aus und berührt leicht das Goldkreuz an meinem Hals. »Siehst du …«, und es ist, als spräche sie nicht zu mir, sondern jemand anderem. »Siehst du, es war doch richtig. Ich hatte schon recht.«

Ich kann sie nicht mehr ansehen, aber ich spüre, wie sie mich ansieht. Als wollte sie mich um etwas bitten.

»Ich wusste, dass Belfast nicht der richtige Ort für ein kleines Mädchen ist. Ich hatte doch recht, oder? Hatte ich nicht recht?«

Ich kann nicht sprechen.

»Wie alt bist du jetzt?«, fragt sie.

»Sechzehn«, antworte ich. Dann noch: »Fast siebzehn.«

»Ja«, murmelt sie. »So alt musst du wohl sein.«

»Ja«, bestätige ich, albernerweise.

Dann sagt sie: »Du siehst gar nicht so aus, wie ich es mir vorgestellt habe.«

»Nicht?«

»Nein.«

Ich warte darauf, dass sie mir das erklärt, aber sie wendet sich ab, also frage ich nach: »Und wie hast du dir mich dann vorgestellt?«

»Anders.«

»Wie anders?«

»Einfach anders. Du siehst erwachsen aus, das ist es. Ich hatte dich nicht als Erwachsene vor Augen.«

Erwachsen? Sehe ich wirklich erwachsen aus?

»Ich muss aber noch ein Jahr zur Schule gehen«, widerspreche ich.

»Und was willst du nach der Schule machen?«

»Ich weiß nicht. Vielleicht studiere ich Geschichte.«

»Geschichte?«

»Am University College Dublin. Oder vielleicht am Trinity College, wenn meine Noten gut genug sind.«

»Trinity?«

»Ja. In Dublin, weißt du.«

»Ja.« Sie nickt ein- oder zweimal langsam. »Geschichte«, murmelt sie.

»Ja. Vielleicht. Aber ich weiß es noch nicht genau. Die Vergangenheit und so, verstehst du.«

»Ja, da hast du ja einiges zu studieren.«

Ich weiß nicht, was ich darauf erwidern soll.

»Da hast du ja einiges zu studieren«, wiederholt sie noch einmal.

»Stimmt«, bestätige ich matt.

Sie schweigt, und mir schießt es durch den Kopf: Das ist sie, das ist meine Chance!

»Wo wir gerade von der Vergangenheit sprechen«, sage ich, aber bei diesen Worten zucke ich selber zusammen. Ich versuche es anders: »Es gibt ein paar Dinge, die ich dich gerne fragen würde. Über die Vergangenheit.«

Meine Mutter dreht sich jäh um und sieht mich aus schmalen Augen an.

»Es hilft nichts, die Vergangenheit ans Licht zu zerren«, versetzt sie. »Was vorbei ist, ist vorbei!«

»Ich weiß, aber es gibt einfach noch ein paar Sachen, die ich … die ich …«, stottere ich und breche ab.

Meine Mutter steht auf und verschränkt die Arme vor der Brust. Sie presst ihre Lippen fest aufeinander. Mir fällt das zarte Muster der Fältchen auf, das über ihre Wangen läuft und sich wie ein Netz um ihren Mund zieht.

»Du musst dein eigenes Leben leben«, presst sie ein wenig ruhiger hervor. »Lebe dein eigenes Leben und denk nicht an das, was aus und vorbei ist.«

Sie dreht mir den Rücken zu. Ich stehe ebenfalls auf.

»Das kann ich aber nicht«, spreche ich zu ihrem Rücken. »Ich kann das einfach nicht!«

Sie zuckt nur kurz mit den Schultern.

»Du musst«, erwidert sie immer noch mit dem Rücken zu mir, wieder ganz kühl.

Ich schließe die Augen: Meine Mutter, wie sie mit leuchtenden Augen meinen Vater anlachte, wenn er sang »Von ihr träumt unsre ganze Stadt«. Meine Mutter, wie sie auf der

Decke im Garten lag und mit dem Daumennagel die Stängel von Gänseblümchen spaltete. Die ohrenbetäubende Explosion einer Autobombe am Ende unserer Straße, das Auflodern der Flammen, die man vom Fenster unseres Zimmers aus sah, und meine Mutter, wie sie dort stand, uns übers Haar strich und beschwichtigte: »Psst jetzt, es ist alles gut, euch kann nichts passieren, solange eure Mama bei euch ist. Eure Mama lässt nicht zu, dass euch etwas passiert.« Mama, die mir einen seitlichen Pferdeschwanz machte, damit ich das Haarband sehen konnte. Mama, die mir zeigte, wie man die Ballerinaspieldose aufzieht. Mama, die mich zum Kuscheln in ihr Bett kommen ließ, wenn Papa Nachtdienst hatte. Wie wir auf dem Weg zum Avoniel-Sportzentrum an dem Wandgemälde von König Billy auf seinem Schimmel vorbeikamen und fragten, warum wir nicht auch so ein Bild an unserem Haus haben können, und wie Mama sagte: »Ach, das werdet ihr verstehen, wenn ihr ein bisschen älter seid.« Ich fragte: »Aber warum denn nicht, Mama?« Und Mama drückte meine Hand und sagte: »Shasha, vielleicht schaffst du es heute schon, ohne Schwimmflügel zu schwimmen, was glaubst du?« Da hatte ich die Bilder auf den Hauswänden schon wieder vergessen und sprang voraus, um schneller zum Schwimmbad zu kommen. Wie Mama uns von Cúchulainn vorlas und erzählte, dass Fand die schönste Frau auf Erden war, und ich musste innerlich lachen, weil ich doch genau wusste, dass meine Mama noch viel schöner war als Fand, denn das sagte doch mein Papa. Und dann … und dann Mama, wie sie in dem kleinen Gästezimmer auf dem Bett lag und mit leeren Augen vor sich hin starrte. Mama barfuß in ihrem Nachthemd von C & A am Ende der Straße, wie sie weinte und sich wand und auf Onkel Brendan einschlug, der sie schließlich am Arm packte und sie im Schultergriff in die Küche von Gweebarra Sands zurückbrachte. Und wie meine Tante mich anschrie, ich solle wieder ins Bett gehen, und was ich so spät noch da unten zu suchen hätte. Das Knallen von Autotüren mitten in der Nacht, das Knirschen und Scharren auf dem Kies der Einfahrt, die Schritte auf dem Gang, das Auf, Zu und Auf der Gästezimmertür, der Luftzug und das plötzliche Klirren und Krachen, und ich viel zu verängstigt, um die Augen zu öffnen. Wie am nächsten Tag fünf der Muscheln vom Fensterbrett zerbrochen auf dem Boden lagen, weil jemand sie in der Eile und Aufregung heruntergewischt hatte. Wie dann ... Mamas ganze Kleider weg waren und einer der Koffer, und auch die Ballerinaspieldose, die Mama gehört hatte, bevor sie mir gehörte, als sie so alt war wie ich. Wie Tante Bernadette mich auf ihren weichen Schoß nahm und mir übers Haar strich und mir stoßweise warm in den Nacken atmete, während sie mich beruhigte, dass alles in Ordnung sei, dass alles wieder gut werde und dass ich einfach zurück ins Bett gehen solle.

Ich öffne wieder die Augen. Meine Mutter hat sich nicht bewegt. Sie wendet mir immer noch den Rücken zu. Nach einer Weile sagt sie, ohne sich umzudrehen: »Wir können um den See spazieren. Möchtest du nicht um den See spazieren?«

Der See ist eher ein großer Zierteich, um den ein säuberlich geglätteter Kiesweg führt. Wir laufen halb um ihn herum und lassen uns dann wieder auf einer Bank nieder, von der man auf das Haus blickt. Keiner von uns spricht. Meine Mutter sitzt kerzengerade und ruhig da, nur manchmal huscht ein Zittern über ihr Gesicht. Ich beobachte sie von der Seite und bemerke, dass sie innen an ihrer Backe herumkaut, und mir fällt wieder ein, wie sie früher immer ihre Backen einsog, wenn sie böse auf uns war, und ungeduldig ihre Lippen aufstülpte. Ich schaue weg. Wasserlilien schwimmen, liebevoll platziert, auf der Oberfläche des Sees, und sogar die Enten wirken reinlich und gesetzt. Zwei Schwäne gleiten über das gläserne Wasser. Alles hat hier seine Ordnung. Ich muss an die Geschichte von dem König denken, der nicht zulassen wollte, dass sein einziges Kind Tod oder Verfall kennenlernte, und deshalb Hunderte von Dienern anstellte, die aus dem Garten des Palastes und mehrere Meilen darüber hinaus jedes einzelne verwelkte Blatt und jeden vertrockneten Grashalm entfernen mussten. Einer der Schwäne taucht plötzlich den Kopf unter Wasser und wackelt mit dem Schwanz in der Luft. Eine Sekunde lang baumeln seine großen schwarzen Füße über dem Wasser. Dann richtet er sich gerade auf und gleitet wieder majestätisch über den See.

Daisys Lieblingsgeschichte war die von den Kindern von Lir, und es gab eine Zeit, kurz nach meiner Ankunft in Gweebarra Bay, in der ich mich fragte, ob sie vielleicht in einen Schwan verwandelt worden wäre, wie Fionnuala und ihre Brüder. In meinem – das heißt Mamas – Buch mit Sagen und Legenden lachte die böse Hexe höhnisch und offenbarte ihnen: *Ihr werdet eure Freiheit erst wiedererlangen, wenn die Frau aus dem Süden und der Mann aus dem Norden vereint sind. Und bis dahin müssen neunhundert Jahre ins Land gehen. Ich gewähre euch nur dies: Ihr dürft eure menschliche Sprache behalten, und ihr dürft singen, und euer Gesang wird solche Macht haben, dass kämpfende Männer ihre Waffen niederlegen.* Neunhundert Jahre! Nachdem neunhundert Jahre vergangen waren und der heilige Patrick zur Insel der Vögel gekommen war, und McHowg zur Insel der Vögel gekommen war, brach der Zauber, und Fionnuala und ihre Brüder erhielten nur für den Bruchteil einer Sekunde ihre menschliche Gestalt zurück, bevor ihr Fleisch zu Staub zerfiel und nur ein Häuflein trockener, brauner Knochen auf dem Boden vor dem Altar zurückblieb und Fionnualas Aufschrei – der Freude? der Erlösung? des Schmerzes? – schon in der Luft verklang.

»Siehst du die Schwäne?«, frage ich, und meine Mutter blickt mich mit leichtem Stirnrunzeln an. »Ich wollte nicht … ich wollte nur …«

Aber ich weiß gar nicht, was ich eigentlich wollte.

»Du musstest Gweebarra Bay meinetwegen verlassen«, sage ich stockend. »Das stimmt doch? Weil du mit mir schwanger warst.«

»Ich wäre sowieso gegangen«, kommt die Antwort wie aus der Pistole geschossen.

»Das ist nicht wahr!«

»Sag mir doch du nicht, was wahr ist und was nicht! Es war meine Entscheidung. Ich entschied mich zu gehen, kapiert? Es war meine Entscheidung!«

Nach einer Weile fragt sie, etwas sanfter: »Saoirse, bist du glücklich?«

»Glücklich? Ja. Ja, ich bin … glücklich.«

»Gut. Weil … Belfast war kein … kein Ort zum Glücklichsein.«

»War es doch«, entgegne ich schnell, und es ist heraus, bevor ich es noch einmal überdenken konnte oder überhaupt wusste, was ich sagen würde. »Daisy und ich, wir waren dort glücklich, wir waren dort sehr glücklich. Vorher. Und du warst auch glücklich, Mama, das weiß ich noch. Vorher.«

Meine Mutter wendet sich abrupt ab.

»Du warst damals noch zu jung. Du kannst das gar nicht wissen. Du kannst dich doch gar nicht daran erinnern. Weißt du, woran ich mich alles erinnere? Ich erinnere mich zum Beispiel daran, wie ich hörte, dass ihr ganz leise wart, du und Daisy. Ich hörte euch spielen und dann die Treppe heraufklettern, und ihr mahntet einander, ruhig zu sein, damit Mama sich ausruhen könne. Ich lag da, fest zusammengerollt, und fühlte mich so elend, dass ich mich nicht einmal rühren, nicht einmal die Augen öffnen konnte, und ich hörte eure kleinen Füßchen über den Boden tapsen und spürte, wie ihr euch über mich beugtet und Sachen flüstertet wie: Es wird wieder gut, Mama. Es geht dir bald wieder besser. Es wird alles gut, Mama.

Und ich konnte es nicht ertragen, dass ihr da wart. Der Teil von mir, der noch wach war, wollte euch anschreien, dass ihr euch zum Teufel scheren und mich in Ruhe lassen sollt. Und manchmal, manchmal, da hätte ich euch schütteln und rütteln und euch sagen mögen, dass gar nichts gut ist und gar nichts je wieder gut werden würde. Eure kleinen vertrauensvollen Gesichter …«

Sie bricht ab. Dann, einen Augenblick später: »Heute gibt es Früchtebrot zum Tee. Sie schneiden es vor und bestreichen es für uns mit Butter. Wollen wir zurückgehen?«

»Was?«

»Sie machen es ganz frisch. Manchmal gibt es Scones, Dropscones oder Viktoriatorte, aber heute gibt es Früchtebrot, und besser kriegst du es sonst nirgendwo. Lass uns zurückgehen.«

Mein Gott, es gibt so viel, worüber ich mit ihr habe reden wollen, so viel, was ich sie habe fragen wollen! Und ich wollte mich entschuldigen … Ich hatte so sehr das Bedürfnis zu sagen, dass es mir leidtäte. Ich wollte sagen: Mama, es tut mir leid, es tut mir so leid, was passiert ist! Ich hätte Daisy beschützen müssen, aber sei bitte nicht mehr böse auf mich, und auch wenn das nichts besser macht oder ändert, lass mich bitte einfach sagen, dass es mir leidtut! Es gibt so vieles, und ich habe nichts davon gesagt.

»Es gibt noch so viel. Es gibt noch so viel zu reden. So viel zu besprechen.«

»Nein«, zischt sie. »Gibt es nicht! Es gibt nichts mehr zu reden. Ich wusste immer, dass du mich eines Tages ausfindig machen und herkommen würdest, und ich habe mich vor diesem Tag immer gefürchtet, weil ich wusste, was du sagen würdest. Was vorbei ist, ist vorbei, und es hilft auch nicht, darüber zu sprechen. Man muss die Vergangenheit begraben. Sich von ihr abwenden und sie hinter sich lassen.«

»Aber man kann doch nicht sein Leben hinter sich lassen, Mama!« Es ist wie ein Schatten, möchte ich ihr erklären. Es folgt dir wie ein Schatten, und auch wenn du einen noch so großen Satz machst oder dich noch so jäh herumdrehst – du entkommst ihm nicht.

»Saoirse, du hast dein Leben noch vor dir. Du bist frei. Ich nicht: Ich sitze hier fest. Jetzt bemitleide mich bloß nicht! Ich sage das nicht, damit du Mitleid mit mir hast. Mir … mir geht es gut hier. Es ist friedlich. Aber ich bin hier, und du nicht, so ist es nun einmal, und so muss es sein.«

»Das verstehe ich nicht, Mama. Du bist seit Jahren hier. Seit Jahren! Warum? Warum gehst du nicht einfach? Das verstehe ich nicht!«

»Jetzt reicht es!«, faucht sie. Ihre Stimme ist heiser. »Ich werde mir kein Wort mehr anhören. Hörst du, kein einziges Wort! Das hier ist kein Krankenhaus und auch kein Gefängnis! Es gibt Frauen, die schon viel länger hier sind als ich.«

»Aber …«

»Hast du nicht gehört? Kann schon sein, dass ich irgendwann von hier fortgehe. Irgendwann. Das sage ich mir manchmal selbst. Aber dann muss ich mich auch fragen: Wohin soll ich denn gehen? Wohin?«

»Zurück nach … nach Gweebarra Sands!«

Sie starrt mich an.

»Saoirse, du verstehst das nicht! Du verstehst es nicht. Ich kann es nicht ertragen … bei dir zu sein, Saoirse! Ich kann nicht in deiner Nähe sein und dich jeden Tag sehen, denn wenn ich dich sehe, kann ich nicht vergessen.«

Bei diesen Worten kralle ich mich mit beiden Händen an der Bank fest. Mir ist, als fiele ich rückwärts. Es fühlt sich so an wie damals, als ich einmal von dem Tannenbaum fiel, in Belfast. Ich war hochgeklettert, um ein paar Jungs zuzusehen, die in der Straße Fähnchen aufhängten. Ich kletterte zu hoch hinauf und stürzte ab, genau auf den Rücken. Der Aufprall presste mir die Luft aus den Lungen, sodass ich selbst dann nicht wieder atmen konnte, als ich es geschafft hatte, mich aufzusetzen.

Ich glaube, mir wird schlecht und ich muss gleich mitten auf den hübschen, geschniegelten Rasen kotzen.

»Saoirse«, sagt meine Mutter. »Saoirse.«

Ich öffne die Augen, sie neigt sich zu mir, und ihre Augen glänzen glasig.

»Saoirse«, flüstert sie. »*Saoirse.*«

Ihr Gesicht ist nur wenige Zentimeter von meinem entfernt, und ich spüre ihren warmen Atem. Dann rückt sie wieder ab und räuspert sich.

»Saoirse, bevor wir zurückgehen, habe ich noch das hier für dich.« Vorsichtig nimmt sie eine zusammengerollte Plastiktüte aus ihrer pink-orangen Tasche und legt sie mir in den Schoß. Die Plastiktüte ist mit Klebeband verschlossen, und darin liegt ein Päckchen in braunem Packpapier. »Und dann habe ich auch noch das«, sie reicht mir einen Umschlag. »Ich möchte, dass du es jetzt bekommst. Mach auf.«

Es ist ein Foto: Daisy und ich stehen innen vor der Tür unseres Hauses in Belfast und halten einander an den Händen. Hinter uns scheint hell die Sonne; Licht fällt durch das Oberlicht über der Tür herein und hebt unsere Umrisse hervor. Unsere Haare sind ordentlich frisiert und unsere Wangen rosa und frisch gewaschen. Daisys Gesicht glänzt rot, so als ob sie kurz vorher geweint hätte. Aber vielleicht war sie auch nur aufgeregt. Es muss ein ganz besonderer Tag gewesen sein. Wir strahlen in die Kamera und stehen stolz in unseren Kleidern da, unseren Sonntagskleidern, wie es aussieht. An meinem sind lächerlich viele Rüschen, und unten schaut ein Spitzenunterrock hervor. Daisys ist hellrosa mit großen gelben Tupfern. Unsere dünnen Beinchen ragen heraus wie Pfeifenputzer. Wir tragen weiße Rüschensöckchen und passend dazu kastanienbraune Sandalen. Plötzlich fällt mir wieder ein, dass ich im Laden einen Wutanfall bekam, als Mama für Daisy haargenau die gleichen Schuhe kaufte, die ich mir ausgesucht hatte, und sie musste mich brüllend durch die ganze Sandy Row zerren.

»Sieh mal, da steht ihr zwei«, sie streichelt das Bild mit einer Fingerspitze.

»Ich habe gar keine Fotos«, flüstere ich.

»Wir haben sie nicht mitgenommen.«

Ich starre auf die leuchtenden, lächelnden Gesichter.

»Nicht weinen!«

»Ich weine gar nicht«, sage ich. »Ich weine gar nicht.«

Dann: »Es tut mir leid, Mama. Es tut mir so leid.«

Ich habe es ausgesprochen.

Schweigen.

»Du gibst doch … du gibst doch nicht etwa dir die Schuld?«, fragt sie dann langsam und verdreht ihre Finger im Schoß.

»Aber es war meine Schuld, Mama! Ich war schuld daran, dass du überhaupt böse auf uns warst. Und dann war es meine Schuld, dass ich nicht mit Daisy spielte. Sie wollte mit mir spielen, aber ich hatte keine Lust, und dann ging sie allein spielen, und ich war nicht da, um auf sie aufzupassen.«

»Du warst noch klein. Ihr wart beide noch so klein.«

Was hast du getan? Wie konntest du nur? Hau schon ab, hau ab, geh weg, fass mich nicht an! Geh weg von mir, habe ich gesagt! Was hast du getan? Was hast du nur getan?

»Du sagtest damals …«

Mir versagt die Stimme.

»Ich sagte gar nichts!« Sie rückt mit verzerrtem Gesicht heran. Ich fühle, wie Speicheltröpfchen auf meinen Wangen landen. »Ich sagte gar nichts! Das … das kannst du nicht machen! Man kann mich doch nicht … zur Rechenschaft ziehen, ja *zur Rechenschaft ziehen* für etwas, was ich im Zorn oder Schmerz vielleicht gesagt habe, hörst du mich?«

»Aber Mama, weißt du nicht mehr, was du gesagt hast?«

»Egal, was ich sagte, das waren doch nur Wörter! Wörter! Einfach Wörter! Jetzt sage ich dir … ich habe es dir gerade eben schon gesagt … jetzt sage ich dir, dass es nicht deine Schuld war!« Dann fängt sie an zu zittern. »Ich ertrage das nicht, Saoirse! Zwing mich nicht, zurückzugehen. Ich ertrage es nicht. Es tut mir leid. Es tut mir alles leid. Ich entschuldige mich für alles. Es tut mir leid!«

»Mir tut es auch leid, Mama!«

»Saoirse!«

»Nein, mir musst du das auch erlauben! Auch ich muss sagen dürfen, dass es mir leidtut!«

Wir stoßen schluchzend unsere Entschuldigungen hervor. Es tut mir leid, es tut mir so leid, rufen wir weinend, immer und immer wieder.

Wir sitzen nebeneinander auf der Bank und berühren einander fast: Nur wenige Zentimeter trennen uns.

Ich strecke meine Arme aus, um meine Mutter an mich zu drücken, aber sie hat ihre Arme um sich geschlungen und hält mit den Händen ihre Schultern fest umklammert.

Als wir wieder zu Atem gekommen sind und Augen und Nasen trockengewischt haben, kehren wir durch den Garten, an den Blumenbeeten vorbei, zum Haus zurück. Schwester Maria Aloysius kommt uns auf den Stufen zum Aufenthaltsraum entgegen.

»Und? Haben Sie einen schönen Spaziergang gemacht?«

Ich nicke einfältig.

»Wir sind um den See spaziert«, krächze ich.

»Sie sind um den See spaziert? Wie schön!« Sie sieht mir forschend ins Gesicht, dann auch meiner Mutter, und lächelt ihr glattes Lächeln. »Es ist fast schon Zeit für den Tee, Deirdre!«, bemerkt sie mit einer Stimme, die ebenso glatt ist wie ihr Lächeln. »Helfen Sie mir beim Läuten?«

Sie hat eine große Messingglocke, so eine wie Miss Deeny sie immer auf dem Schulhof benutzte. Meine Mutter nimmt sie in beide Hände und schüttelt sie, auf und ab, auf und ab, und das abgehackte Läuten dröhnt in den Garten hinaus.

Aber ich habe gesehen, dass die Schwester beim Anblick meiner roten, verquollenen Augen und meines angeschwollenen Gesichts die Stirn in Falten legte, und als sie erkennt, dass ich ihren Argwohn bemerkt habe, wirft sie mir mit schmalen Lippen rasch ein asymmetrisches Lächeln zu.

»Es tut mir leid, wenn es für Sie nicht leicht war«, flüstert sie. »Aber ich hoffe doch, dass Sie Ihre Mutter nicht allzu sehr angestrengt haben. Deirdres Gemütszustand ist heikel, wissen Sie. Vielleicht ist es für Sie beide am besten, wenn Sie mit Ihrem nächsten Besuch ein wenig warten, ja? Wenn Sie einander Zeit geben, um sich an alles zu gewöhnen, was meinen Sie?«

Das Läuten hört auf.

»Kommen Sie, Deirdre, wir wollen uns von Saoirse verabschieden! Und dann gibt es drinnen Tee«, drängt sie mit ihrer klaren, freundlichen Stimme und nimmt den Arm meiner Mutter, als ob sie ein Krüppel wäre.

Ich sage: »Ich dachte …«

»Vielleicht können Sie ja nächstes Mal zum Tee bleiben«, fällt sie ein.

Ich schaue meine Mutter an. Ihr Gesicht ist leer, und ihre Augen sind die Augen einer Schwachsinnigen. Und plötzlich werde ich wütend. Herrgott, sie ist doch kein Krüppel!, würde ich am liebsten schreien. Ich möchte schreien: Halt dich gerade, Mama! Reiß dich zusammen!

Dann blicke ich noch einmal in ihr ausdrucksloses Gesicht, das um den Mund herum allmählich schlaff wird. Rote Äderchen laufen über ihre Nasenspitze, färben ihre Wangen und durchziehen das Weiße ihrer Augen. Ihre Augen sind blass und wässrig, sie blinzelt die ganze Zeit, viel zu oft und viel zu schnell. Ich muss daran denken, dass die Leute immer sagten: Du hast die Augen deiner Mama, und dann kommt mir der Gedanke, den ich den ganzen Nachmittag zurückgedrängt habe: Du bist nicht mehr meine Mama! Meine Mama ist schon lange verschwunden. Lange vor der Nacht mit den zerbrochenen Muscheln und den quietschenden Reifen in der Einfahrt. Sie ist verschwunden, bevor wir überhaupt in Gweebarra Bay ankamen. Verschwunden ins Elfenreich, sagte Papa sanft, wenn er heimkam, und sie lag zusammengerollt auf dem braunen Sofa, den kleinen Finger im Mund, und die Töpfe standen unbenutzt auf dem Herd. Ans Abendessen hatte keiner mehr gedacht, und ich und Daisy schlummerten an sie gekuschelt: »Ihr seid ja alle schon ins Elfenreich verschwunden!«

Eine Stimme in mir beschwichtigt: Ach, sie war damals doch noch so jung, sie war nicht viel älter als zwanzig und vermisste ihre Familie, aber ich antworte: Nein! *Nein*, wir waren ihre Familie. *Wir*, Daisy und ich und Papa, wir waren ihre Familie, und sie war einmal meine Mama, aber jetzt ist sie es nicht mehr.

»Also, wollen wir uns verabschieden?«, fragt die Schwester.

In meinem Kopf dröhnt es dumpf.

»Wiedersehen«, sage ich mit belegter Stimme.

»Wiedersehen«, sagt meine Mutter und blinzelt nervös. »Wiedersehen.«

Später liege ich in meinem kleinen Dachzimmer mit dem Mond und den Sternen an der Wand und versuche mich an unsere Kindheit zu erinnern. Was für eine zauberhafte Märchenerzählerin meine Mutter war. In meinem Zimmer ist es stickig. Also strecke ich mich und stoße das Dachfenster auf, so weit es geht, und lehne mich in die Nacht hinaus. Heute ist es windstill und düster, und das Wasser von Gweebarra Bay schimmert kalt und glatt wie die Oberfläche eines Spiegels.

Ich lasse mich aus dem Bett gleiten. Es zieht mich, beinahe gegen meinen Willen, zur Kommode, zur Plastiktüte mit dem braunen Päckchen. Ich nehme es heraus. Ein Kuvert ist außen auf das Packpapier geklebt. »Saoirse« steht in sauberer, verschnörkelter Handschrift darauf. Ich starre eine Sekunde lang auf meinen Namen in dieser unbekannten Schrift, dann öffne ich das Päckchen. Das Klebeband ist alt und brüchig; es löst sich fast von selbst in kleinen, gelben Stückchen ab. Das Päckchen ist in mehrere Lagen Papier eingewickelt. Natürlich weiß ich schon, was sich darin befindet, bevor das cremefarbene Leder zum Vorschein kommt, das mittlerweile Risse hat. Langsam entnehme ich die Spieldose der Papierhülle und streiche mit einem Finger über den Deckel. Ich fahre das aufgeprägte Goldmuster an den Rändern nach und berühre das trüb gewordene goldene Schloss. Es funktioniert nicht mehr und lässt sich ohne Widerstand aufklappen. Die weiß-goldene Ballerina springt heraus, bereit zu tanzen, selbst nach all den Jahren. Aus dem Spiegel im Deckel blickt mir mein Gesicht entgegen: leuchtend rot im Samtrahmen. Behutsam schließe ich den Deckel wieder.

20

Mein Vater kommt aus Belfast herüber, und zum ersten Mal, seit ich denken kann, sitzen er und Tante Bernadette an einem Tisch, in einem Raum, unter einem Dach.

Ich habe sein Auto gehört. Mein Dachfenster ist weit geöffnet, also höre ich auch seine Schritte auf dem Kies und wie meine Tante die Hintertür aufmacht und ihn begrüßt. Und ich weiß, dass ich jetzt hinuntergehen und ihnen gegenübertreten muss. Die letzten paar Tage hatte ich nicht die Energie aufzustehen. Mir war, als würde ich irgendwo im luftleeren Raum schweben, in einer Welt für mich, sodass um mich herum zwar alles weitergeht, aber nichts davon mich noch berührt. Vielleicht hat sich meine Mutter ungefähr so gefühlt, schießt es mir durch den Kopf. Aber ich bin nicht meine Mutter, und dieser Gedanke gibt mir schließlich die Kraft aufzustehen.

Meine Augen schmerzen und jucken, und mein Gesicht ist verquollen. Ich fühle mich angeschlagen, meine Arme und Beine sind schwer und träge. Wacklig steige ich aus dem Bett und wanke zum Waschbecken hinüber, wische mir das Gesicht mit einem kalten Lappen ab und kämme meine Haare.

Auf meinem Toilettentisch liegt ein Brief von Johnny Mahon. Vor ein paar Tagen kam seine Mutter abends vorbei; undeutlich hörte ich laute Stimmen in der Küche, als Tante Bernadette Úna Mahon ins Gesicht sagte, was sie von ihrem Sohn und ihrer ganzen Familie hält. Danach kam meine Tante herauf und teilte mir mit, es sei eine Nachricht gekommen, aber wenn ich auch nur ein bisschen Verstand hätte, würde ich sie sofort wegwerfen. Jetzt mache ich sie auf: »*Sha*«, steht da in Johnnys krakeliger Schrift, »*ich wollte nicht dass Du Ärger kriegst ja am Anfang brauchte ich einen Grund falls mich jemand drüben bei Dennehy sieht aber dann hatten wir doch eine Menge Spaß tut mir leid dass ich Dich im Stich gelassen habe und dann auch noch vor dem Ball … J.*«

Ich überfliege das Blatt und werfe es in den Papierkorb. Dann atme ich tief durch und gehe nach unten.

»Du bist ganz schmal geworden«, stellt mein Vater fest.

»Sie hat seit Tagen nichts gegessen«, meint meine Tante.

»Sie sieht aus wie ein Gespenst«, sagt mein Vater.

»Was hast du denn erwartet?«, wirft Onkel Brendan scharf und unerwartet ein. Dann sagt keiner mehr etwas. Mein Onkel steht auf und rückt mir einen Stuhl zurecht. »Setz dich her, Schatz.«

Er schenkt mir ein verstohlenes Lächeln und drückt meinen Arm, als ich neben ihm Platz nehme. Es ist zum Totlachen, wie mein Vater und meine Tante so nebeneinander am Tisch sitzen, förmlich und verlegen. Die Art, wie Tante Bernadette ihren Kopf hochhält, erinnert mich an meine Mutter, was merkwürdig ist, denn meine Tante sieht ihr überhaupt nicht ähnlich. Sie ist fünfzehn Jahre älter und wurde noch vor dem Zweiten Weltkrieg geboren. Manchmal denke ich, sie gehört einer anderen Generation an als meine Mutter, einer Generation, die wohl frühzeitig gealtert ist. Als meine Tante ein Teenager war, da glaubte man noch, alles würde immer so weitergehen wie bisher. Als meine Mutter ein Teenager war, da waren die Sechziger in vollem Gang, und alles wurde … anders.

Meine Tante sieht meinen Vater an. Ihre Blicke begegnen sich. Er hustet; sie schaut weg.

»Wir wissen, dass du viele Fragen hast«, beginnt mein Vater vorsichtig, als habe er eine Rede vorbereitet. »Wir wissen, wie du dich fühlst …«

»Einen Scheißdreck wisst ihr darüber, wie ich mich fühle!«, falle ich ihm ins Wort.

»Saoirse!«, mahnt meine Tante mich mechanisch.

»Ach, leck mich doch«, werfe ich ihr hin.

»Saoirse!«, sagt mein Vater. »Sprich nicht so mit deiner Tante!«

»Gott, ihr beiden versteht euch aber auf einmal gut!« Ich hatte selbst gar nicht gewusst, dass ich so wütend auf sie bin.

Mein Vater fängt von Neuem an.

»Wir möchten dir gerne erklären …«

»Jetzt lasst doch erst einmal Saoirse reden!«, unterbricht Onkel Brendan.

»Wie bitte?«

»Ich sagte, lasst doch einmal Saoirse selber reden. Nehmt's mir nicht übel, aber mir scheint, ihr wollt immer noch entscheiden, was richtig und was gut für sie ist. Ich finde, wir sollten Saoirse selber die Chance geben, Fragen zu stellen oder zu sagen, was sie sagen will.«

Tante Bernadette fährt ihm über den Mund: »Wer hat dich denn zum Vermittler bestellt, Brendan?«

»Nein, er hat schon recht«, mischt sich mein Vater ein. »Saoirse …«

Aber ich rede einfach über ihn hinweg: Es schießt alles nur so aus mir heraus.

»Ihr hieltet es nicht für richtig, es mir zu erzählen, weil ihr dachtet, es würde mich zu sehr mitnehmen«, stelle ich fest. »Also tut ihr stattdessen all die Jahre so, als ob sie einfach … einfach verschwunden wäre, als hätte sie ihre Sachen gepackt und das Weite gesucht, und als hättet ihr keinen blassen Schimmer, wohin sie ging oder was mit ihr passiert ist. – Wie zum Teufel kann eine solche Lüge besser sein als die Wahrheit?«

»Du hättest sie ja sehen wollen«, meint meine Tante. »Du hättest das mit dem Alkohol, mit ihrem Zusammenbruch und so weiter damals nicht verstanden. Sie hat lange Zeit niemanden erkannt oder auch nur zur Kenntnis genommen. Und vielleicht …«, sie bricht ab.

»Vielleicht was?«

»Nichts, Schatz. Gar nichts.«

»Was wolltest du sagen?«

»Vielleicht … hätte sie dich nicht einmal sehen wollen.«

Ich kann nicht in deiner Nähe sein, denn wenn ich dich sehe, dann kann ich nicht vergessen.

Ich blicke von einem zum anderen, von meinem Vater zu meiner Tante und wieder zu meinem Vater. Sie sehen mich mit einem Gesichtsausdruck an, den ich nicht leiden kann: traurig und mitleidig zugleich. Und ich bin wütend auf sie, weil sie glauben, sie wüssten, was für mich am besten ist. Weil sie hinter meinem Rücken Entscheidungen über mich treffen und mich wie ein Kind behandeln. Ich atme tief ein und setze mich auf.

»Zu einem gewissen Grad kann ich das schon verstehen«, bemerke ich ruhiger. »Aber trotzdem denke ich, dass es falsch von euch war, mich in dem Glauben zu lassen – ja, mir diesen Glauben nahezulegen –, dass meine Mutter von mir weggelaufen war. Verschwunden war. Ich habe Wochen und Monate damit verbracht, mich zu fragen, wo sie war und ob sie je zurückkommen würde, und ihr habt es von Anfang an gewusst!«

»Wir hielten es für das Beste!« Die Stimme meiner Tante klingt schrill. »In der damaligen Situation hielten wir es für das Beste, dass du ein neues Leben anfängst, dich auf deine neue Schule konzentrierst und deine neue … deine neue …« Sie verstummt.

»Deine Tante möchte sagen, dass wir unsere eigene Tochter nicht mehr hätten lieben können als dich«, sagt mein Onkel.

Ich sehe meinen Vater an. Er hält den Kopf gesenkt.

»Wir hielten es für das Beste«, bestätigt er, ohne aufzublicken.

Dann: »Saoirse, du fragtest mich … neulich fragtest du mich, warum ich dich nicht schon vor Jahren bei mir haben wollte. Die Antwort lautet: Ich wollte, dass du bei mir in Belfast bleibst. Ich versuchte verzweifelt, dich dazubehalten, aber es ließ sich nicht machen, nicht bei meinen Arbeitszeiten, und dann hatte ich plötzlich nicht einmal mehr ein Dach über dem Kopf, weil das Haus ja verkauft wurde, und da schien es vernünftig, dass du mit deiner Mutter gingst …«

»Mit meiner Mutter, der Alkoholikerin?«

Er schweigt einen Augenblick.

»Als es mit deiner Mutter problematisch wurde, sprachen Bernadette und ich darüber, ob du zurück nach Belfast kommen solltest.«

Meine Tante nickt bedächtig.

»Aber es sah so aus, als würdest du dich gerade hier einleben, und wir wollten dir nicht wieder neue Veränderungen zumuten. Und es gab damals Anschläge auf meine Kollegen: Man warf Molotowcocktails auf ihre Häuser und steckte ihnen Bomben unters Auto. Und dann kam ich hierher und sah, dass du den Strand zum Spielen hattest, und Felder zum Umherstreifen, und dass alles friedlich war und weit weg von … aller Unruhe. Von den Unruhen. Von der Politik.«

»Mein ganzes Leben war voller Unruhe, Paps! Oder Politik, wenn du es lieber so nennen möchtest.«

Er öffnet den Mund, um zu antworten, aber ich lasse ihn nicht zu Wort kommen.

»Zweitens verstehe ich nicht, wie ihr zulassen könnt, dass meine Mutter dort eingesperrt ist. Wie habt ihr nur zulassen können, dass sie über Jahre dort eingesperrt ist?«

»Deine Mutter ist krank«, sagt mein Vater.

»Sie ist furchtbar krank«, präzisiert meine Tante. »Sie nimmt sehr starke Antidepressiva, weißt du, und sie hat immer noch schlechte Tage. Tage, an denen sie nicht einmal alleine aufstehen kann. Vor ein paar Jahren zog sie in ein kleines Häuschen in einem Dorf am Fuße der Blue Stacks. Sie hatte die Hälfte des Hauses für sich, in der anderen lebte ein älteres Ehepaar. Man hatte dort einen wunderschönen Ausblick, man konnte um den Lough Eske spazieren, und es war nicht weit ins Dorf. Wir dachten, das wäre genau das Richtige für sie.«

»Wann war das?«

»Lass mich nachdenken … Das muss vor drei Jahren gewesen sein.«

»Als ich dreizehn war?«

»Ja, so in etwa.«

»Ich erinnere mich genau an diese Zeit, denn damals warst du ohne Grund verdammt fies zu mir.«

»Du warst ein Teenager, Saoirse! *Du* hattest die meiste Zeit miese Laune. Ich sage nur: Hormone!«

»Komm mir jetzt nicht mit Hormonen! Aber was ist dann passiert? Warum ist sie nicht dort geblieben?«

»Sie schaffte es nicht. Zuerst ging alles gut. Wir sprachen sogar davon … nun, sie einmal mit dir zu besuchen, obwohl ich mir auch damals nicht sicher war, ob das klug gewesen wäre. Aber dann fing sie wieder zu trinken an.«

»Moment mal«, unterbreche ich. »Wie oft hast du sie denn dort besucht? Und du, Paps, bist du auch heimlich hergefahren, um sie zu besuchen?«

»Ach, Schatz«, sagt er. »Ich habe deine Mutter schon seit Jahren nicht mehr gesehen. Ich weiß, das war vielleicht nicht okay … Am Anfang fuhr ich ein paarmal nach La Retraite, aber sie weigerte sich, mit mir zu sprechen, und die … diese Nonnen meinten, es würde sie zu sehr belasten.«

»Gott, das ist ja wie unter Queen Victoria: Einsperren! Totschweigen! Einfach so tun, als gäbe es etwas nicht, wenn man es nur gut genug versteckt!«

»Saoirse, Schatz, sie hat doch Leute um sich herum, Leute, mit denen sie reden kann. Was sollte sie denn hier zum Beispiel den ganzen Tag lang tun? Hier draußen, am Ende der Welt, nur mit mir und Brendan als Gesellschaft, denn du wirst doch bald weg sein und zum Studieren irgendwo in die Stadt gehen. Sie könnte hier nicht leben. Du weißt doch selber sehr genau, dass es außerhalb der Feriensaison kaum genug Arbeit für einen gibt.«

Ich muss daran denken, wie mein Onkel in der Nebensaison drüben bei Manus aushilft und auf dem Hof alles erledigt, was gerade so anfällt, um in den Monaten, wenn keine Gäste zu bewirten und keine Forellen zu fangen sind, seine Rente aufzubessern. Und ich denke daran, wie heruntergekommen Gweebarra Sands jetzt aussieht und wie der Hof nebenan immer mehr verfällt.

Alle sind verstummt, als gäbe es nichts mehr zu besprechen. Es gibt aber noch etwas. Irgendwo im Hinterkopf habe ich immer noch das Bild von meinem Vater als großem, starkem, tapferem Mann, der in seinem dicken Mantel mit Fischgrätenmuster aus der Kälte hereinstapft, und Daisy und ich kommen die Treppe heruntergeflogen und springen ihm in die Arme und vergraben unsere Gesichter in dem kalten, rauen Mantel, der nach Frost und Dunkelheit riecht. Und irgendwo, trotz allem, was passiert ist, gibt es ihn noch. Obwohl dieser Mann, der immer hierherkommt und mich zum Abendessen einlädt, nicht mehr groß oder stark oder tapfer ist und uns nicht einmal genug Sachen einfallen, über die wir einen Abend lang reden können – trotz all dem gibt es noch irgendwo meinen Vater, der uns versprach, wir brauchten keine Angst zu haben, denn solange er da sei, könne nichts und niemand uns etwas tun. Er hat sich natürlich geirrt. Aber die Erinnerung an ihn ist noch da, irgendwo.

»Papa«, frage ich. »Du hast Mama geliebt. Warum war das nicht genug, um … uns zusammenzuhalten? Warum hast du … warum konntest du dich nicht ein bisschen anstrengen?«

»Ich wusste, dass sie trank, aber …« Er streckt flehend seine Hände aus, dann ballt er sie zu Fäusten, bevor er wieder auf seinem Stuhl zusammensackt. »Man konnte nicht mit ihr reden.

Ich wusste einfach nicht, was ich tun sollte. Jedes Mal, wenn ich versuchte, mit ihr zu sprechen, artete es in einen Streit aus. Ich hoffte, es würde vorübergehen, ich hoffte, es würde sich nach dem Ende der Paraden, wenn sich die Lage normalisiert, schon wieder einrenken. Und dann, dann lief einfach alles aus dem Ruder. Ihre beste Freundin – ich weiß nicht mehr, wie sie hieß –, ihre beste Freundin verließ das Land unter tragischen Umständen, und das nahm deine Mama wirklich sehr mit. Du weißt wahrscheinlich nicht mehr viel von diesem Sommer mit der Hitzewelle, in dem alles zu Bruch ging, aber es war eine schreckliche Zeit. Francis hieß er. Der Mann dieser Freundin deiner Mutter. Er wurde von irgendeiner loyalistischen, paramilitärischen Splittergruppe erschossen, und deine Mama …«

Er seufzt tief.

»Ich glaube, tief in ihrem Innern gab sie mir die Schuld. Ich meine, im Lichte der Vernunft betrachtet hatte es natürlich nichts mit mir zu tun, und sie hat auch nie etwas in der Art geäußert, aber ich fühlte immer, dass sie mich irgendwie dafür verantwortlich machte. Nun ja, wem soll man auch sonst die Schuld geben? Man gibt der Politik die Schuld, aber das reicht nicht aus. Man gibt den Todesschützen die Schuld, aber die kennt man ja nicht. Und sobald man ihnen Gesichter zuordnen kann, werden es ganz normale Leute. Deirdre war furchtbar unglücklich in Belfast, Schatz, aber – wohin sonst? Wohin hätten wir denn gehen können? Keiner von uns wollte die Insel wirklich verlassen, aber an welchem Ort der Republik hätte ein königlich-britischer Polizist eine Anstellung gefunden? Außerdem konnten wir uns einen Umzug gar nicht leisten. Da wart ihr zwei, du und … und Daisy, wir waren eine kleine … eine kleine …« Seine Stimme versagt. Er hustet mehrere Male und fährt hastig fort. »Für unser Haus hätten wir nichts bekommen. Nicht in diesem Stadtviertel. Es war also undenkbar, aus Belfast wegzuziehen.«

Lange Zeit spricht keiner von uns. Man hört das Gurren der Tauben, die auf dem Dach herumtrippeln und poltern, an der warmen Stelle an der Mündung des Ofenrohrs.

»Ich versuchte, mit ihr zu reden, aber was hätte ich tun können?«, fängt mein Vater plötzlich wieder an. »Ich war oft weg. Und dann kam ich zurück und durfte sie nicht einmal anfassen …«

»Colin«, unterbricht meine Tante.

Mein Vater bricht ab.

»Tut mir leid«, sagt er. »Tut mir leid. Ich … ich hab mich für einen Moment vergessen. Die Erinnerung.«

Mein Onkel hebt die Teekanne hoch, um uns neu einzuschenken, aber keiner hat seine Tasse auch nur angerührt. Er stellt die Kanne wieder ab, ganz vorsichtig, und ich sehe ihm dabei zu, wie er den Teewärmer gerade rückt, den alten rotgelben, den ich in meinem letzten Jahr an der Grundschule gestrickt habe. Er zupft an einem Faden, wo die Maschen aufgehen.

»Isabella hieß sie«, erinnere ich mich laut.

»Was?«

»Isabella. So hieß Mamas Freundin. Weißt du, was aus ihr geworden ist?«

»Ich habe keine Ahnung, Schatz. Sie war die Freundin deiner Mutter, aus einer Mutter-Kind-Gruppe oder so, glaube ich. Ich habe immer versucht, Deirdre zu bewegen, dass sie ein bisschen unter die Leute geht. Es war auch für mich nicht leicht«, stößt er plötzlich hervor. »Es war für uns alle nicht leicht.«

Mein Vater bleibt nicht über Nacht. Meine Tante hat Colcannon gemacht, aber keiner von uns hat Hunger. Mein Vater stochert ein wenig darin herum, bevor er sagt, dass er besser losfahren sollte, weil er zurückmuss nach Belfast zu Pauline.

»Hey …«, kommt mir noch ein Gedanke.

Ich will ihn fragen, ob er Pauline damals schon kannte und ob er … Aber ich sehe meinen Vater an und denke plötzlich: Ich will es gar nicht wissen. Es ist alles schon viel zu viel. Die Geschichte würde sonst ewig weitergehen, und an irgendeinem Punkt muss sie doch ein Ende finden.

»Nichts, war nicht wichtig.«

Ich liege auf meinem Bett und starre an die Decke, als Tante Bernadette an die Tür klopft. Ich sage nichts, aber sie kommt trotzdem herein, und ich habe keine Lust, so zu tun, also würde ich schlafen.

»Ich möchte dir auch noch den Rest erzählen«, hebt sie an.

Ich zucke mit einer Schulter und drehe mich weg.

»Jetzt ist es zu spät. Es interessiert mich nicht mehr.«

»Aber du solltest es wissen, Saoirse.«

Es ist mir egal. Ich weiß nicht, warum, aber ich will es nicht mehr wissen.

»Bitte lass es mich dir erzählen.«

»Also gut. Wenn du willst.«

Sie setzt sich auf den Bettrand.

»Es war auf gewisse Weise meine Schuld«, sagt sie ohne Einleitung. »Ich habe es unseren Eltern erzählt, Saoirse, und das hat mir Deirdre nie verziehen. Aber ich dachte, ich würde das Richtige tun, verstehst du? Ich erfuhr von unseren Cousinen in Letterkenny, dass Deirdre gar nicht bei ihnen gewesen war, und stellte sie zur Rede. Ich drohte ihr, wenn sie mir nicht alles sagen würde, würde ich es unseren Eltern erzählen, und sie beichtete mir, dass sie nach Derry gefahren wäre zu den Märschen und so, und schließlich auch noch, dass sie sich mit deinem Vater träfe. Ich glaube, es war für sie eine Erleichterung, denn sie hatte fast zwei Jahre lang dieses Doppelleben geführt. Wir standen einander nie besonders nahe, Deirdre und ich, und nach meiner Heirat noch weniger. Ich glaube, sie verachtete mich. Sie verstand nicht, wie ich damit zufrieden sein konnte, mein Leben in Gweebarra Bay zu verbringen, denn sie hatte all diese großen Pläne, verstehst du: Sie würde eines Tages nach Dublin gehen, dann nach London, und dann nach New York … Ach, was hatte sie für Träume! Und, weißt du, ich glaubte wirklich, dass sie es schaffen würde. Ich war immer ein klein wenig eifersüchtig auf sie, tief in meinem Inneren. Ich habe das niemals zugegeben, natürlich nicht, denn sie war Vaters Liebling – ich glaube, er hätte ihr sogar einen Mord verziehen –, und sie war … es wurde heller im Raum, wenn sie ihn betrat. Das hört sich jetzt kitschig an, aber so war sie, so war Deirdre. Außerdem wollte sie mit deinem Vater Schluss machen. Aber das tat sie nicht. Und an Weihnachten, dem letzten Weihnachten, bevor sie ging, waren Brendan und ich über die Feiertage hierhergekommen, und wir schliefen in Deirdres Zimmer, und … nun, um es kurz zu machen: Ich fand zufällig Briefe, die dein Vater ihr geschrieben hatte. Sie lagen in einer unverschlossenen Schmuckschatulle. Und ich glaube, ich war ein bisschen verletzt, weil sie es mir nicht gesagt hatte. Und – ich bin weiß Gott nicht stolz darauf, Saoirse – ich zeigte unserer Mutter die Briefe. Ich dachte einfach, Deirdre würde ihr Leben wegwerfen, wenn sie sich mit einem Protestanten von der Polizei einließ. Es war weniger wegen der Konfession als … nun, gegen Ende der Siebziger sah es so aus, als würde alles immer schlimmer werden. Man sprach davon, dass wir direkt auf einen Bürgerkrieg zusteuerten, und ich dachte, Deirdre würde da zu tief hineingeraten. Sie war erst neunzehn, sie war noch ein Teenager. Meine Mutter flehte sie an, und zuletzt schwor Deirdre auf die Familienbibel, dass sie Colin nicht wiedersehen würde. Ich war nicht da, als sie wegging. Mutter erzählte mir nachher, was passiert war, aber da war es schon zu spät. Es kam zu einer riesigen Auseinandersetzung um Ostern herum. Ich weiß nicht, was der Auslöser war, aber mein Vater fand alles heraus. Auch, dass wir es gewusst und vor ihm geheim gehalten hatten. Er war ein furchtbarer Choleriker, unser Vater. Er war kein grausamer Mann, aber wenn er wütend wurde, ging man ihm besser aus dem Weg. Er schlug Deirdre ins Gesicht und sagte viele unverzeihliche Dinge. Meine Mutter weinte, und Deirdre rannte nach oben. Als sie wieder herunterkam, trug sie ihre kleine braune Reisetasche in der Hand. Sie stand in der Tür, und unser Vater sagte – ich stelle mir das furchtbar vor –, er sagte, ohne von seiner Zeitung aufzusehen: ›Deirdre Mary O'Conor, wenn du durch diese Tür gehst, bist du nicht mehr meine Tochter.‹

Deirdre sah unsere Mutter an, aber diese wagte nicht, ihren Blick zu erwidern. Da verließ Deirdre das Haus, und keiner hielt sie zurück. Später schleuderte unser Vater seine Zeitung zu Boden und rief, sie würde schon zur Vernunft kommen und sehr bald wieder vor der Türe stehen, und stürmte davon in den Pub. Sein Herz war gebrochen. Er sprach nie wieder von ihr, nachdem feststand, dass sie nicht zurückkommen würde. Er erwähnte nie wieder ihren Namen, aber er war nicht mehr der Alte, seitdem sie weg war. So«, sie holt tief Luft, »jetzt weißt du es.«

Ich schließe die Augen.

»Saoirse?«

»Ich möchte allein sein«, erwidere ich, aber sie geht nicht.

»Saoirse«, fährt sie fort. »Saoirse, als du hierherkamst, warst du wie ein kleines Gespenst. Du sprachst kein Wort. Du sahst alle nur mit ängstlich aufgerissenen Augen an. Es brach mir fast das Herz, dich so herumschleichen zu sehen, als ob der leiseste Windhauch dich wegfegen könnte. Ich wollte immer nur … dein Onkel und ich wollten immer nur … dass du hier glücklich wirst.«

Sie verstummt.

»Es tut mir leid, Schatz. Es tut mir so leid.«

21

Seit fast einer Woche wartet er nun schon auf mich, dieser Brief in dem billigen, weißen Umschlag, auf dem in sorgfältiger, leicht verkrampfter, schnörkeliger Schrift »Saoirse« steht. Ein- oder zweimal am Tag nehme ich ihn in die Hand: Er ist dick; der Brief darin muss mehrere Seiten füllen. Wenn ich ihn ins Licht halte, erkenne ich durch den dünnen Umschlag schwach die Umrisse von Wörtern, aber ich kann keines davon entziffern. Nicht, dass ich mich bisher davor gefürchtet hätte, ihn zu lesen, das ist es nicht: Aber wenn ich ihn erst einmal gelesen habe, dann weiß ich, was darin steht.

Ich laufe an den Strand hinunter, um ihn zu lesen. Dort stört mich keiner, dort bin ich allein. Der Wind bildet Muster aus den wilden Gräsern: Er legt die langen Büschel bald auf die eine, bald auf die andere Seite und treibt den Sand in kurzen Stößen vor sich her. Ich klettere hinab in den Windschatten der Dünen auf der rechten Seite unseres Strandes und sogar ein Stück weit in die Felsen hinein, wo es noch geschützter ist und keiner mich mehr sieht. Dort öffne ich den Brief meiner Mutter.

Liebe Saoirse,

Ich schreibe Dir diesen Brief, weil ich weiß, dass Du mich eines Tages ausfindig machen und herkommen wirst. Und Du wirst mit Fragen kommen, die ich nicht beantworten kann, Fragen, auf die es vielleicht gar keine Antwort gibt. Als Erklärung, oder vielmehr als Versuch einer Erklärung, schreibe ich Dir diesen Brief.

Ich lese den ersten Absatz mehrere Male und höre die Stimme meiner Mutter dabei: glatt, distanziert und beherrscht. Die Stimme, mit der sie auch Märchen erzählte, fällt mir plötzlich ein, sie schreibt mir mit ihrer Märchenerzähl-Stimme: »als Versuch einer Erklärung schreibe ich Dir diesen Brief«. Und ich wünsche mir so sehr, ich hätte meine Mutter gekannt, ehe es zu spät war, denn was auch immer in diesem Brief steht, es werden nichts als Wörter sein.

Du musst verstehen, Saoirse – Du musst verstehen, dass ich nicht vorhatte, Dich zu verlassen. Ich wollte Dich nie im Stich lassen. Ich war krank und wusste kaum, wer ich war oder was um mich herum passierte, deshalb kann man mich für mein Verhalten damals nicht zur Verantwortung ziehen. Mein ganzes Leben lag in Trümmern: Meine Tochter war tot, meine Ehe in die Brüche gegangen, ich hatte alles verloren, wofür ich gekämpft hatte. Ich wollte doch studieren. Ich hatte so viel vor, ich wollte leben … Alle haben immer gesagt, ich würde es weit bringen. Und ich warf alles hin, um in den Norden abzuhauen und Deinen Vater zu heiraten. Anfangs war es wie ein Ausbruch aus dem Gefängnis. An dem Tag, als ich Gweebarra Bay verließ, dachte ich: Jetzt bin ich endlich frei! Aber am Ende musste ich meine ältere Schwester und ihren Mann anflehen, mich aufzunehmen, und schlief in einem Hinterzimmer des Hauses, aus dem ich einst weggelaufen war. Ich wollte ein neuer Mensch sein. Ich wollte noch einmal von vorne anfangen, wollte mein Leben noch einmal leben. Stattdessen war ich nur von den kläglichen Resten eines schon gelebten Lebens umgeben.

Und was ist mit mir, Mama, frage ich stumm. War ich nicht genug? Du hattest doch mich: Waren wir zwei denn nicht genug?

Ich hasste mich selbst, Saoirse. Ich bete zu Gott, dass Du dieses Gefühl nie kennenlernst. Du kennst jenen Augenblick, wenn Du gerade aufwachst, aber noch nicht ganz wach bist; jenen Augenblick des Schwankens, bevor Dir alles wieder einfällt. In solchen Augenblicken, bevor ich noch wusste, wer oder wo ich war, wusste ich eines: dass ich mich selbst hasste, dass ich mich selbst verabscheute. Es war nicht nur das Trinken. Es war etwas, was noch viel tiefer lag.

Einmal bin ich gekommen, um Dich zu sehen. Ungefähr ein Jahr nachdem ich gegangen war. Ich war trocken, ich hatte die Entziehungskur beendet und war zur endgültigen Genesung nach La Retraite gekommen. Damals hatte ich nicht vor, dort zu bleiben. Ich nahm den Bus, kam gegen Mittag in der Stadt an und lief zur Holy Trinity hinauf. Ich glaube, ich hoffte, Dich zu treffen, wenn Du aus der Schule kämst. Ich setzte mich auf eine niedrige Mauer direkt gegenüber dem Schulhof und beobachtete, wie all die Kinder beim Leuten der Glocke herausströmten, und ich suchte nach Dir, aber ich sah Dich nicht. Ich weiß noch, dass ich Dich zuerst nicht sah. Und dann warst Du auf einmal da: Du ranntest genau auf mich zu, Deine Haare flogen im Wind, und Du hattest einen Arm ausgestreckt, und Deine Handfläche zeigte nach oben.

Ich kann mich nicht erinnern. Ich kann mich einfach nicht erinnern. Für den Bruchteil einer Sekunde sehe ich mich selber von außen – mich, wie ich damals auf dem Schulhof herumsprang –, aber das ist keine echte Erinnerung. Es ist eine Erinnerung meiner Mutter, nicht meine. Und bei der Vorstellung, dass sie da war und mich beobachtete, bekomme ich ein kaltes, mulmiges Gefühl im Bauch.

Du sahst mich nicht. Du hattest den Zaun des Schulhofs erreicht, kehrtest um und ranntest wieder zurück in die andere Richtung. Dein Arm war immer noch ausgestreckt. Ich musste daran denken, dass man uns in der Grundschule beigebracht hatte, dass jeder stets seinen Schutzengel an seiner Seite hat, und wir gingen immer herum und hielten seine Hand. Überall, wohin wir gingen, hielten wir die imaginäre Hand unseres unsichtbaren En-

gels. Daran musste ich jetzt denken, und ich fragte mich, ob Miss Deeny dir auch beigebracht hatte, die Hand Deines Schutzengels zu halten. Und genau in diesem Augenblick wusste ich, dass ich es nicht tun konnte: Ich konnte nicht zurück. Damals nahm ich in meinem Herzen Abschied von Dir. Ich nahm Abschied, und dann saß ich noch da und sah zu, bis Miss Deeny aus dem Gebäude kam, die Glocke schwang und alle sich in einer Reihe aufstellten, um wieder hineinzugehen. Das war kurz vor meinem zweiten Zusammenbruch, und diesmal war es viel schlimmer und dauerte viel länger. Und als ich allmählich wieder klar denken konnte, wusste ich, dass Du viel besser aufgehoben warst bei Bernadette und Brendan, die Dich – das war mir schmerzlich bewusst – liebten wie ihre eigene Tochter. Was für eine Mutter hätte ich Dir schon sein können? Ich hatte nicht vor, Dich zu verlassen, aber ich tat es. Und Du musst mich vergessen, Saoirse. Du musst Dein eigenes Leben leben. Dein Name bedeutet Freiheit. Ich habe ihn mir gut überlegt.

Sie hatte den Brief mit »Deirdre« unterschrieben. Das ist alles: nicht »Mama«, nicht »Deine Mutter«, einfach nur »Deirdre«.

Später, in der Küche von Gweebarra Sands, zerreiße ich den Brief in kleine Fetzen, stopfe sie in den glühenden Ofen und schlage die Metalltür zu. Aber selbst als die Wörter zu Asche zerfallen, hallt die Stimme meiner Mutter noch in meinem Kopf nach.

»Geh weg!«, möchte ich schreien. »Bitte! Lass mich in Ruhe!«

Einmal bin ich gekommen, um Dich zu sehen. Ich hatte nicht vor, Dich zu verlassen, aber ich tat es. Und Du musst mich vergessen, Saoirse.

»Es geht hier nicht um dich!«, brülle ich, so laut ich kann, als ob sie mich hören könnte. Du sagst mir, ich soll vergessen, aber wie kann ich das?

Das ist meine Geschichte, Mama, *meine* Geschichte! Warum habe ich ständig das Gefühl, ich würde deine erzählen?

Mit der Post kommt ein Päckchen aus Belfast. »Ein paar Kleinigkeiten«, schreibt mein Vater. »Du kannst dir die Geschichten dahinter selbst zusammenreimen.«

Das Paket enthält einen alten grünen Schuhkarton von Clark's, der mit Seiten aus dem *East Belfast Newsletter* ausgelegt ist. Die Medaille aus dem Ersten Weltkrieg, von der mein Vater mir erzählt hatte – auch schon wieder eine Ewigkeit her, scheint mir –, liegt in einem abgewetzten, schwarzen Etui mit einem Schnappverschluss. Die Innenseite ist mit weißem Satin ausgekleidet, der mit der Zeit schon ein wenig gelblich geworden ist. Die Medaille ist schwer, messingfarben und leicht angelaufen. Die Vorderseite ziert das Bild eines Engels, der mit ausgestrecktem rechten Arm in die Ferne zeigt; auf der Rückseite steht: »Aus dem großen Kampf für die Zivilisation 1914–1918«. Auf dem Rand, der aussieht wie der einer Ein-Pfund-Münze, ist eingraviert: »William Stanley Pentland«.

Als Nächstes finde ich eine in Seidenpapier eingewickelte Ordensschärpe der Oranier, ein ungefähr zehn Zentimeter breites Band aus schwerer, hellblauer Seide mit goldenen Fransen, ähnlich einem Schal. Ich halte sie vor meinen Hals. Die beiden Enden des Bandes werden von einem glänzenden Medaillon zusammengehalten, das eine unleserliche Inschrift trägt, dazu die Nummer der Ordensloge.

Ich weiß noch, wie ich die Kapellen am Ende unserer Straße spielen hörte und wie man beim Schlag der Trommeln und bei den flotten, eingängigen Melodien der Pfeifen am liebsten im Takt mitgestampft hätte. Wie Daisy und ich »Für Gott und Ulster« spielten und um den Teppich im Flur stapften, bis Mama uns dabei erwischte und schimpfte. »Seid ihr verrückt«, schrie sie. »Es ist schon schlimm genug, dass die vor unserer Tür herummarschieren, da braucht ihr zwei es nicht noch hier drinnen zu tun!«

Es sind auch ein paar Telegramme dabei, die noch in ihren kleinen Umschlägen stecken. Das erste ist vom März und lautet: »Colin – Stop – dringend – Stop – rufe dich heute Abend an – Stop – Deirdre«. Das zweite ist von Anfang April und lautet: »C – Stop – habe mich für Ja entschieden – Stop – deine D«, und das dritte, nur wenige Tage später geschickt, lautet: »Komme sieben Uhr Abend York Street Station – Stop – gemeinsames Leben fängt an Ausrufezeichen Ausrufezeichen – Stop – in Liebe ewig – Stop«.

Dann kommt ein Polaroid-Foto von ihnen, von Mama und Papa vor dem Rathaus in Belfast. »Braut und Bräutigam, Ostern 1971« hat jemand unten mit Kugelschreiber darauf geschrieben. Meine Mutter trägt ein Kleid im Laura-Ashley-Stil, das fast bis zum Boden reicht. Es ist hochgeschlossen, rot und orange mit einem Muster aus grünen Blättern und kleinen, blauen Blumen, und hat einen rüschenbesetzten Stehkragen. Ihre Haare sind lang und leicht gewellt; sie trägt sie offen, lacht und hat die Arme um die Hüfte meines Vaters geschlungen. Wenn man das Foto betrachtet, deutet nichts darauf hin, dass sie im fünften Monat mit mir schwanger ist. Sie sieht blutjung aus. Sie war damals kaum zwanzig, und sieht sogar noch jünger aus. Mein Vater trägt einen braunen Anzug mit Schlaghosen und eine breite gelbe Krawatte. Seine Haare sind lockig und fallen ihm bis auf die Schultern, und er trägt einen dicken Schnurrbart. Er sieht überhaupt nicht wie mein Vater aus. Er lächelt meine Mutter an und hat den Arm um ihre Schultern gelegt. Abgesehen von dem Kleid im Stil der Siebziger könnte das auf dem Foto auch ich sein, denke ich, und der Gedanke erweckt ein komisches Gefühl.

Zuletzt ist noch eine Karte dabei. »Alles Gute zum Vatertag« steht darauf. Auf die Innenseite hat meine Mutter in kindlichen Druckbuchstaben geschrieben: »Wir sehen uns dann in einem Monat. Ich weiß, dass du ein toller Vater sein wirst, und wir werden sehr glücklich sein. Alles Liebe von mir«.

Das bin ich, denke ich.

Von Daisy ist nichts dabei. Ich packe alles wieder vorsichtig in den Schuhkarton, all diese Museumsstücke aus einer Vergangenheit, die meine ist und doch auch wieder nicht.

22

Ein paar Tage später sitze ich zum ersten Mal seit Langem wieder im Melly's und erzähle Bridget, Mairead und ein paar anderen: »Mein Urgroßvater fiel an der Somme. Er und drei seiner Brüder, alle am selben Tag.«

»Wirklich?«, staunt Bridget. »Mein Gott!«

»Ja«, entgegne ich. »Sie waren Oranier.«

Die anderen sehen mich an. Ja, so ist es, es macht mich anders. Mein ganzes Leben lang habe ich mir so sehr gewünscht, zu sein wie alle anderen. Aber jetzt bin ich auch irgendwie stolz darauf, sowohl eine Pentland aus Ulster als auch eine O'Conor aus dem Gaeltacht zu sein.

»Hey«, ruft Mairead. »Habt ihr schon gehört, dass Johnny Mahon vielleicht ohne Haftstrafe davonkommt? Weil er noch so jung ist und nur ein Helfershelfer war oder so was Ähnliches.«

Ich zucke die Schultern.

»Freust du dich denn nicht?«

»Ob ich mich freue?«

»Also was jetzt, freust du dich oder nicht?«

Ich glaube schon. Ich glaube, ich freue mich, dass er noch einmal eine Chance bekommt. Aber es geht mich nichts mehr an, ich will nichts mehr mit ihm zu tun haben. Er hatte die Wahl, und er hat sich entschieden. Das spreche ich auch aus, und die anderen schweigen.

Dann erwähne ich, dass ich für eine Woche in den Norden hinüberfahre, bevor die Schule wieder anfängt.

»In den Norden?«, fragt Bridget.

»Nach Belfast.«

»Belfast?«, wiederholt eine von den anderen fragend.

»Bist du übergeschnappt?«

»Aber die Bomben und das alles, hast du gar keine Angst?«

»Wieso sollte ich Angst haben?«, frage ich. »Ich komme ja sozusagen von dort. Ich brauche keine Angst zu haben.«

Zwei Wochen nach meinem siebzehnten Geburtstag bestehe ich meine Führerscheinprüfung. Seit Ostern durfte ich auf einem von Manus Dennehys brachliegenden Feldern, das an unseren Garten grenzt, üben. Mein Onkel markierte dort Parkplätze und Ecken und brachte mir bei, in drei Zügen zu wenden, rückwärts um die Kurve zu fahren und all diese Dinge. Also kann ich schon ziemlich gut fahren, als ich endlich auf die Straße darf.

»Herzlichen Glückwunsch!«, meint der Prüfer. »Jetzt können Sie fahren, wohin Sie wollen.«

Meine Tante macht mir belegte Brote und packt sie geschickt in eine Tupperwaredose, dazu ein Stück Früchtebrot mit Butter in Alufolie.

Und sie gibt mir einen Umschlag mit zweihundert Pfund Sterling. Ich weiß genau, dass wir uns das eigentlich nicht leisten können, aber sie besteht darauf.

»Für das Benzin und was du sonst noch so alles brauchst«, meint sie.

»Danke, Tante.«

»Ist mir ein Vergnügen, liebe Nichte«, antwortet sie, und es klingt ganz ungewohnt.

»Tante?«

Eines Nachmittags, als ich erst ein paar Monate in Gweebarra Sands war, setzte mich Tante Bernadette auf ihre Knie: »Wenn du willst, kannst du mich ›Mama‹ nennen.« Schnell fügte sie noch hinzu: »Nur weil ›Tante Bernadette‹ so schrecklich lang ist.«

»Danke, Tante Bernadette«, antwortete ich, schlüpfte aus ihren Armen und rannte nach oben. Sie kam nie wieder darauf zurück.

»Ja, Schatz?«, sagt sie sanft und streicht mir die Haare glatt.

»Nichts«, entgegne ich, konfus. Dann nehme ich noch einen Anlauf: »Tante, nicht dass du denkst … ich meine, du und Onkel Brendan … ihr wart wirklich …«

»Ist schon gut, Schatz«, unterbricht sie ruhig. »Ich verstehe.« Dann gibt sie mir einen Kuss auf die Stirn. »Du solltest jetzt lieber losfahren. Pass auf dich auf, Schatz, und viel Glück!«

Als ich gerade hinausgehen will, ruft sie mich noch einmal zurück.

»Du kannst vielleicht nicht vergessen, was passiert ist«, sagt sie vorsichtig, »aber du darfst auch nicht dein Leben nur damit verbringen, zurückzuschauen.«

Ich blicke ihr noch einmal ganz kurz in die Augen, dann gehe ich.

Teil 3
Greyabbey

23

Nordirland ist ein anderes Land. Selbst die Straßen fühlen sich anders an: schmaler, sanfter, und auch die Markierungen sind andere. Ich fahre über Letterkenny und erreiche die Grenze kurz vor Derry. Vor dem Kontrollpunkt der britischen Armee stauen sich die Autos. Ab und zu wird eines an den Rand hinausgewinkt und Koffer- und Motorraum inspiziert. »Wenn du im Norden in ein Geschäft gehst«, hat Tante Bernadette mich gewarnt, »dann wühlen erst einmal die Soldaten in deiner Handtasche, bevor du hineindarfst. Sogar bei kleinen Mädchen und alten Frauen: Da kommt keiner durch.«

Ich habe meinen Führerschein griffbereit, und im Kopf übe ich noch einmal meinen Spruch: »Ich fahre nach Belfast, um Verwandte zu besuchen«, weil ich nicht möchte, dass es sich gestelzt und aufgesetzt anhört. »Ich fahre in den Norden, um Verwandte zu besuchen.« Ich mache mich auf Fragen gefasst, aber als ich an der Reihe bin, winken mich die Soldaten gleichgültig durch.

Onkel Brendan hat gesagt, ich soll über die Governor's Bridge fahren und die Umgehungsstraße benutzen: »Fahr bloß nicht durch die Stadt!«, hat er mir am Schluss noch einmal eingeschärft. »Da bleibst du nur im Stau stecken und findest aus dem Gewirr von Einbahnstraßen nie wieder heraus. Außerdem willst du ja nicht mit deinem irischen Kennzeichen in die Waterside geraten« – oder war es die Bogside? »Verschließ die Türen«, hat er mich gewarnt. »Halt die Türen verschlossen und die Augen offen, und lass dich auf kein Risiko ein! Fahr einfach an Derry vorbei und direkt auf die Autobahn.«

Ich möchte aber die Stadt sehen, in der meine Mutter an den Bürgerrechtsmärschen teilnahm und in der meine Mutter und mein Vater sich kennenlernten.

Also folge ich den Schildern zum historischen Stadtkern und überquere den Foyle.

Man kann direkt unter den Steinbögen durchfahren, die das Stadttor einfassten, das die Dreizehn Lehrbuben damals schlossen, nur wenige Minuten bevor König Jakob II. mit seinem katholischen Heer die Stadt erobert hätte. Der Verkehr kommt hier fast zum Erliegen, und nirgendwo gibt es einen Parkplatz. Ich schleiche im Schneckentempo ein paarmal um das alte Zentrum herum, recke den Hals aus dem Fenster und erhasche einen Blick auf den Turm der Kathedrale, die über mir auf dem höchsten Punkt des Hügels steht. Dahinter ragt der Beobachtungsturm der Armee auf, um sich ein Gewirr von Stacheldraht, Eisengittern und Überwachungskameras. Regenwolken hängen tief am Himmel, und alles ist grau und trist, selbst die Menschen wirken grau und trist. Aber auf den Straßen sieht man hier und da rote, gelbe, blaue Farbspritzer: Das müssen die Spuren von Farbbomben sein, fällt mir mit Schrecken ein, aber es sieht eher so aus, als hätten Riesenkinder mit Fingerfarben gespielt.

Nachdem ich aus dem Gewirr der Einbahnstraßen herausgefunden habe, fahre ich den Hügel wieder hinunter und sehe die republikanische Enklave: Grüppchen von Reihenhäusern, zusammengedrängt im Niemandsland zwischen der Stadtmauer und dem ländlichen Donegal – viele davon in hübschen Pastelltönen. Übergroße irische Trikoloren flattern über den provozierenden Wandgemälden mit tanzenden Mädchen und vermummten Männern, die ihre Gewehre schwingen. Solche Gemälde schmücken das Ende jeder Häuserreihe und jede Mauer. Mit so einem riesigen, hässlichen Bild auf dem Haus leben zu müssen!, denke ich, und plötzlich fällt mir wieder ein, wie ich und Daisy Mama mit Bitten bestürmten, weil wir auch mithelfen wollten, als sie am Ende unserer Straße Cúchulainn malten: »Immer ein Streiter für Ulster gegen die Iren«.

Während ich am Stadtrand vor einer roten Ampel warte, entdecke ich im Rückspiegel die berüchtigte Wand, die Reporter immer als Hintergrund wählen, mit der Aufschrift: »SIE BETRETEN DAS BEFREITE DERRY«. Als meine Mutter so alt war wie ich, lernte sie meinen Vater kennen, und die Unruhen hatten noch nicht einmal angefangen. Plötzlich hupt das Auto hinter mir. Es ist Grün, und ich fahre weiter, auf den Glenshane-Pass, der mich über die Sperrin Mountains führt. Von dort aus ist es leicht, sagte Onkel Brendan, weil man immer auf derselben Straße bleiben kann. Die Straße, auf der man an Magherafelt vorbeifährt und den Fluss Bann überquert, wird dann ein paar Kilometer hinter Toome zur Autobahn, führt an Antrim und Newtownabbey vorbei und dann hinein nach Belfast. »Du kannst gar nicht falsch fahren«, erklärt er. »Du kannst dich nicht verirren, der Weg ist leicht zu finden.«

Von Toome nach Belfast sind es nicht einmal mehr fünfzig Kilometer.

Der Name erscheint auf den Schildern immer größer und häufiger: »Belfast-Süd«, »Belfast-West«, »Belfast-Ost«, »Belfast«, »belfast«, »WILLKOMMEN IN BELFAST«.

Ich muss daran denken, dass damals, als Daisy und ich klein waren, das »Klingelputzen«, mit dem sich die älteren Mädchen in unserer Straße die langen Sommerabende vertrieben, auch »Belfast« hieß. Wir sahen ihnen dabei aus unserem Versteck zwischen dem größeren Tannenbaum und der Hecke zu. »Belfast«, das war »ring the bell and run away fast«. Jedes Mädchen bekam von einem anderen ein bestimmtes Haus zugeteilt, und wenn sich eine dann doch nicht traute, kreischten sie: »Angsthase, Pfeffernase, morgen kommt der Osterhase!« Unser Haus mussten sie immer auslassen, weil das Gartentor zu schwer war und zu laut quietschte. Aber manchmal klingelten sie bei unserer Nachbarin, einer alten Frau, über die Daisy und ich uns immer lustig machten: Sobald sie unseren Vater im Garten hörte, erschien ihr Kopf über der Hecke, wie ein alter, verschrumpelter Kastenteufel, und sie sagte »Schätzchen« oder

»Söhnchen« zu ihm. »Sei nett zu ihr, Sonnenschein«, meinte mein Vater eines Tages, als ich gar nicht mehr aufhören konnte zu kichern. »Sie hat ihren Mann und ihren Sohn verloren und ist jetzt sehr einsam.«

Die Mädchen, die »Belfast« spielten, waren längst über alle Berge, wenn unsere alte Nachbarin – Mrs Mildred, wir nannten sie »Moder-Mildred« – endlich die Tür aufmachte. Sie schlurfte dann ihre kleine Einfahrt hinunter und wetterte auf die verlassene Straße hinaus: »Ihr missratenen Gören, was habt ihr in meinem Garten zu suchen? Haben euch eure Eltern keinen Anstand beigebracht?«

Im Schutz unseres Verstecks fanden Daisy und ich es sehr lustig, wie die alte Frau mit ihrem Gehstock der Luft drohte, mit ihrer zittrigen Stimme schimpfte und ihren Hals verrenkte, um vielleicht noch eines der unverschämten Mädchen zu erspähen, die an ihrer Tür geklingelt hatten. Aber tief drinnen hatten wir, glaube ich, ein bisschen Angst vor der Zeit, wenn auch wir alt genug wären, um »Belfast« zu spielen.

Ich habe schon die Randgebiete der Stadt erreicht, als mir plötzlich bewusst wird, dass ich gar nicht richtig weiß, wie ich mir Daisy vorstellen soll. Denn wenn ich an mich und Daisy denke, dann immer an damals, als ich fast sieben und sie gerade mal vier Jahre alt war. Das ist lächerlich offensichtlich, und dennoch ist es mir erst jetzt richtig aufgegangen.

Ich verpasse fast die Abzweigung, kann aber im letzten Augenblick noch die Spur wechseln. Und dann bin ich auf der Umgehungsstraße bei Sydenham und folge den Schildern nach Newtownards. »Jetzt bist du fast da«, sage ich laut zu mir selbst.

Es ist schon später Nachmittag, als ich mich von Süden Newtownards nähere. Die Straße führt die Halbinsel Ards entlang, eine dünne Landzunge, die Strangford Lough von der irischen

See trennt; sie verläuft am Ufer der Lagune. Auf dem Kiesstreifen am Straßenrand mache ich eine Pause und esse die Brote von Tante Bernadette. Ich bin total geschafft und kann nicht aufhören, über alles nachzudenken. Mir fallen lauter alberne Kleinigkeiten ein – wie das Belfast-Spiel –, von denen ich dachte, ich hätte sie längst vergessen.

Ich steige aus und klettere über ein paar Felsblöcke, um ans Ufer zu gelangen. Der Tag ist etwas freundlicher geworden; die Felsen und das Wasser leuchten in der späten Nachmittagssonne, und kleine, gekräuselte Wellen laufen silbrig aufs schmale, steinige Ufer. Es ist schön hier, wirklich schön. Wenn man an Nordirland denkt, dann fallen einem als Erstes nicht gerade die schönen Dinge ein. Man denkt an Bomben, Stacheldraht oder Betonabsperrungen im Regen. Aber hier, am Rande des Lough, liegt einer der schönsten Orte, die ich je gesehen habe.

Wieder im Auto, werfe ich einen Blick auf Onkel Brendans Karte von der Grafschaft Down und der Halbinsel Ards. Gestern Abend zeigte er mir auf einer Straßenkarte, wie man nach Ost-Belfast kommt.

»Hast du noch eine andere Karte?«, fragte ich ihn. »Eine größere?«

»Die hier reicht schon aus. Stormont ist ganz leicht zu finden, und von dort aus hat dein Vater dir den Weg doch beschrieben.«

»Ja, aber ich möchte wissen, wie man nach … also, wie man nach Greyabbey kommt. Diese Gegend.«

»Dein Vater fährt bestimmt mit dir hin, wenn du ihn darum bittest. Du willst dich doch nicht verfahren? Am besten konzentrierst du dich jetzt erst einmal darauf, zu deinem Vater zu finden.«

»Onkel Brendan, ich will nicht, dass mein Vater mit mir hinfährt. Ich möchte … ich muss zuerst allein hin.«

Er sah mich einen Augenblick lang mit schief gelegtem Kopf an, und ich fühlte, wie mir das Blut in die Wangen schoss. Dann holte er ohne weiteren Kommentar die Karte.

Auf der Rückseite ist ein Kurzführer für diese Gegend. Darin heißt es, dass der heilige Patrick mit seinem kleinen Lederkahn hier gelandet sein soll, als er nach Irland kam. In der Grundschule lernten wir, dass er die Ruder niederlegte, als er das Land seiner einstigen Gefangenschaft erblickte, und dass es allein der Wille Gottes war, der sein kleines Boot ans Ufer trug, während er noch gegen seinen Kummer ankämpfte. Dieser schmale Streifen Land, so der Führer, ist übersät mit Ruinen einer wechselvollen Geschichte, Zeugen der Kämpfe zwischen Christen und Nordmännern, die in regelmäßigen Abständen die Insel erschütterten. Jedes Zeitalter sah den Bau von Klöstern und Kirchen, Türmen und Lagerhäusern, und jedes Zeitalter sah Krieg und Zerstörung. Heute hat der Ruf der Seeschwalbe den Schlachtenlärm abgelöst, erzählt der Führer weiter, und von den Massengräbern früherer Zeiten sind nur noch kleine Senken auf den grünen Feldern übrig geblieben: Die Geschichte ist endlich zur Ruhe gekommen. In ruhigeren Jahrhunderten ist Gras darüber gewachsen.

Es ist Zeit, weiterzufahren.

Ich folge der Karte bis zu einem Dorf bei den Ruinen des Klosters von Greyabbey. Dort halte ich und frage in einem Zeitungsladen nach dem Weg. Viele Straßen in diesem Teil des Landes sind nicht beschildert; oft machen sie einen Bogen und führen an denselben Punkt zurück, sodass man nach einer Stunde Fahrt leicht einmal wieder genauso weit von seinem Ziel entfernt sein kann wie vorher. Zwischen den Straßenlaternen hängen noch ein paar Schnüre mit Fähnchen, die von den Paraden im Juli übrig geblieben sind, und an mehreren Häusern sehe ich in den oberen Fenstern noch die orange-violetten Flaggen der Ulster Defence Association mit der herausfordernden Roten Hand von Ulster. Ich mache mir plötzlich bewusst, wie sehr ich mit meinem irischen Dialekt und dem Autokennzeichen von Donegal hier auffallen muss. Zwei Frauen in dem Zeitungsladen schauen mich mit zusammengekniffenen Augen und verhaltener Neugierde an, als ich zu sprechen beginne, und ich bin froh, als ich weiterkomme. Ich bin eine Pentland aus Greyabbey, würde ich am liebsten sagen; ich gehöre auch hierher. Aber dieser Ort ist mir ebenso fremd wie Derry. Ich verzichte also darauf, stehen zu bleiben und mir das alte Kloster anzusehen. Es wird spät, und ich möchte auch keine Enttäuschung erleben: Eine der Lieblingsgeschichten, die unser Vater erzählte, trug sich nämlich in Greyabbey zu. Als er und seine Freunde so alt waren wie Daisy und ich, spielten sie immer in den Ruinen des alten Zisterzienserklosters. Sie spielten Verstecken oder Soldat, und manchmal spielten sie auch Fußball auf dem Gras hinter der Ruine der Kapelle. Aber wenn es dämmerte, hörten sie sofort auf, egal, was sie gerade spielten, und rannten nach Hause. Denn nachts, im Mondschein, schimmerten die kahlen Wände und die hohen Gewölbe des Klosters wie glatte, gelbe Gebeine. Einmal, erzählte er und ließ seine Stimme zu einem heiseren Flüstern absinken, hatte der Cousin eines Freundes dort einen milchigen Schemen auf sich zukommen sehen. Er kam näher und näher, und da sah er, dass es die Gestalt eines Mönches in einer milchweißen Kutte war, die über den Rasen geradewegs auf ihn zuschwebte.

»Er konnte sich nicht mehr rühren, er konnte nicht schreien, nicht einmal mehr atmen …«, flüsterte mein Vater und beugte sich über mich und Daisy, die wir aneinandergeschmiegt unter meiner Bettdecke saßen.

Nicht nur meine Mutter konnte Geschichten erzählen: Bei diesen Worten meines Vaters konnte ich mir genau vorstellen, wie der Junge sich gefühlt haben musste, denn auch mir stockte der Atem.

»Dann«, fuhr mein Vater fort, »dann entdeckte der Cousin meines Freundes etwas, das ihm das Blut in den Adern gefrieren ließ: Der gespenstische Mönch ragte nur bis zu den Knien aus der Erde, und er glitt nicht *über* den Rasen, sondern *durch* den Rasen!«

An dieser Stelle fingen Daisy und ich immer zu kreischen an vor Angst und Vergnügen.

»Aufhören, Papa, aufhören!«, schrie Daisy.

»Konnte er entkommen, Papa? Erzähl uns noch, wie er entkommen ist!«, schrie ich noch lauter als sie.

»Er sprach ein Gebet!«, sagte unser Vater. »Er fand seine Stimme wieder, schloss die Augen und sprach, so laut er nur konnte, ein Gebet, und mit dem Amen hatte der Geist sich aufgelöst!«

Es ist kurios, denke ich mir, dass mein Vater, der von Kirche und Religion nie etwas wissen wollte und alles nur als Hokuspokus bezeichnete, unsere Lieblingsgeschichte damit enden ließ, dass der kleine Junge durch ein Gebet gerettet wurde. Dann fällt mir ein, dass mein Vater als guter Protestant erzogen worden war – vielleicht kommt man doch nie ganz von seinen Wurzeln los?

24

Die kleine Kirche steht an der südlichsten Spitze der Halbinsel, am Ende einer schmalen Straße, die von Wiesenkerbel und hohem, wildem Gras überwuchert und auf beiden Seiten von abschüssigen Feldern gesäumt ist. Ich parke an einer Einbuchtung am Straßenrand und bleibe dort noch eine Weile sitzen. Durch die Bäume erkenne ich Grabsteine, das gedrungene Gebäude und den schlichten Turm, der kaum höher ist als die Bäume um ihn herum.

Ganz plötzlich weiß ich wieder genau, wie ich dort vor der Kirche stand und der Pfarrer zu meiner Mutter trat, ihre Hand nahm und sagte: »Sie tragen den Schmerz mit beispielhafter Würde.«

Ich erinnere mich genau an diese Worte, und ich weiß auch noch, dass meine Mutter ihn völlig verständnislos anblickte.

Auch der Gottesdienst fällt mir wieder ein: Auf dem Altar lag ein Haufen weißer Lilien. Ihr schwerer Duft erfüllte die Luft, und eine Frau hinter mir musste immerzu niesen. Kaskaden von Staub sanken in dem Licht, das durch die hohen Fenster hereinfiel, herab, und man sah die Umrisse von zwei Tauben, die von außen gegen den blaubraunen Heiligen rumsten. Ich weiß noch, wie ich zappelte und mit den Füßen hin und her wackelte, weil die steifen Riemen meiner neuen Sandalen zu fest zugezogen waren, und dass meine Strumpfhose juckte, meine schwitzigen Beine am Lack der Kirchenbank festklebten und ein paar Härchen in meinem Pferdeschwanz im Nacken ziepten. Ich weiß auch noch, dass ich mir die Leute ansah, lauter Leute, die ich nicht kannte. Ich beobachtete meinen Vater, wie er Löcher in die Luft starrte und gar nicht bemerkte, wenn alle anderen aufstanden, und meine Mutter, die winzige, rot geschwollene Augen hatte. Ich weiß jetzt alles wieder, als ob es gerade erst passiert wäre, als ob es in diesem Moment geschähe. Das Schlussgebet war der Segen des heiligen Patrick, den Mama uns immer am Abend aufsagen ließ, seit sie jenes eine Mal mit mir und Daisy in der Kirche war: »Christus mit mir, Christus in mir, Christus hinter mir, Christus neben mir, Christus, mein Erlöser«. Ich höre wieder den Pfarrer, wie er den Hymnus anstimmte, und ich muss daran denken, wie meine Mutter an der Stelle »Christus in den Herzen aller, die mich lieben« so fest mein Handgelenk ergriff, dass ich aufwimmerte, und wie sie am Ende des Gebets, am Ende des Gottesdienstes, plötzlich ganz kraftlos auf die Bank zurücksank, sich vor und zurück wiegte und aus ihrem schlaffen Mund ein tiefes, grausiges Geräusch erklingen ließ, das mir Angst machte.

Heute ist keine Menschenseele hier. Ich bleibe im Auto sitzen, ich kann gar nicht sagen, wie lange, und denke an meinen Vater und meine Mutter und was alles passiert ist, und frage mich: Wo war der Punkt, ab dem es kein Zurück mehr gab? Und plötzlich wird mir von all den Erinnerungen schwindlig.

Ich weiß nicht, ob ich die Kraft habe auszusteigen. Jetzt bring es auch zu Ende, sage ich zu mir selbst. Du bist doch eigens dafür hergekommen. Aber irgendetwas hält mich fest. Mein ganzer Körper wiegt schwer vor Erschöpfung. Also noch ein kleines bisschen, beruhige ich mich, ein Weilchen kannst du ja noch sitzen bleiben, aber dann musst du aussteigen.

Ich finde Daisys Grab in einer geschützten Ecke, in der zwei bröcklige Steinmauern aufeinandertreffen. Die untersten Zweige einer alten, gebeugten Eiche hängen über die Mauern herab und neigen sich zitternd der Erde zu. Oben auf dem Grabstein thront ein steinerner Engel, und darunter steht: »Hier harrt der Auferstehung …«

Ich kratze den Schmutz aus den eingemeißelten Buchstaben und ziehe mit dem Finger den Namen nach. Ich weiß noch, dass ich damals weinte und zeterte, als ich sah, dass sie »Aideen Pentland« geschrieben hatten. Daisy war nie Aideen gewesen, nicht einmal für meine Mutter, die darauf bestanden hatte, dass ihre Töchter irische Namen bekamen. Sie war immer nur Daisy. Ich entzifferte diesen Namen und hatte den Beweis: Ich wusste nun, dass alles ein Irrtum war, dass Daisy dort gar nicht hineingehörte. Als ich auf dem Friedhof zu heulen anfing, schlug meine Mutter mich und schrie: »Du solltest dich schämen! Du solltest dich wirklich schämen!« Aber da brüllte ich nur noch mehr, und mein Vater trug mich zum Auto, während ich mich wehrte und um mich schlug. Ohne ein Wort schnallte er mich an, und dann saß er da und starrte vor sich hin.

»Hallo, Daisy«, begrüße ich sie. »Ich bin's: Sonnenschein.«

Und dann: »Weißt du noch: die roten Lichter über Samson und Goliath, von denen wir immer dachten, es seien die Fackeln am Eingang zum Himmelsschloss?«

Dann sage ich: »Ich habe dir etwas mitgebracht.«

Ich komme mir ein bisschen dämlich vor bei dem, was ich jetzt tue. Wenn meine Tante mich sehen könnte, würde sie wahrscheinlich den Kopf schütteln und sagen: »Bist du völlig übergeschnappt?«

Aber ich tue es trotzdem: Ich stelle die Spieldose behutsam auf die Erde und öffne den Deckel. Dann muss ich plötzlich über mich selber lachen. Was machst du da nur, Mädchen, denke ich und stelle mir das Gesicht des Pfarrers oder des Friedhofswärters vor, oder wenn sonst jemand zum Friedhof kommt und statt eines Blumengebindes eine alte, kaputte Spieldose auf dem Grab liegen sieht.

Ich lehne mich an die Mauer. Die Abendluft ist kühl und feucht. Ich bleibe sitzen, bis die Grabsteine weiche, dunkle Schatten geworden sind, dann stehe ich auf und sage: »Ich mache mich jetzt auf die Socken.«

25

Es ist spät; mein Vater und Pauline fragen sich bestimmt schon, wo ich bleibe. Ich halte bei einer Tankstelle und rufe von einem öffentlichen Telefon an. Mein Vater nimmt fast augenblicklich ab, und im Hintergrund höre ich Pauline: »Ist sie das? Ist alles in Ordnung?«

»Hi, Papa«, melde ich mich, »ich bin's. Es hat ein bisschen gedauert, aber ich bin jetzt fast da.«

»Besser spät als nie«, antwortet er. »Wir dachten schon, du hättest es dir doch noch anders überlegt und wärst wieder umgekehrt.«

»Nein, nein.«

Es entsteht eine kleine Pause.

»Schön«, sagt er dann gerührt. »Das freut mich.« Dann, ein bisschen verlegen: »Wir … wir freuen uns alle auf dich.«

»Gut. Bis gleich!«

Ich will gerade auflegen, da höre ich im Hintergrund ein gedämpftes Geräusch: das Weinen eines Babys. »Papa«, sage ich, »Papa, ist das …«

»Ja«, sagt er, und ich höre das Lächeln in seiner Stimme. »Das ist die kleine Amy-Rose. Sie hat uns die letzten paar Nächte ganz schön auf Trab gehalten!«

Oh mein Gott!, schießt es mir zum ersten Mal durch den Kopf: Das ist meine kleine Schwester … Ich habe ein Schwesterchen!

»Saoirse, bist du noch da?«

»Ja, ich bin noch da«, will ich antworten, aber da ist das Geld verbraucht, und ich stehe ein paar Sekunden lang wie benommen da und blinzle in die gelben Lampen vor der Tankstelle.

Es ist einfach nicht fair, dieser eine Gedanke schwirrt mir beständig im Kopf herum. Dieses Baby wird alles haben. Und alles, was ich mir in diesem Moment wünsche – und für den Bruchteil einer Sekunde wünsche ich es mir mehr als alles andere auf der Welt –, alles, was ich mir wünsche, ist, noch einmal von vorne anfangen zu können, dass alles noch einmal beginnt, frisch und unbelastet …

Wenn ich jetzt zurückfahre, denke ich plötzlich, dann könnte ich morgen früh zu Hause sein. Ich könnte …

Abrupt drehe ich mich um und renne mit klopfendem Herzen zum Auto. In meiner Brust ist dieses vertraute Gefühl von dumpfer, erstickender Enge.

Meine Hand liegt schon auf der Autotür, und ich fummle am Schlüsselbund herum, als mich irgendetwas zwingt, innezuhalten und zum Lough zurückzublicken. In der kurzen Zeit, während ich mit meinem Vater telefonierte, ist es Nacht geworden über Belfast, und die letzten lichten Stellen verschwinden rasch vom Himmel. Vom Norden, vom Kanal her, ziehen Wolken auf. Die Luft riecht bereits feucht. Morgen wird es wahrscheinlich regnen.

Mich fröstelt. Ich steige ins Auto.

Über die Hügel von Craigantlet fahre ich zurück. Auf der letzten Kuppe liegt Belfast milde leuchtend unter mir. Als es nun abwärtsgeht, gewinnt das Auto wie von selbst an Fahrt, und ich lasse mich erleichtert den freundlichen Lichtern der Stadt entgegenfallen.

Nora Eisenberg
Der Krieg zu Hause
Roman

Fadenheftung, Hardcover
mit Schutzumschlag,
12,5 x 20,5 cm
ISBN (alt 3-86601-170-9)
978-3-86601-170-0
256 Seiten
€ 24,00

Lucy Lehmann hat ein Geheimnis. Jeder in der Bronx liebt ihre exzentrische Familie, aber niemand weiß, was sich hinter den Kulissen wirklich abspielt. Ihre Mutter ist eine wunderbare Tanzlehrerin. Mit ihrem Gruppenunterricht erreicht sie selbst die Jugendlichen, die bereits am Abgrund wandeln. Ihr Vater ist gerade heimgekehrt aus dem Zweiten Weltkrieg, ein »Working Class Hero«, der nur ein Problem hat, er befindet sich nämlich immer noch im Krieg. Mehr vertraut mit dem Schlachtfeld als mit einem Zuhause mit Frau und Kindern, führt er nun seinen eigenen Krieg mit den Nachbarn, seinen Arbeitgebern, seinen Kindern, und vor allem mit seiner Frau.

Mit jeder Seite begibt man sich tiefer in die fast vergessene Welt der New Yorker Außenbezirke in den Fünfzigern, als Apartmenthäuser emporschießen über verlassenen Obstplantagen. Furchtlos durchstreifen die Kinder Parks und Gärten der Bronx, die ähnlich atmosphärisch aufgeladen erscheinen wie die Landschaft in Emily Brontës »Sturmhöhe«.

Nora Eisenberg
Unamerikanische Umtriebe
Roman

Fadenheftung, Hardcover
mit Schutzumschlag,
12,5 x 20,5 cm
ISBN (alt 3-86601-171-7)
978-3-86601-171-7
252 Seiten
€ 24,00

Die Journalistin Betsy Vogel wird 40. Jeden Tag geht sie zur Arbeit in die Redaktion des »Big Apple«, wo sie genügend Aufgaben hat, um mehr als ein Talent zu beweisen. Bis sie eines Tages ihre Unzufriedenheit nicht mehr unterdrücken kann.

Als sie herausfindet, dass ihr Vater, ein charismatischer Ex-Häftling und Aktivist der Arbeiterbewegung, nicht wie behauptet auf dem Friedhof der Familie begraben liegt, und vielleicht überhaupt nicht tot ist, sieht sie sich veranlasst, kreuz und quer durch die USA zu fahren, um ihm nachzuspüren. Sie macht dabei jedoch nicht nur Entdeckungen über ihren Vater, sondern auch über sich selbst und Amerikas dunkle politische Geschichte.

»Unamerikanische Umtriebe« erkundet das kulturelle Erbe von linken, politisch engagierten Familien in den USA und den lebenslangen Versuchen ihrer Kinder, die idealistischen Träume ihrer Eltern zu erfüllen.

Po Wah Lam
Der Heuschreckenmann
Roman

Fadenheftung, Hardcover
mit Schutzumschlag,
12,5 x 20,5 cm
ISBN (alt 3-86601-624-7)
978-3-86601-624-8
282 Seiten
€ 24,00

Hongkong, Anfang der 70er Jahre. In einem Dorf nahe der chinesischen Grenze wohnt der neunjährige Sundance. Jeden Abend geht er mit seinen Freunden in die umliegenden Hügel, wo sie Heuschrecken, Grashüpfer und Eidechsen fangen. Doch diese schöne Zeit wird, wie der »Heuschreckenmann«, der den Kindern allabendlich ihre Beute abkauft, prophezeit, nicht ewig andauern. Er soll recht behalten: Eines Tages verschwindet Lord Baltimore, eine 200 Jahre alte Schildkröte, eine Dorfheilige, um die sich die Kinder kümmern. Sie wurde getötet, und Sundance muss den gefährlichen Kampf mit ihren Mördern aufnehmen, die dem ruchlosen Klan der Loh angehören. Höhepunkt diese Kampfes ist der »Tag der Heuschrecke«, ein Wettbewerb, der alle zehn Jahre stattfindet, um den besten Heuschreckenfänger Hongkongs zu ermitteln. Bislang haben die Lohs jedes Mal gewonnen. Und natürlich wissen sie um das außergewöhnliche Geschick von Sundance. So ersinnen sie ein teuflisches Mittel, um ihn außer Gefecht zu setzen …

Lev Raphael
Winter Eyes
Roman

Fadenheftung, Hardcover
mit Schutzumschlag,
12,5 x 20,5 cm
ISBN (alt 3-86601-651-4)
978-3-86601-651-4
342 Seiten
€ 24,00

Stefan ist ein sensibler, intelligenter New Yorker Junge polnischer Herkunft. Von seinen Eltern fühlt er sich unverstanden. Als sie sich aus Gründen, die Stefan nicht begreift, schließlich trennen und scheiden lassen, stellen sie ihn vor die Wahl. Zu ihrem Entsetzen beschließt er, zu seinem geliebten Onkel Sasha zu ziehen, einem Klavierlehrer, der ihm Unterricht gibt und ihn für die klassische Musik begeistert.

Ein älterer Bursche interessiert sich für ihn, und Stefan ist überrascht und angetan. Bald fühlt er sich auch körperlich auf eine ihm unbekannte, verwirrende Weise von ihm angezogen. Und als er seinen erkrankten Vater besucht, schockiert er ihn mit dem »Geständnis«, Stefan sei Jude.

»Winter Eyes« ist ein einfühlsamer »Coming out«-Roman über den Selbstfindungsprozess eines Jungen, der »anders« ist, aber auch über Überlebende des Holocaust, die vergeblich versuchen, ihr Kind vor der Konfrontation mit ihrer schrecklichen Vergangenheit durch Schweigen zu schützen.